Daniela Alge

Fehltritt mit Folgen
Kriminalroman

Daniela Alge, geboren 1975 im Bregenzerwald und aufgewachsen in Bizau, lebt heute mit ihrem Mann und drei gemeinsamen Kindern auf einem Hof bei Wangen im Allgäu. Im Lesen und Schreiben findet die gelernte Pädagogin ihre kleinen Auszeiten vom Alltag.
Bisher erschienen:
Kathrinatag (Verlag federfrei, 2013)

Daniela Alge

Fehltritt mit Folgen
Kriminalroman

federfrei
www.federfrei.at

1. Auflage
Marchtrenk, 2014
www.federfrei.at

Umschlagabbildung: © Andy Short, Fotolia.com
Lektorat: S. Bähr
Satz und Layout: Verlag Federfrei
Druck und Bindung: Finidr s.r.o.

ISBN 978-3-902784-43-8

»Von hohen Bergen rings ein Wall,
dort durft ich leben, in dem Tal.«

Den Bewohnern von Bizau und Umgebung herzlichen Dank für so manche Idee. Sollte aber jemand glauben, Freunde und Bekannte oder gar sich selbst wiederzuerkennen, muss ich ihn (oder sie) enttäuschen: Eventuelle Ähnlichkeiten oder Namensgleichheiten wären unbeabsichtigt. Für die bösen Taten mancher Romanfiguren gibt es nur eine Verantwortliche: die Fantasie der Schreiberin.

Freitag, 15. August

Sie öffnete die Augen, doch obwohl sie die Hitze der Sonnenstrahlen auf ihrer verbrannten Haut spürte, blieb es dunkel. Das Blut in ihren Ohren rauschte, sie konnte sich auf kein anderes Geräusch konzentrieren. Die Knie drohten einzuknicken. Bewusst atmete sie in den Bauch. Sie durfte auf keinen Fall wegknicken. Sie stützte sich mit ihren schweißnassen Händen tastend an die steile Geröllwand zu ihrer Rechten. Ängstlich öffnete sie erneut ihre Augen, atmete noch einmal tief ein. Der Schwindel klang ab, die Schwärze lichtete sich. Der schmale Trampelpfad vor ihr nahm langsam wieder Kontur an, die tiefe Schlucht zu ihrer Linken auch.

»Hilfe!«, rief sie.

Ein paar Meter weiter rieselte ein bescheidener Wasserlauf über den Weg. Unsicher lief sie darauf zu, bückte sich und legte beide Hände in die kalten Wassertropfen. Ihre hohle Hand füllte sich mit dem Wasser, und sie trank gierig daraus.

Das war der letzte Rest des Gewitters der vergangenen Nacht. Sie durfte dem Bächlein nicht hinterherschauen. Was machte sie hier?

Sie kühlte sich mit einem nassen Papiertaschentuch Stirn und Nacken, trank noch ein paar Schlucke und hoffte, dass ihr Kreislauf sich wieder stabilisierte. Vorsichtig richtete sie sich auf, legte die Hände wie einen Trichter um den Mund und rief so laut sie konnte:

»Hilfe!«

Niemand hörte sie. Es nützte nichts, sie musste jemanden finden. Weit konnte es nicht mehr sein. Sie hatte die Musik gehört.

Mit dem feuchten Tüchlein in ihrem Nacken und zusammengebissenen Zähnen stolperte sie weiter. Noch drei Mal blieb sie stehen und schrie. Es schien, als wären alle anderen wie vom Hirschberg verschluckt.

»Vor Blitz, Hagel und Ungewitter, Bewahre uns, Herr Jesus Christus. Erweise, Herr, uns deine Huld.« Der Pfarrer schaute zum strahlend blauen Himmel hinauf. »Und schenke uns dein Heil.«

Ein Bärtiger legte die ersten Schüblinge auf den heißen Grill.

»Herr, erhöre mein Gebet.«

»Und lass mein Rufen zu dir kommen«, antworteten die Messbesucher.

»Hilfe!«, ertönte eine leise Stimme aus der Ferne.

Die flotten Dirndlträgerinnen vor dem Brunnen banden sich die Geldtaschen auf die Hüfte und nahmen ihre Schreibblöcke zur Hand.

»Der Herr sei mit euch!«

»Hilfe!« Der störende Ruf klang jetzt näher.

»Und mit deinem Geiste«, antworteten die Menschen verwirrt.

»Lasset uns beten!« Der Pfarrer sprach lauter.

Die Leute wurden unruhig und traten von einem Bein auf das andere. Die Gläubigen, wenn sie denn der Messe wegen bis hier herauf gewandert waren, schauten in die Ferne, wo auf dem Fußweg eine schmächtige Gestalt auftauchte. Hinkend kam die Frau auf den provisorischen Altar zu, nahm dem staunenden Pfarrer das Mikrofon aus der Hand und stöhnte: »Helft mir, da hinten liegt ein Toter.«

Erschöpft ließ sie sich ins Gras fallen. Das Mikrofon begann zu heulen, der Pfarrer nahm es auf: »Lasset uns beten.«

Helga fasste Waldinger am Ellbogen und flüsterte: »Die spinnt! Was wird hier oben ein Toter rumliegen? Die hat einen Sonnenstich.«

Die etwa zweihundert Anwesenden schauten sich ratlos um.

»Wo liegt er denn?«, rief der Grillmeister nach vorne und drehte die ersten Schüblinge um.

Die Frau deutete müde mit dem Daumen über ihre Schulter: »Hinten, beim Lehrpfad.«

»Franz, komm, wir schauen nach!« Waldinger wandte sich an den Hirten, setzte seine Schnabelkappe auf und steckte Helgas Fotoapparat in die Hemdtasche.

Der Pfarrer machte einen letzten Versuch: »Der Segen des Allmächtigen sei mit euch!«

»Und mit deinem Geiste«, murmelten ein paar zerstreute Stimmen.

Waldinger ging zu dem provisorischen Altar und drückte der Frau eine Wasserflasche in die Hand. »Nehmen S' einen Schluck und zeigen S' uns den Toten.«

Der Hirte packte seinen dicken Haselstecken und rief: »Pass auf, Konrad, es verbrennt dir ja noch alle Würste.«

Die Leute lachten nervös, reckten ihre Hälse und flüsterten aufgeregt. Keiner wollte etwas verpassen. Der alte Berlinger legte sich in Gedanken schon die Geschichte zurecht, die er seinem Nachbarn beim abendlichen Schwatz am Gartenzaun unterbreiten würde. Waldinger gab der Frau die Hand und zog sie auf ihre wackligen Beine.

»Tut mir leid. Ich kann nicht mehr.« Sie schüttelte den Kopf. »Ich hab Musik gehört. Der Wind. Es klang, als wäre das Fest gleich um die Ecke.«

»Wo liegt der Tote? Kennen Sie ihn?«

»Nein. Ich kenn hier niemanden, bin ja nicht von hier. Vorne. Beim Lehrpfad Richtung Grat. Durchs Gelände. Rote Jacke.«

Sie atmete stoßweise. »Er trägt etwas Rotes.«

»Wollten Sie etwa über den Grat steigen?«, fragte Waldinger ungläubig.

Sie schüttelte erneut den Kopf. »Aber auf dem Lehrpfad war viel los, äh, und ich musste dringend mal.«

»Und wieso haben Sie nicht den Notruf gewählt?«

»Kein Empfang und die Musik klang ganz nah.«

»Das täuscht hier in den Bergen«, nickte der Hirte. »Das Alphorn klingt meilenweit, und Netz gibt's nur an wenigen Stellen, wenn man die nicht weiß …«

Der Alphornspieler holte tief Luft und setzte zu seinem letzten Stück an. Waldinger und der Hirte liefen mit großen, zügigen Schritten den Fußweg entlang. Der lag im Schatten des Hirschbergs, und die Schotterhalden fielen hinab bis fast zur Schönenbacher Straße. Bei der Einmündung des schmalen Weges in ein Hochplateau blieben sie stehen. Das abgestandene Gras leuchtete in der Sonne bronzefarben. Zwischen Gesteinsbrocken, Alpenrosen und verwitterten Zaunpfählen standen einzelne lichte Fichten in dem steilen Gelände.

Auf dem Alpenlehrpfad waren Scharen von Wanderern mit Kindern und Hunden unterwegs. Waldinger und der Hirte stiegen über die Felsbrocken bergwärts. Nach etwa hundertfünfzig Metern hatten sie die Touristen aus ihrem Blickwinkel verloren. Sie schauten sich um, und dann deutete der Hirte mit seinem Zeigefinger auf eine Felswand über ihnen. Hinter einem Fichtenstamm leuchtete etwas Rotes. Die Männer gingen querfeldein weiter. Franz blieb stehen und machte sich an einem rostigen Stacheldraht zu schaffen.

Waldinger kletterte höher und hielt sich mit beiden Händen an Grasbüscheln und Stauden fest. Er schaute zurück. Er hörte Kindergeschrei vom Alpenlehrpfad, doch sehen konnte er von hier oben niemanden mehr. Er war nur wenige Meter von dem roten Etwas entfernt und rief zum Hirten: »Du, da liegt wirklich jemand.«

Franz schaute zu ihm nach oben. »Ein Fremder?«

Waldinger ging vorsichtig näher. Die frische Wunde an der Schläfe wirkte auf den ersten Blick harmlos. Das weiße Unterhemd war ihm aus der abgeschnittenen Jeans gerutscht und zeigte Hautabschürfungen. Die Füße steckten in gestrickten Socken und abgenutzten Bergschuhen. Behutsam drehte er den Kopf der liegenden Person. Beinahe hatte er Angst, dass diese gleich aufspringen und ihn beschimpfen würde, aber es regte sich nichts. Als er das Gesicht im Profil sah, wurde er blass und ließ den Kopf wieder sinken.

Er versuchte, am Hals und an den Handgelenken einen Puls zu finden, machte ein Kreuzzeichen und flüsterte: »Ruhe in Frieden.«

»Und?«, tönte die tiefe Stimme von Franz zu ihm herauf.

Als er keine Antwort bekam, kletterte er leichtfüßig weiter.

»Liegt da wirklich ein Toter?«, fragte er leise, als er nur noch ein kleines Stück unterhalb von Waldinger stand.

Waldinger nickte stumm und ging drei Schritte seitwärts, damit der Hirte ihn selber sehen konnte.

»Ja, zefix. Das ist der Sepp.«

Minutenlang schwiegen die Männer.

Ihre Hände falteten sich wie zum Gebet.

Waldinger verscheuchte ein paar Fliegen, die um die Leiche herumsirrten.

»Du weißt am besten, wo du Empfang hast. Ruf den Hubschrauber. Wir können ihn nicht hier liegen lassen.«

Froh, etwas tun zu können, kletterte der Hirte noch ein gutes Stück zum Grat hinauf.

Der Pfarrer hatte die Messe mit einem lauten Amen beendet. Noch während der Alphornbläser einen Segensgruß blies, zogen die Besucher ihre Bergschuhe an, suchten ihre Rucksäcke und Wanderstöcke und wanderten in einer Prozession in Richtung Alpenlehrpfad. Die Würste verkohlten auf dem Grill, denn auch denen, die noch herumstanden, war der Appetit vergangen. Die Touristin lag im Gras und reagierte nicht auf die Fragen der Einheimischen. Wahrscheinlich verstand sie in dem Durcheinander kein Wort.

Die Bierbänke blieben leer, und die Servierinnen standen aufgeregt um den Grillmeister herum. Einzig der Pfarrer war ruhig geblieben. Er trank den Kelch mit dem Messwein leer und putzte ihn mit einem eigens dafür vorgesehen Tüchlein auf Hochglanz. Dann legte er ihn gemeinsam mit der penibel gefalteten Stola und dem Messbuch in seinen Reisekoffer. Zufrieden suchte er sich einen Schübling aus und setzte sich an einen Biertisch. Eine der jungen Frauen brachte ihm unaufgefordert ein offenes Bier, und er wischte sich den Schaum mit dem Ärmel seiner Sonntagskutte von der Oberlippe.

Waldingers Frau Helga hatte im Schatten eines Sonnenschirms gewartet, bis die neugierigen Messbesucher die Touristin allein ließen. Sie ging zu ihr hin.

»Wollen Sie sich nicht in den Schatten setzen? Sie haben einen Sonnenbrand auf den Schultern.«

Die Frau nickte und stand langsam auf. »Ich muss etwas trinken, mein Kreislauf.«

»Setzen Sie sich unter den Sonnenschirm da vorne, ich hole Ihnen etwas.«

»Danke.«

Sie trank die Flasche Almdudler in kleinen Schlucken.

»Ich hätte noch Traubenzucker im Rucksack«, bot Helga an.

»Es geht schon wieder.«

»Sie haben vorher mit meinem Mann gesprochen. Er arbeitet bei der Kripo«, klärte Helga sie auf. »Darf ich mir Ihre Telefonnummer aufschreiben, falls er noch Fragen an Sie hat?«

»Was für Fragen? Ich kannte die Person nicht.«

»Nur für alle Fälle.«

Die Frau nickte. Helga winkte einer Bedienung und bat sie um Zettel und Schreibzeug.

»Und wie komme ich jetzt ins Tal? Ich schaff den Rückweg nicht.«

»Dann halten Sie sich am besten an den Pfarrer. Der ist auch nicht mehr so gut zu Fuß. Der wandert nur bis zur nächsten Alpe. Der Hirte in Rüschers Gunten hat einen Vierrädler und fährt ihn dann nach Schönenbach.«

Helga verabschiedete sich, um ihren Rucksack zu holen. Als sie am Pfarrer vorbeilaufen wollte, winkte er sie zu sich und fragte mit vollem Mund: »Hast du schon etwas gehört?«

»Ja, wie denn, Herr Pfarrer? Ich hab kein Handy, und sowieso hat niemand Empfang.«

Der Pfarrer tunkte seinen zweiten Schübling in den scharfen Lustenauer Senf auf seinem Pappteller.

»Hoffentlich niemand, den wir kennen. Bei der Hitze müsste die Beerdigung schon morgen sein, und da hab ich eine Hochzeit.« Er nahm wieder einen großen Bissen.

»Ich muss los«, entschuldigte Helga sich. »Es war eine schöne Messe«, fügte sie noch hinzu.

Franz zeigte Waldinger seine Faust und streckte den Daumen nach oben. Er hatte auf seinem Handy Empfang und einen Hubschrauber angefordert.

Nach einer Viertelstunde trafen die ersten Neugierigen von der Messe beim Alpenlehrpfad ein. Jetzt bemerkten auch die Touristen, dass hier etwas Ungewöhnliches im Gange war, und die Menschenmenge auf dem Hochplateau vergrößerte sich schnell. Handys und Videokameras verfolgten aus der Ferne, wie Waldinger sich bemühte, die Unfallstelle von allen Seiten und aus unterschiedlichen Perspektiven abzulichten.

Er hängte sich den Apparat um den Hals und wischte mit einem großen Stofftaschentuch über sein Gesicht. Wie sollte man an einem Tag wie heute einen kühlen Kopf bewahren?

Die ersten Schaulustigen begannen mit dem Aufstieg durch das unwegsame Gelände.

»Halt mir die Leute da unten vom Hals, mit Gewalt, wenn es sein muss. Und schick mir drei kräftige Einheimische hoch. Wir werden den Sepp runtertragen, hier kann der Hubschrauber nicht landen«, sagte Waldinger.

Franz nickte und wollte schon abwärtslaufen, als Waldinger noch etwas einfiel.

»Der Herbert soll einen Landeplatz markieren. Der ist bei der Bergrettung, der weiß, was zu tun ist.«

Franz nickte noch einmal, stützte sich auf seinen Stecken und sprang wie ein junger Gamsbock den Hang hinunter.

Was er sagte, hörte Waldinger nicht, aber die Gaffer traten den Rückzug an, und nur drei Männer kamen zu ihm herauf. Sie blieben ungewohnt schüchtern in einiger Entfernung stehen.

»Wir brauchen ein paar stabile Äste für eine provisorische Trage«, sagte Waldinger.

»Ist es wirklich der Sepp?«, fragte einer der Männer.

Waldinger nickte, und sie machten sich an ihre undankbare Aufgabe. Mithilfe ihrer Gürtel schnallten sie Sepp auf der zusammengeschusterten Trage fest und machten sich an den Abstieg.

Am Horizont erschien der Hubschrauber, wurde schnell größer und kreiste schließlich mit lautem Getöse über der Menschenmenge. Herbert winkte ihn zu einer ebenen, trockenen Stelle, die er in der kurzen Zeit von losen Steinen und anderen möglichen Geschossen freigeräumt hatte.

Langsam sank der Heli tiefer.

Die Leute schrien sich gegenseitig an, filmten und fotografierten, Mütter zogen ihre Kinder hinter Bäume in Sicherheit, und mehrere Männer versuchten, ihren Teil zu einer perfekten Landung beizutragen, und zeigten mit ihren Fingern nach rechts und links und zu guter Letzt mit den Daumen nach oben.

Der Propellerwind ließ allerhand Fichtennadeln durch die Luft wirbeln und machte den verschwitzten Frisuren endgültig den Garaus.

Gegen den Lärm der Maschine kam niemand mehr an, und wie in einem Stummfilm schauten alle zu, wie Sepp umgebettet und in das Innere des Hubschraubers gehievt wurde. Es dauerte nur wenige Minuten, und der Pilot zog den Heli in die Höhe, drehte ab und flog in Richtung Rheintal davon.

Mehr als hundert Menschen standen am Landeplatz und schauten betroffen in den Himmel hinauf. Waldingers Ohren summten noch, als die ersten Worte die allgemeine Reglosigkeit durchbrachen und vom Hirschberg widerhallten.

»Das ischt Mord gsin, eindeutig.«

Der alte Berlinger deutete mit seinem rostigen Schistock, den er zum Wandern benutzte, in Richtung Hirschberggrat.

»As ischt zwar verdammt schmal und steil dau dumma, abor oanar wio do Sepp rutscht dau ned oafach us.«

»Viellicht hat ar no zviol Restalkohol keo«, kam eine laute Stimme aus der hinteren Reihe. »Geston im Hearscho ischt ar oadele luschtig gsin.«

Waldinger ging auf den bekannten Stammtischhocker zu.

»Bist du dir sicher, Arthur, dass Sepp gestern im *Hirschen* war?«

»Natürle. Und guad drauf gsin.«

Helga bahnte sich einen Weg durch die Leute zu ihrem Mann.

»Arthur, da komm ich vielleicht noch auf dich zurück. Falls ich einen Zeugen brauche«, sagte Waldinger.

»Jau saig amaul, globscht amind ou, dass o nummar umbraut hat?«

»Ich weiß es nicht, aber auf Zeugenaussagen sind wir bei der Kripo immer angewiesen.«

»I woaß abor nüd, was ar gnau trunko hat und ob ar wirkle a Volle kea hat«, machte der Saufkumpane einen Rückzieher.

»Das wird die Gerichtsmedizin alles klären«, sagte Waldinger. Helga nickte zustimmend. »Und wenn es kein Unfall war, wird's der Nolde rausfinden.«

Berlinger schnaubte: »Was well ma dinn dau feondo, hä? Fingorabdrück und Reifospura?«

»Hier ist nichts mehr los. Ich geb a Runde Schnaps aus.« Der Hirte packte seinen Stecken und lief mit großen Schritten zurück in Richtung Wölflersgunten. Arthur war der Erste, der ihm folgte.

»Passt. Uf deon Schreacko ahne trinkod meor eatz.«

Zustimmendes Gemurmel setzte ein, und die Leute machten sich auf den Weg zurück zur Alpe. Hier gab es nichts mehr zu sehen, und bei Franz gab es einen Schnaps und wilde Vermutungen gratis. Der würde nicht anfangen, einen Rosenkranz für den Sepp zu beten. Das konnten sie dann am Sonntag in der Kirche immer noch tun.

Waldinger und Helga blieben zurück und setzten sich auf einen umgestürzten Baumstamm. Sie warteten stumm, bis auch alle Urlauber wieder auf dem Lehrpfad weitergingen. Erst als sie allein waren, sagte Helga: »Der arme Sepp. Was sollen wir jetzt tun?«

»Ich muss in der Gerichtsmedizin anrufen und Sepps Personalien durchgeben, aber hier habe ich kein Netz. Und jemand muss die Angehörigen verständigen.«

Helga suchte ihm die Adressen von Sepps Geschwistern aus dem Internet und richtete in der Küche einen Teller mit Obst und Käse. Waldinger duschte ausgiebig und zog eine leichte Sommerhose und ein frisches kurzärmeliges Hemd an. Die kurzen borstigen Haare ließ er, wie sie waren, und suchte sich im Garderobenschrank seine Sandalen. In denen kam er sich zwar vor wie ein Flachlandtiroler, bei diesen Temperaturen wollte er seinen Füßen aber keine Socken und Schuhe zumuten. Und seine Hölzler machten zu den hellen Sommerhosen auch kein Bild.

Auf den Straßen war wenig Verkehr. Übervolle Parkplätze in Bezau zeugten davon, dass die Menschen sich entweder ins Freibad zwängten oder im *Café Natter* einen Eisbecher bestellten.

Als er auf die Bundesstraße einbog, schloss er die Fenster und schaltete die Klimaanlage ein. Er stieg aufs Gas und ärgerte sich über die Rennradfahrer, die ohne Rücksicht in kleinen Gruppen nebeneinander auf der Straße unterwegs waren und den millionenteuren Radweg einfach links liegen ließen. Er musste sich zusammenreißen, um nicht ständig auf die Hupe zu drücken. Jede freie Abzweigung zur Bregenzerach war vollgeparkt, und die feinen Rauchsäulen zeigten die beliebtesten Grillplätze an. In Andelsbuch war es dann der Himmel, der vollgestopft war. Hunderte bunter Paragleiter ließen Waldinger hoffen, dass es zu keiner

Kollision kommen würde. Gab es auf der Niedere eigentlich kein Limit, wie viele täglich starten durften?

Kurze Zeit später war er schon in Bregenz. Hier herrschte trotz tropischer Temperaturen viel Verkehr, und die Anzeigentafeln zeigten, dass es in der ganzen Stadt keinen freien Parkplatz mehr gab. Die Verkehrsinseln waren mit Wahlkampfplakaten in allen Farben zugepflastert. Reine Geldverschwendung in Waldingers Augen.

Ausflugsschiffe, Tretboote und die Sonnenkönigin kämpften mit Surfern und Seglern um einen freien Platz auf dem See, und auf der Promenade hielten die Eltern ihre Kinder fest, um sie in dem Getümmel nicht zu verlieren.

Beim Kreisverkehr war Waldinger froh, dass er die verstopften Straßen und die Talstation der Gondelbahn hinter sich lassen und mit dem Wagen in Richtung Pfänder fahren konnte.

Dabei schielte er auf den Zettel mit der Wegbeschreibung, den er am Lenkrad festhielt. Die Adresse war nicht leicht zu finden, die Häuser hier oben ähnelten sich. In seinen Augen sahen alle aus wie Schuhkartons mit einem blauen Pool auf dem Dach.

Die riesigen Fenster waren heute großteils von Jalousien beschattet, und die Thujahecken um die Anwesen versuchten, vor allzu neugierigen Blicken zu schützen. Er parkte vor Bernhards Haus und zog die Handbremse fest. Der Blick auf den Bodensee war wirklich fantastisch. Hunderte weißer Segel ließen das Blau des Wassers noch intensiver leuchten. Die Lindauer Insel flirrte in der Hitze.

Die Fassade dieses Hauses war mit dunklem Schiefer verkleidet. Richtung See gab es allerdings nur Glas, und Waldinger konnte schon vom Parkplatz aus sehen, dass sich Sepps Bruder im oberen der beiden Stockwerke aufhielt. Er wartete auf Blickkontakt und winkte kurz. Bernhard verschwand im hinteren Teil des Hauses und kam herunter, um ihm die Tür zu öffnen.

Das freundliche Lächeln wirkte echt. Die Ärmel des gebügelten weißen Hemdes waren aufgekrempelt und die solariumgebräunten Arme frisch mit Sonnenmilch eingecremt. Dementsprechend schmierig fühlte sich der ansonsten kräftige Händedruck an.

»Reinhold, was treibt dich hierher?«

Waldinger widerstand seinem Wunsch, seine Rechte an seiner Hose abzuwischen. »Entschuldige die Störung, Bernhard. Schön hast du's hier.«

»Du meinst den Ausblick, oder? Architektonisch stehst du sicher mehr auf solide Wälder Häuser.«

Er fühlte sich ertappt.

»Darf ich reinkommen?«

»Bist du beruflich hier?«

Waldinger nickte. Bernhard ging voraus.

»Heute ist Feiertag. Hab ich was angestellt?«

Im Haus war es kalt. Die Klimaanlage surrte leise. Sie nahmen auf einem Barhocker am polierten Küchenblock Platz. Edelstahl und weiße Hochglanzfronten. Alles sah neu und unbenutzt aus.

»Kann ich dir was zu trinken anbieten?«

»Ein Wasser, gern.«

»Ein kühles Mohren dazu?«

»Nein danke. Ich war schon beim Frühschoppen und muss noch fahren.«

Bernhard stellte ihm ein Glas mit Mineralwasser auf den Tresen und öffnete ein Pfiff. Er hob die Flasche und prostete Waldinger zu. Er trank das Bier direkt aus der Flasche.

»Also, eigentlich war ich nicht auf einem Frühschoppen, sondern auf der Alpmesse in Wölflersgunten«, begann Waldinger.

»Ein Traumwetter für eine Alpmesse. Waren sicher viele Leute. Hast den Sepp getroffen? Aber der kommt meist erst nach der Messe, dann, wenn's auch was zu trinken gibt«, lachte Bernhard unbekümmert.

»Ja, der Sepp, der konnte nicht kommen, obwohl, vielleicht hatte er es vorgehabt, aber da ist was passiert.«

»Dem Sepp? Jetzt machst du mich aber neugierig.«

»Er ist abgestürzt. Es war für jede Hilfe zu spät. Sie haben ihn mit dem Heli geholt. Bernhard, er ist tot.«

Kurze Zeit war nur das Surren der Klimaanlage zu hören.

Eine Minute, zwei Minuten. Dann nahm Bernhard seine Flasche in die Hand und trank sie mit einem langen Schluck leer. Er stellte sie fest auf den Tresen, und das laute Geräusch schien beide Männer aus ihrer Starre zu wecken.

»Das ist …«

»Ich wünschte …«, begannen beide gleichzeitig zu sprechen und brachen abrupt wieder ab.

»Es tut mir leid«, sagte Waldinger.

»Wie ist es passiert?«

»Sie bringen ihn in die Gerichtsmedizin. Wir wissen es nicht. Es sieht so aus, als wäre er auf dem Grat des Hirschbergs abgestürzt. Eine Touristin hat ihn gefunden.«

Bernhard ging zu dem riesigen frei stehenden Kühlschrank und holte zwei weitere Bierflaschen heraus. Mit zitternden Händen öffnete er beide und stellte eine neben Waldingers leeres Wasserglas.

Er prostete erneut und leerte seine Flasche bis auf den letzten Tropfen.

»Nee, nee, nee! Der Sepp.«

Eine einsame Träne rann über seine glatt rasierte Wange. Er stützte die Ellbogen auf die Bar und verbarg seine Augen hinter seinen Händen.

»So unerwartet. So plötzlich. Mein Gott. So viel, so viel hätt ich ihm noch sagen müssen. Einfach tot.« Seine Stimme wurde immer leiser.

»Die verdammten Streitereien. Wegen nichts. Verdammt. Scheiße, Mann!«

Er schenkte sich ein Glas Wasser direkt aus dem Hahn ein und hielt das kühle Glas an seine Stirn.

»Diese sinnlosen Streitereien. Ich bin im Streit von ihm weggegangen, beim letzten Mal. Ich sehe ihn nie wieder. Ein verdammter Streit. Und jetzt ist er tot. Das kann nicht sein. Nee, nicht der Sepp. Und ich kann nichts mehr sagen.«

»Er hat dir längst verziehen. Der Sepp war nie nachtragend«, flüsterte Waldinger.

»Der Sepp nicht, aber ich. Ich will ihn sehen. Ich muss mich verabschieden.«

»Ich geb dir Bescheid.«

Bernhard schluchzte laut auf und schmetterte das volle Wasserglas gegen den Kühlschrank. Die Scherben verteilten sich in der ganzen Küche, und wie Weihwasser spritzte der Inhalt in alle Richtungen.

»Das darf einfach nicht wahr sein! Sepp! Du kannst mich nicht allein lassen!«

»Wohnst du alleine hier?«, fragte Waldinger.

Bernhard schüttelte wie betäubt den Kopf.

»Belinda ist am See. Sie kommt bald zurück, keine Angst, ich habe mich unter Kontrolle.«

»Ich ruf dir einen Arzt. Du brauchst etwas zur Beruhigung.«

»Nein. Ich muss den Schmerz spüren und ertragen. Das ist das Einzige, was ich noch für meinen Bruder tun kann. Weiß Fini schon Bescheid?«

»Nein, aber sobald deine Freundin heimkommt, fahre ich zu ihr.«

Bernhard trat ans Fenster.

»Ich lauf ihr entgegen. Ich muss raus, durchatmen. Ich ersticke hier.«

Waldinger nickte.

Gemeinsam traten sie vors Haus. Waldinger gab Bernhard die Hand. »Ich melde mich, sobald ich mehr weiß.«

Bernhard nickte wie in Trance und rannte los, quer über die frisch gemähte Wiese den Pfänderhang hinab. Im weißen Hemd und mit Lederschuhen sah das ziemlich sonderbar aus.

Waldinger fuhr über die Autobahn und parkte nach einer guten halben Stunde Fahrzeit beim Busbahnhof in Feldkirch. Er wollte ein paar Schritte zu Fuß gehen und sich auf das anstehende Gespräch vorbereiten. Er hatte das Gefühl, bei Bernhard nicht sehr pädagogisch und taktvoll vorgegangen zu sein.

Der Wildpark war gut ausgeschildert, er würde den Weg nicht verfehlen. Helga hatte ihm erklärt, dass Sepps Schwester direkt unter dem alten Wasserschlössle in der Nähe des Wildparks wohne.

Die unregelmäßige Treppe führte steil bergauf. Schon nach den ersten hundert Stufen kam Waldinger ins Schwitzen, und ein Blick nach oben zeigte ihm, dass er erst ein Viertel der Treppe hinter sich hatte. Höchstens, eher weniger. Er verringerte das Tempo und stieg gemächlich weiter. Er wollte es schaffen, ohne stehen bleiben zu müssen. Er war erst fünfzig und gut beieinander, dachte er zumindest.

Die Oberschenkel begannen zu brennen, die Luft wurde knapp, der Schweiß tropfte von der Nase, doch schließlich stand er auf dem letzten Treppenabsatz. Er hielt sich an dem rostigen Geländer fest und blickte nach unten. Die wuchtige Schattenburg am Gegenhang überstrahlte das alte Städtchen. Dort gab es die größten Schnitzel im ganzen Ländle, hatte ihm einmal jemand erzählt. Er kam nicht drauf, wer es gewesen war. Auf ein Schnitzel konnte er jetzt verzichten, aber für einen Schluck kaltes Wasser würde er einiges geben.

Nun führte der Weg die schmale asphaltierte Straße entlang. Efeuüberwachsene Häuser und Weinreben ließen beinahe Urlaubsgefühle in ihm aufkommen. Und schon bald konnte er auf der linken Seite das alte Wasserschlössle am Waldrand erkennen. Finis Haus musste das daneben sein. Er war beeindruckt. Alt, verwachsen und renovierungsbedürftig, wie es auf den ersten Blick schien, mit einem ungeheuren Charme und einer herzlichen Ausstrahlung stand die Villa im Schatten einiger alter Eichen.

Er stieg zum Wasserschloss hinauf. Familien und Teenager genossen die schon tief stehende Sonne und lehnten an der historischen Brüstung oder saßen gemütlich im kurz gemähten Gras. Rund um den aus unregelmäßig großen Steinen gemauerten Turm mit dem spitzen Dach ließ es sich wunderbar ausruhen. Er genoss für einige Minuten den Ausblick und die lebhafte Stimmung, versuchte, wieder zu Atem zu kommen, und spazierte über die Wiese hinunter zur Villa. Dabei bewunderte er den großzügig angelegten Garten in dieser extremen Hanglage. Jedes Beet schien eine Stufe auf einer unsichtbaren Treppe zu sein. Beerensträucher bildeten eine natürliche Grenze zum Waldrand, und duftende Kräuter hießen Waldinger links und rechts des Fußweges willkommen. Er pflückte ein paar Brombeeren und steckte sie direkt in den Mund. Drei braune Hühner auf dem Holzzaun, der das Grundstück nach unten hin begrenzte, beobachteten ihn gelangweilt.

Er ließ den silbernen Löwen gegen die Tür donnern und wartete kurz. Fini öffnete die Tür schwungvoll.

»Reinhold?«

»Grüß dich, Fini, schön hast du's hier.«

»Bist du mit deinem Enkel im Wildpark unterwegs? Oder kommst du allein?«

In der einen Hand hielt sie einen riesigen Laib warmen Brotes, der Duft, der aus der Küche wehte, ließ ihn an die Backtage seiner Großmutter erinnern. In einer anderen Zeit. Aber in dieses alte Gemäuer passte er ganz wunderbar.

»Ich bring nur eben das Brot in den Keller. Geh einfach links in die Küche, und setz dich. Kannst dir ja ein Glas Wasser einschenken, sieht aus, als wärst du durstig.«

Sie ging in Richtung Kellertreppe, und er fand den Weg in die Küche allein. Er fühlte sich vom ersten Moment an wohl. Er hatte sich das Leben dieser jungen Frau ganz anders vorgestellt. In Bizau hatte man immer wieder von ihr reden hören: von einer Villa, einem reichen Architekten, drei unerzogenen Mädchen und Kleidung, wie man sie in Bizau nicht tragen würde.

Als sie strahlend in die Küche trat, musste er zugeben, dass der kurze grüne Rock und die leichte violette Bluse wunderbar zu ihrer dunklen Lockenpracht passten.

Sie setzte sich neben ihn auf die Ofenbank und sah ihn interessiert an.

»Ich komm allein«, nahm er den Faden wieder auf. »Ich hab leider keine guten Nachrichten für dich. Es geht um deinen Bruder. Sepp.«

»Oh mein Gott, was ist mit ihm?«

»Er ist abgestürzt, am Hirschberg.«

»Abgestürzt? Warum hast du mich nicht einfach angerufen? Er wird doch wieder?«

Waldinger schüttelte vorsichtig den Kopf.

»Nein, Fini. Es tut mir leid.«

Er legte seine Hand auf die ihre. Sie schüttelte sie ab und stand auf. Unruhig ging sie zwischen Tisch und Ofen hin und her.

»Was heißt Nein?«

»Er war sofort tot. Wir konnten nichts für ihn tun.«

Sie schien nichts zu begreifen.

»In welchem Krankenhaus ist er? Ich fahr sofort zu ihm.«

»Fini. Er ist nicht im Krankenhaus. Ich vermute, er hat sich das Genick gebrochen. Er lebt nicht mehr.«

»Er lebt nicht mehr«, wiederholte sie monoton, lehnte sich an die weiß gekalkte Wand und sank langsam zu Boden.

Die Wanduhr tickte aufdringlich. Im Flur miaute eine Katze. Waldinger öffnete die Tür einen Spaltbreit, und ein kleiner Tiger kam hereingehuscht.

»Wo ist dein Mann?«, fragte Waldinger.

»Was? Mein Mann? Er ist in Giesingen und besucht seine Mutter. Aber warum?«

»Du solltest jetzt nicht alleine sein. Gib ihm Bescheid.«

Sie nickte verstört und putzte sich geräuschvoll die Nase.

»Sepp ist nicht mehr. Das kann nicht sein. Das glaub ich nicht.«

Waldinger setzte sich neben sie auf den Boden.

»Wie sag ich es den Mädchen? Er ist ihr Götte, ihr Patenonkel. Er ist so wichtig für sie. Sepp fallen ständig irgendwelche verrückten Sachen ein, mit denen er sie überraschen kann. Sie haben in den

Weihnachtsferien tagelang an einem Iglu gebaut und an Silvester gemeinsam darin übernachtet, und am Sonntag wollte er mit ihnen eine Sonnenaufgangswanderung auf die Sienspitze machen. In Hinteregg wollten sie zelten.«

Die Katze strich um Finis Beine und ließ sich dann nieder, um gestreichelt zu werden.

»Wo sind die Mädchen jetzt?«

»Wolfgang hat sie am Illspitz abgesetzt. Sie sind für ihr Leben gerne am Wasser. Er nimmt sie auf dem Heimweg wieder mit.«

»Ruf ihn an.«

»Ich bin gern noch kurz allein, sie werden in spätestens einer Stunde da sein. Weiß Bernhard Bescheid?«

Waldinger nickte.

»Was hat er gesagt, wie hat er es aufgenommen?«

»Er war genauso schockiert wie du. Warum fragst du?«

»Ach, einfach so. Ich glaub, das war kein Unfall. Du kanntest Sepp doch auch?«

Nachdenklich wiegte sie den Kopf hin und her.

»Er war nicht überall beliebt, der Sepp. Vor allem nicht bei den hohen Tieren vom Lift.«

»Du meinst, wegen der Erweiterung?«

Sie nickte.

»Er war so stur und dickköpfig. Er war keiner, der dem lieben Frieden zuliebe einfach mal eingelenkt hätte. Immer musste er seinen Kopf durchsetzen. Wer bekommt denn jetzt die Hütte? Mein Gott. Gerade erst ist die Erberei von Vaters Erbe durchgestanden, jetzt geht das Ganze schon wieder los. Wenn Bernhard die Hütte bekommt, dann wird der neue Lift gebaut. Dann haben die gierigen Geldwäscher ihr Ziel erreicht. Es wär so schade, so schade.«

Waldinger versuchte, sie zu beruhigen, und stemmte sich auf.

»Von heute auf morgen geht erst mal gar nichts. Schlaf drüber, nimm Abschied von Sepp, sprich mit Bernhard und deiner Familie. Soll ich dir einen Tee kochen?«

Sie schüttelte den Kopf. Sie saß noch immer auf dem Boden.

»Ein Schnaps. Irgendwo steht eine Flasche. Dort zwischen Essig und Öl, neben dem Kühlschrank. Ich brauch einen Schluck.«

Waldinger füllte den Wasserkocher mit frischem Wasser und suchte nach einer Tasse.

»Ich schütte einen Schluck Rum dazu.«

Er begutachtete die Kräuter, die zum Trocknen an einem rostigen Ring von der Decke hingen, zupfte ein paar unbekannte Blätter ab, gab sie in die Tasse und schüttete das heiße Wasser darüber.

»Der Rum ist in der Backschublade, die zweite von links«, murmelte Fini.

Er gab einen ordentlichen Schuss dazu und reichte ihr die Tasse.

»Ich fahr jetzt. Wir werden alle eine Nacht darüber schlafen, und spätestens am Montag wird Sepp untersucht, und dann wissen wir mehr. Soll ich wirklich nicht warten, bis deine Familie heimkommt?«

»Ich komm zurecht, ich werde Bernhard anrufen. Ich kann es gar nicht glauben. Das ist wie ein Traum. Ein Albtraum. Mein Bruder. Sepp ist einfach gegangen, ohne Abschied. Ohne ...« Sie schluchzte laut auf.

»Das kann nicht wahr sein. Wieso sind es immer die Besten, die so jung sterben müssen? Viel zu jung.«

»Was war Sepp für ein Jahrgänger? Wie alt ist er geworden?«

»Vierzig. Er hatte noch so viele Pläne. Sepp hätte noch Pläne für zehn weitere Leben gehabt.«

Sie schlürfte einen Schluck von dem heißen Tee.

»Danke fürs extra Vorbeikommen.«

Es war noch hell, als er nach Hause kam. Helga saß in der Abendsonne vor dem Haus und sortierte die Heidelbeeren, die sie am Nachmittag gesammelt hatte. Er setzte sich neben sie und nahm auch eine Schüssel zur Hand. Seine Finger waren ein wenig ungelenk bei dieser feinen Arbeit. Die Blättchen blieben an seine Händen kleben.

»Wie haben sie es aufgenommen?«, fragte Helga.

»Hmm, ungläubig.«

»Und was denkst du?«

»Ich weiß es nicht. Komisch ist die Geschichte. Der Sepp war besser zu Fuß wie wir alle. Der hat dort oben gewohnt, der kennt die Gegend wie kein Zweiter. An einem sonnigen Vormittag, kein Nebel, kein Sturm, kein nichts. Ich weiß nicht, was ich von der Sache halten soll. Und dann diese Platzwunde an seiner Schläfe. Komisch.«

»Dann wirst du morgen zur Arbeit gehen?«

Er nickte mit vollem Mund. Die Beeren schmeckten nach Sonne und Sommer. In der Hitze der vergangenen Tage hatten sie ihr volles Aroma entfaltet.

»Wir wollten mit Lorenz an den Körbersee wandern.«

»Ich weiß. Das verschieben wir, oder du gehst mit ihm alleine.«

Sie verzog ihr Gesicht zu einer Grimasse.

»Ich will nicht absagen. Obwohl unser Enkel im Dorf wohnt, sehen wir ihn viel zu selten. Ich habe das Gefühl, Annika will ihn von uns fernhalten.«

»Quatsch. Das hat nichts mit dir zu tun. Die Kinder haben heutzutage halt schon mit drei Jahren ausgebuchte Wochenkalender: Schwimmkurs, Spielgruppe, Eltern-Kind-Turnen, Bambinifußball, Elementarunterricht und dann noch eine zweite Oma und und und.«

»Trotzdem will ich morgen was mit ihm unternehmen.«

»Dann geh mit ihm den Barfußweg ums Moos. Den schafft er schon, und nimm Kathrin mit. Wo ist sie eigentlich?«

»Sie müsste jeden Moment kommen, sie ist noch mit Petra eine Runde laufen gegangen.«

»Welche Petra?«

Helga schüttelte den Kopf. »Hörst du eigentlich nie zu, wenn sie was erzählt? Die Petra vom Hannes, die Tierärztin.«

»Ach so, ich hab gedacht, mit der geht sie zum Schwangerschaftsturnen.«

»Genau, und die Hebamme hat beiden nahegelegt, nicht nur auf der faulen Haut zu liegen.«

Helga wischte ihre blauen Finger an der Schürze ab. Waldinger erhob sich.

»Tut mir leid, ich muss noch Willi anrufen. Ich habe mir das lange Wochenende auch anders vorgestellt.«

Samstag, 16. August

Es war erst sieben, als Waldingers Handy klingelte. Er stellte seine Teetasse ab und meldete sich.

»Waldinger.«

Er räusperte sich.

»Guten Morgen, Herr Seidl.«

Helga blickte überrascht von ihrem Zeitungsteil auf.

»Natürlich nehme ich die Sache ernst.

Ach, der Bernhard, verstehe.

Ist klar. Auf jeden Fall.

Ich meld mich. Wiederhören.«

Waldinger trank einen Schluck Tee.

»Unser Staatsanwalt ist vor Kurzem in eine Wohnung am Pfänderhang umgezogen. Bernhard hat ihm die vermittelt, und jetzt sind sie Nachbarn. So geht manches schneller als auf dem üblichen Weg. Aber mir soll es recht sein.«

»Ist Sepps Bruder Immobilienmakler?«

»Unter anderem. Ist ja ein Traumtägle für eine Tour auf den Hirschberg und das auch noch bezahlt und mit äußerster Priorität versehen.«

Waldinger konnte sich das Grinsen nicht verkneifen.

»Am Körbersee wäre es heute auch traumhaft«, warf Helga ein. »Aber ich werde den Barfußweg mit Lorenz gehen. Ich geb Martin nachher Bescheid, aber jetzt schlafen sie wahrscheinlich noch. Die kommt doch am Morgen nie aus den Federn.«

»Was ist denn los? Was hast du auf einmal gegen Annika?«

»Ich habe nichts gegen sie, aber es stimmt, dass sie gerne lange ausschläft, das hat sie selber zugegeben.«

»Weil sie als Kind auf der Alpe immer schon um halb fünf aufstehen und die Kühe in den Stall treiben musste.«

»Ja, aber ob das stimmt?«

»Warum sollte sie uns anlügen? Ich glaub, sie war mit ihrer Mutter viele Jahre auf einer Alpe in Steibis, aber ist eh wurscht.«

Helga begann, den Tisch abzuräumen, und Waldinger stand auf, um seinen Teller in die Küche zu tragen.

»Komm, wir setzen uns kurz in den Garten, bis Willi mich abholt.«

»Du kannst mir im Garten schon mal gießen«, antwortete Helga. »Ich richte dir was zum Mitnehmen.«

Der Besucherparkplatz bei der Hirschbergbahn füllte sich zügig, als Waldinger und Willi nach einem schattigen Platz für Willis Pick-up Ausschau hielten.

Der Ferienjobber in seiner orangefarbenen Weste winkte sie zum hintersten Ende des großen Parkplatzes, doch Willi ließ sein Seitenfenster aufgleiten und brummte: »Kripo, wir sind dienstlich hier.«

Pflichtbewusst eilte der junge Mann zum Zufahrtsweg und klappte händisch die Schranke hoch, die ansonsten nur für Anrainer und Personal geöffnet wurde. Mehrere kinderreiche Familien, die diesen Weg zu Fuß unterwegs waren, machten nur ungern Platz. Der Personalparkplatz war gut drei Viertel voll, aber Willi stellte seinen Wagen ungeniert auf den mit einem Nummernschild markierten Stammplatz des Betriebsleiters in der ersten Reihe.

»Wir müssen noch weit genug laufen«, kommentierte er und stieg aus.

Sie schulterten ihre Rucksäcke und gingen hinten um den *Auerhahn*, das SB-Restaurant an der Talstation, herum. Willi verlangte von dem Liftler mit gezücktem Ausweis, sie ohne Ticket und sofort auf den Berg zu lassen. Die vorderen Gäste in der Reihe fingen an zu murren.

»Hinten anstellen«, zischte einer.

Die Kripobeamten ignorierten den Zwischenruf und setzten sich auf den nächsten freien Sessel. Während der rund fünfzehnminütigen Fahrt versuchte Waldinger, Willi zu erklären, wer Sepp gewesen war: ein Künstler, ein Eigenwilliger, ein Außenseiter, ein Herzensbrecher und Witwentröster, ein Unterhalter, ein Lebemensch, ein Spieler, ein Freund.

Willi schien beeindruckt: »Da kann der Anschlag von allen Seiten gekommen sein, das macht es uns nicht leichter.«

Der Sessellift ließ sich Zeit. Unter ihnen quietschten die ersten Gäste mit gelben und orangefarbenen Rodeln die halsbrecherischen Kurven der Sommerrodelbahn ins Tal. Auch an ihrem Sessel waren zwei Rodeln befestigt.

»Ins Tal geht's schneller wie bergauf«, sagte Waldinger. »Das wird eine Gaude.«

»Das kannst du dir vorstellen, dass ich mit so einem Plastikteil unterm Hintern da runterfahre«, sagte Willi. »Lieber geh ich zu Fuß.«

»Da täusch dich mal nicht, wir haben eine ordentliche Wanderung vor uns.«

Die meisten Leute vor ihnen stiegen an der Mittelstation aus. Dort startete die fast zwei Kilometer lange Rodelbahn.

Willi und Waldinger ließen ihren Bügel geschlossen, und Waldinger grüßte den Liftler, der hier Dienst machte. »Servus, Seff. Einiges los heute?«

Der hagere braun gebrannte Mann nickte. »Und du, bischt hüt im Dionscht?«

Waldinger blickte über die Sessellehne zurück und nickte.

»Genau. Aber zum Glück nicht im Büro, bei dem Traumtägle.«

»I han allad an Platz a dor Sunno«, lachte der Liftler und zeigte eine Zahnlücke.

Nach weiteren fünf Minuten kamen sie an der Bergstation der Sesselbahn an. Ein Student mit kugelrunden Brillengläsern döste auf einer Bank neben der Ausstiegsstelle.

»Wann ist die letzte Talfahrt?«, fragte Willi.

»Um vier«, murmelte der Langhaarige.

»Und wie lange brauchen wir von hier bis zum Gipfel?«

Der Bursche musterte sie über seinen Brillenrand hinweg. »Drei Stunden, schätz ich.«

Entsetzt schaute Willi zu Waldinger: »Ist das wahr?«

Waldinger nickte. »Wenn wir schnell sind.«

»Und das sagst du mir erst jetzt? Dann hätt ich den Hubschrauber genommen. Du bist ja wahnsinnig. Und das bei der Hitze heute. Ich dreh gleich wieder um.«

»Ach komm, bei dem Wetter wird das ein Urlaubstag.«

»Als Urlaub werden wir ihn auch schreiben müssen, wenn wir nix finden. Nein! Das hättest du früher sagen können. Drei Stunden auf diesen lächerlichen Hügel.«

Der Student grinste, und Waldinger boxte Willi in die Seite.

»Glaub nicht jeden Blödsinn. In anderthalb sind wir am Gipfel, versprochen.«

Waldinger war guter Dinge, er genoss es, einen Arbeitstag in den Bergen statt am Schreibtisch zu verbringen.

Der grob geschotterte Güterweg führte nur langsam ansteigend in Richtung der unteren Hirschbergalpe. Sie waren allein auf dem Weg, und die Ruhe wurde einzig vom Gebimmel der Kuhglocken untermalt. Die Temperatur zum Wandern war angenehm, und Waldinger wunderte sich, warum Willis T-Shirt schon nach wenigen Gehminuten nasse Schwitzflecken zeigte.

Bei der Wildfütterung machten sie eine kurze Pause und tranken einen Schluck. Waldinger pflückte eine Blume und steckte sie in das Knopfloch von seinem Hemd.

»Was willst du denn mit dem verblühten Kraut?«

»Eine Berganemone. Helga liebt Struobobuobo.«

Willi schüttelte den Kopf.

»Wo ist das Gipfelkreuz?«

»Das sehen wir erst, wenn wir kurz davorstehen, und das dauert noch ein Weilchen.«

»Und du glaubst, jemand nimmt diesen Fußmarsch auf sich, um

Sepp umzubringen? Gäbe es da nicht weniger anstrengende Alternativen?«

»Ich weiß nicht, ob er umgebracht wurde. Vielleicht war es ein Unfall, aber es schadet sicher nicht, der Sache auf den Grund oder, besser gesagt, auf den Gipfel zu gehen.«

»Ich wusste gar nicht, dass du so ein begeisterter Bergler bist.«

»Und ich nicht, dass du so schnell jammerst.«

Bei der oberen Hirschbergalpe füllten sie ihre Wasserflaschen am Brunnen. Auf dem grob gehauenen Holztisch an der Sonnseite lag eine kleine Schiefertafel. Darauf hatte jemand in kindlicher Schönschrift geschrieben:

»Sind im Dorf am Heuen. Getränke im Brunnen. Kasse hier. Danke.«

Willi wählte eine Flasche Spezi und legte eine Zwei-Euro-Münze in die Kasse. Den letzten Hang nahmen sie in der prallen Sonne auf einem Trampelpfad in Angriff. Vereinzelt fand Waldinger einige Heidelbeeren. Schweißperlen standen ihnen nicht nur auf der Stirn.

Ein Blick auf die Uhr zeigte, dass sie es in eineinhalb Stunden geschafft hatten.

»Berg heil!« Waldinger blickte zufrieden um sich. Er zog sein Hemd aus und nahm ein frisches aus dem Rucksack. Mit dem verschwitzten wischte er sich über das Gesicht und sagte: »Sichtig heute, trotz der Hitze, das wundert mich.«

Er kramte in seinem Rucksack und nahm einen Beutel der Spurensicherung heraus. Dann stemmte er den schweren Deckel des geschmiedeten Kastens am Kreuz auf und wollte das Gipfelbuch entnehmen. Er fühlte mit seiner Rechten bis ganz auf den Grund, brachte aber nur einen billigen Kugelschreiber, ein Kaugummipapier und eine angebrochene Packung Taschentücher ans Licht. Wo war das Gipfelbuch?

Willi legte sich oben ohne der Länge nach ins Gras und versuchte, mit dem Gesicht in den Schatten des Gipfelkreuzes zu gelangen.

»Glaubst du, der Mörder verewigt sich erst im Gipfelbuch?«, brummte er und blinzelte in die Höhe.

»Vielleicht Zeugen.«

Scheppernd schloss er den Kasten wieder. War das Zufall, dass gerade heute kein Buch drinnen lag?

Er verstaute die Plastiktüte wieder und nahm seine Vesperdose aus dem Rucksack. Ein Landjäger und eine dicke Scheibe Bauernbrot waren jetzt genau das Richtige.

Als er den Deckel öffnete, blickte er erstaunt auf den Inhalt: gelbe, grüne, orange und rote Paprikastreifen, einen halben angebräunten Apfel in Form einer Krone, Gurkenscheibchen und Vollkorn-Butterkekse.

»Hast du für mich auch ein Stück von deinem Wurstbrot?«, fragte Willi, und Waldinger schloss die Dose und reichte sie an seinen Kollegen weiter.

»Alles für dich, ich hab keinen Hunger.«

Der verdutzte Gesichtsausdruck, als Willi sich aufsetzte und die Dose öffnete, entschädigte ihn für seine eigene Enttäuschung.

»Der Lorenz wird sich über den Landjäger freuen«, grinste er.

Willi knabberte an den Paprikastückchen und meinte auf Waldingers Erklärung hin: »Besser als nichts.«

Als er aufstand, hielt er sich am Gipfelkreuz fest und schaute sich um. »Du warst hier sicher schon auf allen Gipfeln.«

Waldinger stellte sich neben ihn und zeigte nach Osten. »Der markante Gipfel da hinten ist der Ifen, dort verläuft die Grenze ins Kleinwalsertal. Den Widderstein erkennst du sicher selber, und das hier vorne ist der Diedamskopf. Es gibt seit Jahren Pläne, das Schigebiet am Hirschberg mit dem Diedams zu verbinden. Wahrscheinlich werden diese Pläne noch eine Rolle in den Ermittlungen spielen, wenn es denn welche geben wird.«

»Warum?«

»Sepp war ein hartnäckiger Gegner und hat seine Unterschrift verweigert. Südwestlich hier …«

»Die Kanisfluh kenn sogar ich«, unterbrach Willi ihn.

»Genau. Weniger spektakulär davor der Gopf und die Hangspitz. Da vorne«, er zeigte nach Westen, »ist das Bödele und dahinter der Bodensee. Die Niedere und die Winterstaude verbergen uns den Vorderwald. Und hier vorne«, Waldinger ging ein paar Schritte in Richtung Norden und schaute steil nach unten, »siehst du einen Teil der Alpe Wölflersgunten. Dort war gestern die Alpmesse.«

»Nein danke, ich bleib lieber hier. Das sieht gefährlich aus, aber ob dort ein Bergler aus Versehen runterstürzt, das glaub ich nicht.«

»Wir sind hier am Gipfel. Ich vermute, dass er auf dem Grat war. Das können wir aber nur feststellen, wenn wir uns nach vorne wagen. Ich hab Seile dabei. Du kannst mich von oben sichern.«

»Bist du wahnsinnig? Ich bin kein Bergsteiger.«

»Keine Sorge, ich zeig dir's schon.«

»Ich bin nicht schwindelfrei«, wollte Willi abklemmen.

»Da musst du durch. Sonst ist niemand da.«

»Und wenn du abstürzt?«

»Los jetzt.«

Sie schulterten ihre Rucksäcke und wanderten einige hundert Meter auf dem Grat nach vorne. Links waren die steilen Bergwiesen nur von einzelnen kleineren Felswänden durchbrochen, aber rechts an der Kante fiel das Gelände steil und felsig ab. Als sie an einer besonders schmalen und steilen Stelle ankamen, stoppte Waldinger, ging auf die Knie und hielt sich an einem Stein fest. Vorsichtig spähte er über die rechte Kante ins Tal.

»Hier ist er vermutlich abgestürzt. Unterhalb der Felswand ist der höchste Punkt des Alpenlehrpfades. Hier muss ich runter.«

Er holte sein Klettergeschirr aus dem Rucksack und legte es sich um. Die Karabiner schepperten an einer Öse, und das Seil gab er Willi in die Hand, bevor er das Ende an einer geeigneten Felsnase festband.

Vorsichtig kletterte er rückwärts über die Felskante und schaute nach rechts und nach links. Er suchte nach abgerutschten Steinen, Schleifspuren und möglichen Blutflecken. Es dauerte seine Zeit, und Willi rief: »Macht das Sinn? Ich krieg hier oben einen Sonnenbrand.«

Waldinger ließ sich nicht beirren und plötzlich rief er:

»Diese Flecken an dem Stein könnten Blutspuren sein. Den packen wir ein.«

»Du bist verrückt. Wir können keine Felsen mit runterschleppen.«

»Dann halt mich gut fest. Ich brauche beide Hände.«

Es war nicht ganz einfach, auf diese geringe Distanz mit Waldingers Kamera scharfe Bilder zu machen, aber er tat sein Möglichstes. Dann schabte er mit seinem Sackmesser ein paar Blutbrösel, oder was es auch sein mochte, in eine kleine Tüte. Als er diese im Rucksack verstaut hatte, kletterte er zurück auf den Grat und setzte sich neben Willi, der sich selbst mit einem Seil an einem Felsvorsprung festgebunden hatte.

»Du hast Nerven«, brummte Willi. »Mir reicht's jetzt.«

»Du hast nichts zu jammern. Schließlich kannst du hier oben den Ausblick bis zum Bodensee genießen, und die ganze Arbeit bleibt an mir hängen. Im Grunde genommen bist du für die Spurensicherung zuständig.«

»Vom Dorf aus betrachtet, sieht der Hirschberg wie ein flacher Hügel aus. Ich war nicht auf diese Tour eingestellt. Sonst hätt ich zumindest vier oder fünf Leberkässemmeln eingepackt und eine Sonnencreme.«

»Für einen Ländler bist du eh gut gelaufen, aber du siehst wirklich aus wie ein Leberkäs, der zu lange im Ofen war. Abwärts geht's schneller.«

»Für Sepp auf jeden Fall.«

Die Arbeit auf dem Grat war erledigt. Jetzt wollten sie noch in Sepps Hütte vorbeischauen.

»Entweder nehmen wir den gleichen Weg zurück bis fast zur Bergstation und laufen entlang des Lehrpfades zu Sepps Hütte …«

»Oder? Ich bin für die Alternative«, warf Willi ein.
»Oder wir nehmen die Abkürzung über die Strickleiter.«
»Abkürzung klingt gut, aber Strickleiter?«
»Ich glaub, die hat Sepp dort aufgehängt. Wir laufen auf dem Grat noch bis zu dem Felsenturm da vorne und klettern über eine acht Meter lange frei schwingende Strickleiter nach unten. Von dort ist es ein Spaziergang zu Sepps Hütte.«
»Und die dritte Möglichkeit?«, fragte Willi.
Sie nahmen ihre Rucksäcke und waren bald bei der Strickleiter angelangt. Selbst Waldinger wurde es ein wenig flau im Magen, als er entlang des Felsenturms nach unten blickte. Die Tritte der Leiter waren schmal, mehr als ein einzelner Bergschuh passte da nicht drauf. Da die Konstruktion nur ober an einem Fels befestigt war, mussten sie die Leiter erst über einen kleinen Kamm weiter unten ziehen. Vermutlich hatte sie der Wind auf die andere Seite geblasen.
»Wenn du willst, nehm ich dir den Rucksack ab.«
»Lächerlich«, sagte Willi und schwang sich als Erster auf die wacklige Leiter. »Das ist ja wie im Hochseilgarten. Auf Technik und Seile ist Verlass, mehr als auf wacklige Steine auf einen schmalen Grat«, lachte er unbekümmert und verschwand über die Felsnase.
Waldinger kletterte hinterher, und als sie beide wieder festen Boden unter den Füßen hatten, blickte Willi nach oben und zog sein Handy aus der Hosentasche. Er fotografierte die steile Wand von allen Seiten, und Waldinger spottete: »Das ist aber für die Spurensicherung nicht relevant. Bis hierher hatte Sepp es nicht mehr geschafft.«

Die Hütte stand seit Jahrhunderten auf diesem geschützten Platz mit einer herrlichen Aussicht auf die Bergkette rundherum. Die verwitterten Holzschindeln und die unterteilten Fenster mit den kleinen integrierten Schiebefenstern wirkten rustikal und fügten sich harmonisch ins Landschaftsbild.

Die Holztür war zugemacht, aber nicht abgesperrt. Das hätte Waldinger auch gewundert. Sepp war keiner gewesen, der gewissenhaft hinter sich den Schlüssel umgedreht hätte. Waldinger klopfte. »Holla!«

Natürlich meldete sich niemand. Sepp hatte allein gewohnt. Entweder hielt er es mit den Frauen nie lange aus, oder aber umgekehrt.

Es war kühl, und die Augen mussten sich nach dem hellen Sonnenschein draußen erst an die dunklere Umgebung gewöhnen. Der Riemenboden schimmerte speckig. Rechts vom Eingang stand ein uralter Herd mit einem Korb voll kleinem Brennholz daneben. An einer Leiste mit Dübeln hingen verschieden große Kellen und Töpfe. Eine schwere schwarze Pfanne stand auf dem kalten Herd. Darin ein Rest Riebel, welcher wahrscheinlich vom Frühstück übrig geblieben war und den er sich zum Abendessen nochmals wärmen wollte. Der Grießschmarren wäre dann zwar trocken, aber mit einer Schüssel Milch zum Eintauchen dennoch sehr schmackhaft gewesen. Oder Kaffee. Sepp hätte auch am Abend Kaffee dazu getrunken. Er arbeitete gerne in der Nacht, hatte Waldinger ihn mal sagen hören.

Links vor dem Lehmofen stand eine Tür offen. Waldinger duckte sich, um sich den Kopf nicht am Türrahmen zu stoßen. Eine einfache Holzbank führte vom Stubenkasten der Wand entlang bis zum Herrgottswinkel und weiter bis zum einzigen Fenster auf die Südseite. Sepp hatte die Hütte in ihrer Ursprünglichkeit erhalten. Nur aus dem alten Viehstall hatte er ein Atelier gemacht. Und ein Badezimmer hatte er sich einbauen lassen. Früher gingen die Menschen hier in den Stall, und die Katzenwäsche fand am Brunnen vor dem Haus statt. Sepps Bett stand in der Stube hinter dem Ofen. Eines der kleinen Schiebefenster stand offen. Ein paar lahme Fliegen krabbelten über den Esstisch. Der Boden neben dem Bett war mit Zeitschriften und aufgeschlagenen Büchern bedeckt. Waldinger bückte sich und schaute sich an, mit was Sepp sich in seinen letzten Stunden beschäftigt hatte. Ein Buch über Pilze, ein anderes über alte Stadtansichten von Bregenz. Die Zeitschriften wirkten abgegriffen. Sie drehten sich um Architektur und Hunde. Hatte Sepp einen Hund gehabt? Waldinger konnte sich nicht daran erinnern, ihn je mit einem Hund gesehen zu haben, und es stand auch kein Napf in der Hütte. Nein. Das Thema hatte ihn aus einem anderen Grund interessiert. Zumindest sah es hier so aus, als ob er die letzte Nacht allein in seinem Bett verbracht hatte. Auch von einem Frühstück zu zweit schien nichts zu sprechen.

Das Atelier wirkte modern und alt zugleich.

Der Boden und die niedrige Decke waren aus altem Holz, die Wände strahlend weiß gekalkt, und eine Front war verglast. Eine Werkbank dominierte die Mitte des Raumes. Das Werkzeug lag geordnet daneben auf einem fahrbaren Beistelltisch.

Ungefähr ein Drittel des ehemaligen Kuhstalls wurde von einem Holzlager eingenommen: Schwemmholz, Äste, Astscheiben, Wurzelstücke, Birkenrinde, … dementsprechend roch es nach Holz, Harz und Sägespänen. Waldinger atmete tief ein. Das musste ein befriedigendes Arbeiten sein.

An der Längsseite standen diverse fertige oder halb fertige Kunstwerke. Sepp machte diese Dinge nicht, weil sie jetzt im Trend waren, er arbeitet seit seiner Jugend bevorzugt mit diesen Materialien. Waldinger selbst hatte seinem Sohn Martin für die erste eigene Wohnung eine Stehlampe bei Sepp gekauft. Damals hatte er eine Ausstellung in der örtlichen Raiffeisenbank gehabt, und Waldinger hatte zufällig mitbekommen, wie Martin für die Lampe geschwärmt hatte. Sie hatte schon damals ein halbes Vermögen gekostet, zumindest in Waldingers Augen, die Freude bei seinem Sohn war es ihm jedoch wert gewesen. Seit Annika bei ihm eingezogen war, fristete das teure Stück sein Dasein im Keller.

Als Waldinger sich wieder zur Tür drehte, fiel ihm ein antiker Schreibtisch ins Auge. Er war verstaubt, was sich in einer Werkstatt kaum verhindern ließ. Wieso stand das gute Stück hier? Vorsichtig zog er eine Schublade auf. Briefe, Notizzettel, Fotos, Schreibzeug, ein ungeordneter Haufen, der fast aus der Schublade herausquoll. Waldinger holte eine Tüte und begann damit, alles einzusacken.

Wahllos steckte er einen Stapel nach dem anderen in den Beutel. Plötzlich stutzte er. Ein Foto lag zuoberst auf dem Stapel in der Schublade. Waldinger lief es heiß und kalt den Rücken runter. Er atmete zweimal tief in den Bauch, nahm das Bild und steckte es in seine Hosentasche. Es schien ihm seinen Allerwertesten zu verbrennen. Er ignorierte das flaue Bauchgefühl, leerte den Beutel wieder in die Schublade und nahm eine Sache nach der anderen in die Hand, bevor er sie eintütete.

Willi stand auf einmal neben ihm, und Waldinger schrak hoch.

»Steck einfach alles rein. Ich sortiere das im Büro, sonst sind wir morgen noch hier.« Waldinger nickte stumm und legte einen Gang zu.

Sie nahmen den Rückweg über den belebten Alpenlehrpfad und waren kurz vor drei an der Bergstation.

Sie gönnten sich noch ein kaltes Radler an einem schattigen Plätzchen auf der Terrasse des Bergrestaurants und luden dann ihre schweren Rucksäcke auf den Sessellift. Sie selbst nahmen den nächsten Sessel.

Helga hatte ihm einen Wurstsalat gemacht und deckte bereits den Tisch im Garten, als Willi Waldinger vor seinem Haus aussteigen ließ.

»Ich hol noch ein Radler aus dem Keller, magst auch eins?«, fragte Waldinger seine Frau.

»Ich nehme bei dir einen Schluck.«

Waldinger holte zwei. Das Erste trank er ex.

Der Wurstsalat schmeckte hervorragend.

»Und? Habt ihr was gefunden?«, fragte Helga.

Waldinger zuckte mit den Schultern. Mit vollem Mund wollte er nicht reden. Und sowieso: Er hatte Hunger.

Nach einem weiteren Schluck Radler meinte er: »Spurensicherung in alpinem Gelände ist nichts für Willi. Und du? Was hast du mit Lorenz unternommen? Hat mein Landjäger ihm geschmeckt?«

Helga lachte.

»Das war nicht Absicht! Annika sagte, er sei in der Nacht leicht fiebrig gewesen. Sie lasse ihn heute lieber zu Hause. Aber wir haben abgemacht, dass wir morgen etwas unternehmen. Dann hast du Zeit, oder?«

Waldinger nickte.

»Und der Landjäger ist noch im Kühlschrank.«

Sonntag, 17. August

Der Sonntagsgottesdienst war gut besucht gewesen. Der Pfarrer hatte ein Gsätzle für den Verstorbenen angestimmt. Beim anschließenden Frühschoppen in der *Taube* war Sepps Tod das einzige Thema gewesen. Waldinger waren die an den Haaren herbeigezogenen Vermutungen bald zu viel geworden, und schon nach dem ersten kleinen Bier hatte er bezahlt und war nach Hause gegangen. Heute stand ein Familienausflug auf dem Programm. Er hatte Helga den Körbersee ausgeredet.

Lorenz war noch nie mit der Bahn auf den Hirschberg gefahren. Unsicher hielt sich der Dreijährige an Opas Hand fest.

»Keine Angst«, sagte Waldinger. »Wir machen den Bügel zu, dann kannst du nicht runterfallen. Oma und Papa fahren gleich hinter uns.«

Beim Einsteigen in den Zweiersessellift nahm er den Kleinen fest unter den Arm, und gemeinsam schwebten sie in die Höhe. Nach dem ersten Staunen wurde der Knirps lebendig und stellte hundert Fragen. Waldinger war stolz auf seinen Enkel. Annika war heute lieber daheimgeblieben. Die sommerlichen Temperaturen verursachten bei ihr anscheinend Migräne.

Als sie gemächlich auf die siebte Stütze des Liftes zuflogen, wurde Lorenz immer leiser. Erst vorsichtig, dann immer fester, krallte er sich an Waldingers bloßem Unterarm fest. Das Tobel unter ihnen war an die achtzig Meter tief. Ihm selbst war diese beeindruckende Höhe schon seit Jahren nicht mehr aufgefallen.

»Es ist nicht mehr weit, und schau, da bei der nächsten Stütze ist es gar nicht mehr hoch. Da können wir mit den Füßen fast die Büsche berühren. Langsam nahm der Druck auf seinen Arm ab.

Der Knirps hielt sich nun wieder am eisernen Bügel vor ihm fest, und Waldinger blickte verwundert auf die Abdrücke der kleinen Hand auf seinem Unterarm.

»Bist du noch nie mit einem Sessellift gefahren?«

»Nein, aber mit dem Wälderbähnle, aber das war nicht so cool, weil da ist man ja immer auf dem Boden«, sprudelte der Kleine schon wieder glücklich. Sprachlich war er wirklich sehr begabt. Von wem er das wohl hatte? Von ihm oder seinem Sohn jedenfalls nicht.

An der Mittelstation stiegen sie aus. Waldinger nahm Lorenz auf den Arm und zog ihn schwungvoll zur Seite, auf das Liftlerhäuschen zu.

»Ja, Nolde, schon wieder? Heute aber nicht mehr beruflich, oder?«

»Servus, Seff. Nee, nee, Familienausflug, aber wenn ich schon da bin, was sagst du zu dem Unfall vom Sepp?«

Mittlerweile waren auch Helga und Martin ausgestiegen. Helga nahm Waldinger Lorenz aus dem Arm.

»Das hab ich mir gedacht, aber wir werden nicht lange warten. Komm, Lorenz, wir stellen uns schon mal an.«

Die Schlange vor dem Einstieg war beträchtlich. Waldinger schätzte, dass mindestens hundert Menschen darauf warteten, mit einem Rodel ins Tal zu sausen.

»Ich komm gleich, keine Sorge. Da steht man eh noch eine Weile an«, sagte er zu seiner Frau und wandte sich dann dem Mann neben ihm zu.

»Ja, Seff. Komische Geschichte, oder?«

Der schüttelte seinen Kopf bedächtig hin und her. »Weißt eh, man macht sich seine Gedanken, wenn so was im eigenen Umfeld passiert. Ich will nix behaupten, aber da fahren immer wieder einheimische junge Frauen rauf. Dass die alle nur Kräuter sammeln wollen, glaub ich eigentlich nicht.«

»Aber wieso soll eine von denen ihn umbringen?«, flüsterte Waldinger. »Die wissen doch, dass sie nicht die Einzigen sind.«

Seff zuckte mit den Schultern.

»Oft sind sie verheiratet. Es soll ja heute offene Ehen und allerhand merkwürdige Beziehungen geben, aber ich könnte mir vorstellen, dass deren Männer keine Gaude haben, wenn sie was mitkriegen.«

»Denkst du an jemand Bestimmten?«

»Nee, nee«, wiegelte der Liftler ab. »Aber solche Geschichten können gefährlich sein. Man hört immer wieder, dass die meisten Mordmotive mit Liebe und Eifersucht zu tun haben. Oder was meinst du dazu als Kriminaler? Wegen Geld hat den Sepp sicher niemand umgebracht.«

»Geld direkt vielleicht nicht, aber wie war denn am Lift die Stimmung wegen der Erweiterung?«

»Ich hab mich da rausgehalten. Ich geh in zwei Jahren in Pension. Klar hat der eine oder andere den Sepp mal verflucht, aber für einen Mord hätte die Wut bei keinem von uns gereicht.«

Waldinger nickte nachdenklich.

»Und du und dein Kollege, habt ihr gestern etwas entdeckt?«

Waldinger schüttelte den Kopf. »Nee. Ist schwierig, wenn man nicht weiß, was man sucht. Doch für einen Arbeitstag war die Tour ganz ordentlich.« Er drückte ein Auge zu und grinste verschmitzt. »Du, die Helga schaut ständig hierher. Lass sie nicht warten. Und ich sollt mich auch wieder auf den Ausstieg konzentrieren.«

»Hast recht. Nimm's nicht zu streng, Seff.«

»Schönen Sonntag!«

Waldinger drängte sich an der Menschenschlange vorbei zu seiner Familie, die nun schon im vorderen Drittel stand, und erntete nicht nur ärgerliche Blicke. Ein Wanderer in Sandalen und mit einem zu kleinen Strohhut auf dem schütteren Haar hielt ihn am Hemdärmel fest. »Hinten anstellen!«

Waldinger schüttelte die schweißnasse Hand ab. »Meine Frau ist da vorne, und mein Enkel.«

»Das kann ja jeder sagen«, ärgerte sich der Mann, und die füllige Dame neben ihm fügte hinzu: »Vordrängler. Nur, weil Sie ein Einheimischer sind, glauben Sie, Sie könnten sich alles erlauben.«

»Nolde«, schallte eine ungeduldige Stimme zu ihnen heran. »Wir sind gleich dran, und du hast unsre Karten.«

Das Paar drehte seinen Kopf und verlor Waldinger aus den Augen. Dieser nutzte den Moment zur Flucht, und die restlichen Sonntagsausflügler ließen ihn anstandslos nach vorne.

»Dass ihr Männer immer so Wichtiges habt«, schüttelte Helga den Kopf.

Waldinger schnappte sich seinen Enkel und gab dem Knipser alle Karten. »Ich will keinen Bremser, gib mir einen von denen.«

Mit gerunzelten Brauen schaute der Angestellte auf den Knirps an Waldingers Hand und zog dann einen von den schnellen Flitzern heran.

Waldinger stieg mit Lorenz ein, fasste mit beiden Händen den Bremshebel und jauchzte beim Start. Er war gerade um die ersten zwei Kurven gefahren, als ihm bewusst wurde, dass der Kleine weinte. Sofort zog er die Bremse. »Was ist los?«

»Nicht so schnell«, schluchzte der Bub.

Als sie bei der Talstation ankamen, zogen sie einen Rattenschwanz an Rodlern hinter sich her.

Während Martin und Helga mit Lorenz zum Spielplatz spazierten, klopfte Waldinger an die Tür zum Büro des Betriebsleiters der Hirschbergbahnen.

»Herein«, tönte es von drinnen.

Waldinger öffnete die Tür. »Servus, Peter, darf ich kurz stören?«

»Natürlich, komm rein.«

Der Vierzigjährige saß hinter seinem Schreibtisch aus Buchenholz und deutete Waldinger, auf dem Besucherstuhl ihm gegenüber Platz zu nehmen. In der einen Hand hielt er eine brennende Zigarette, mit der anderen kritzelte er mit einem Kugelschreiber auf seiner Schreibtischunterlage herum. Jetzt stand er auf, öffnete das Fenster und schnippte die Kippe hinaus.

»Du musst entschuldigen, normalerweise rauche ich hier nicht, aber der Stress der letzten Tage …«

»Hochsaison?«

Peter nickte. Die blonden Haare fielen ihm vorne in die Stirn, und er strich sie ungeduldig zurück.

»Was kann ich für dich tun? Gibt's Probleme?«

»Nein, wieso?«

»Zufriedene Gäste bekomme ich nur selten zu Gesicht, meistens hab ich mit den Nörglern zu tun.«

»Nee, nee. Ich hätte nur ein, zwei Fragen wegen der Sache mit Sepp.«

»Muss das sein?«

»Ich kann auch morgen wiederkommen. Ich war nur zufällig grad hier oben.«

»Am Montag habe ich frei.« Er lachte freudlos. »Was heißt frei? Zumindest bin ich nicht vor Ort. Der Schwiegervater erwartet meinen Bericht im Büro. Und zu Hause gibt es auch allerhand zu tun. Rasen mähen, Autos waschen, die Einfahrt kehren, den Getränkekühlschrank füllen, du kennst das sicher, wenn man an sechs Tagen zu gar nichts kommt. Also ist es heute vielleicht besser.«

Waldinger bekam in dem heißen verrauchten Büro kaum Sauerstoff. »Wollen wir ein paar Schritte gehen?«

Peter erhob sich und nickte.

Sie liefen länger, als Waldinger erwartet hatte. Als er keine weitere Geschichte über die Probleme mit Peters Schwiegervater mehr hören wollte, blieb er stehen.

»Wann hast du Sepp zuletzt gesehen?«

»Ich glaub, es war am Dienstag.«

»Wo?«

»Auf dem Personalparkplatz.«

»Hast du mit ihm gesprochen?«

Peter kickte einen Kieselstein in die Wiese. »Sepp hatte seinen verbeulten VW auf meinem Platz abgestellt. Das machte er öfters, und ich musste meinen Oldtimer am Wegrand parken. Das Auto ist zu wertvoll, um es am Straßenrand abzustellen.«

Jetzt kickte Waldinger einen Kiesel nach vorne. »Und dann?«

»Ja, wir haben uns gestritten, aber deswegen bring ich ihn nicht um.«

»Hattet ihr öfters Streit?«

»Jeder weiß, dass wir verschiedene Ansichten hatten. Aber da bin ich bei Gott nicht der Einzige.«

»Wer denn noch?«

»Wer denn noch? Das halbe Dorf war gegen ihn und seine Einstellung zum Hirschberg. Da kannst du alle Weidenbesitzer und Bauern und Gastwirte und wen du noch willst befragen. Das Theater mit Sepp ging jedem auf den Sack.«

»Wo warst du in der Nacht von Donnerstag auf Freitag und am Morgen an Maria Himmelfahrt?«

»Ja, Herrgottsack, bin ich jetzt verdächtig? Ich brauch kein Alibi! Natürlich war ich am Arbeiten. Das war einer der stärksten Tage der ganzen Saison.«

»Wer kann bezeugen, von wann bis wann du hier warst?«

»Ja, fragst halt die Liftler. Der eine oder andere wird mich schon gesehen haben.«

Zornig zog Peter eine Schachtel Zigaretten aus der Hosentasche, fingerte eine heraus und zündete sie mit einem Feuerzeug an. Er nahm einen tiefen Zug und beruhigte sich: »Tut mir leid, Reinhold. Ich hatte Probleme mit dem Sepp, aber deswegen schmiede ich keine Pläne, ihn zu ermorden. Und wie hätt ich denn wissen sollen, wann der auf dem Grat ist?«

Waldinger ließ ihn weiterrauchen und machte sich mit großen Schritten auf in Richtung Spielplatz. Ein wenig plagte ihn das schlechte Gewissen, dass er seiner Familie einen Sonntagsausflug versprochen hatte und kaum Zeit mit ihnen verbrachte. Als der Spielplatz schon in Sichtweite kam, erkannte er, dass Hannes vor dem Eingang zum *Auerhahn* stand, und er schlug diese Richtung ein.

»Servus, Hannes, wie geht's?«

»Danke«, sagte der Wegwart. »Ich mach grad Feierabend.«

»Mitten am Nachmittag?«

»Ich hab schon früh angefangen. Soll ja alles perfekt sein, wenn die ersten Gäste kommen.«

Er strich sich seine dunklen, verschwitzten Haare hinter die Ohren und wischte sich die Hand an seinem Muskelshirt ab. Selbst in Arbeiterkleidung machte er Eindruck, wie Waldinger an zwei Teenagern feststellte, die kichernd an ihnen vorbeiflanierten.

»Hast du eine Minute?«

Hannes nickte und ging ins Restaurant.

»Ich brauch nur was zum Trinken.«

Er holte sich ein Bier aus der Küche, und Waldinger suchte sich einen leeren Tisch am Fenster. Der Wegwart trank direkt aus der Flasche und setzte sich dazu.

»Um was geht's?«

»Um den Sepp.« Waldinger beobachtete ihn genau.

»Aha. Habt ihr bei der Kripo keinen Sonntag?«

»Wir schon, aber du? Seit wann arbeitet ein Wegwart am Sonntag?«

»Das ist nur wegen der Hochsaison und weil ich am Freitag frei hatte.«

»Du hattest am Freitag frei?«

Hannes nickte und nahm noch einen großzügigen Schluck.

»Und wer hat den Weg gerichtet, beim Alpenlehrpfad?«

»Das ist mein Job. Am Vorabend hab ich noch alles bestens in Ordnung gebracht.«

»Der Weg ist dieses Jahr wirklich gut beieinander. Wann hast du den Sepp zuletzt gesehen?«

»Ich? Den Sepp?«

Er zupfte am Etikett der Bierflasche und versuchte, es mit dem Daumennagel abzulösen. Waldinger wartete.

»Ja, keine Ahnung. Du, der fällt mir gar nicht auf. Hier siehst du beim Arbeiten jeden Tag Hunderte Leute. Ich hatte nie ein Problem mit dem Sepp. Ich hab wirklich keine Ahnung.«

»Ungefähr?«

Hannes zog die Schultern hoch. Waldinger legte ein Notizbuch vor sich auf den Tisch und suchte in seiner Hemdtasche nach dem kleinen Bleistift.

»Ja, halt vor zehn Tagen oder drei Wochen oder so. Der fällt mir ehrlich nicht auf.«

Waldinger schlug eine freie Seite in seinem Büchlein auf.

»Ja, was soll denn das?«, fragte Hannes ungläubig. »Bin ich denn verdächtig?«

»Ich mach nur meine Arbeit. Ich muss deine Aussagen natürlich überprüfen. Macht ja keinen Sinn, wenn ich alles für bare Münze nehme, was mir die Leute erzählen.«

»Ich unterschreib aber nichts.«

»Musst du auch nicht. Fürs Protokoll bekommst du nächste Woche einen Termin auf dem Posten. Ich meld mich.«

Sein schönes Lächeln machte einer verdutzten Miene Platz.

Der Spielplatz war voller Kinder und Eltern, aber von seiner Familie konnte Waldinger niemanden entdecken. Auch hielt er vergebens nach Martins Wagen Ausschau. Also überquerte er den riesigen Parkplatz und ging zu Fuß über einen Hang abwärts. Beim Rotwildgehege ging er links vorbei, runter zum Bildbühel. Dann nahm er eine Abkürzung quer über frisch gemähte Wiesen. Das Gras war schon fast trocken. Morgen würden die Bauern das Heu reinholen. Es duftete herrlich und knisterte schon ein wenig unter seinen Füßen. Als er schon fast zu Hause war, fiel ihm ein alter Steyr auf, der mit angehängtem Kreisler auf eine Wiese einbog. Das musste Arthur sein. Er hielt auf den Traktor zu und winkte ihm, stehen zu bleiben. Der Jungbauer stellte den Motor ab, blieb aber sitzen.

»Servus, Arthur. Bist noch fleißig? Ich will dich nicht lang aufhalten. Erzähl mir noch kurz von Donnerstagabend. Mit wem war Sepp im *Hirschen*?«

Arthur nahm seinen Hut ab und kratzte sich am Kopf. »Reinhold, ich hab da am Hirschberg zu viel gesagt. Eigentlich hab ich gar nicht auf ihn geachtet. Er saß kurz am Stammtisch, aber er hatte bestimmt nicht so viel gesoffen wie ich, so unter uns gesagt. Ich kann dir leider nicht weiterhelfen.«

Er startete den Motor und klappte den Kreisler auseinander. Waldinger ging nach Hause.

Lorenz saß auf der Schaukel im Garten, auf der schon Waldingers Kinder gespielt hatten. Helga stand hinter ihm und schubste ihn unermüdlich an. Dem Gelächter nach zu urteilen hatten beide ihren Spaß, und die Stimmung war weniger frostig, wie Waldinger erwartet hatte.

Er schenkte sich in der Küche einen kalten gespritzten Most ein und setzte sich zu Martin auf die Terrasse. Der döste hinter seiner Sonnenbrille und erschrak, als Waldinger sagte: »Zum Wohl, Martin.«

Gemeinsam schauten sie Oma und Lorenz zu. Martin nahm sich ein paar Zwetschgen aus der Obstschale auf dem Tisch. »Warst du wenigstens erfolgreich?«

»Es tut mir leid, es waren nur ein paar Fragen, ich wusste ja nicht, dass ihr es so pressant habt.«

»Ein paar Fragen, schon klar.«

Hinter dem Haus krähte der Hahn, und die Hühner gackerten als Antwort darauf.

»Hat Annika öfters Migräne?«, fragte Waldinger.

Martin murmelte nur etwas Unverständliches vor sich hin.

»Oder möchte sie Helga und mir aus dem Weg gehen?«

»Was? Warum denn?«

»Helga hat das Gefühl, dass sie Lorenz von ihr fernhält.«

»Quatsch. Jetzt führt euch nicht auf wie Millionen anderer Schwiegereltern. Sie hat einfach Kopfweh, okay?«

Waldinger nickte. Dann zog er seine Schuhe aus und lief über den Rasen zur Schaukel.

»Lorenz, soll ich dich anschubsen, noch höher als die Oma?«

»Aha, hat der Kriminalhauptkommissar am Sonntag doch noch Zeit für seine Familie?«, fragte Helga.

»Nein, Oma schubst mich.« Der Kleine lachte fröhlich.

Waldinger ging zum Hühnerstall und streute frisches Stroh auf den Hühnermist. Eier lagen keine im Nest. Sicher hatten Helga und Lorenz sie heute gemeinsam geholt. Es war immer schön zu sehen, wie gut ihr das Zusammensein mit ihrem Enkel tat. Trotzdem bekam Waldinger selber Kopfschmerzen, als er an Annikas Migräne dachte.

Das Kopfweh seiner Schwiegertochter, der Mord an Sepp, die schwüle Luft im Schlafzimmer und eine lästige Stechmücke, die nur zu hören, aber nie zu sehen war, brachten ihn um seinen Schlaf. Helga atmete schon lange gleichmäßig vor sich hin, und Waldinger beneidete sie um ihre Erholung.

Es war kurz vor Mitternacht, er stand auf, holte sich ein Bier aus dem Keller und setzte sich, nur mit Unterhose bekleidet, auf den Brunnenrand im Garten. Seine Füße hielt er in das kühle Wasser und trank einen Schluck. Er lehnte den Kopf an den Stamm des Zwetschgenbaums und schaute in den klaren Nachthimmel hinauf. Unzählige Sterne funkelten, und er konnte die Milchstraße erkennen. Hier draußen wurde er ruhig. Vielleicht war alles ganz anders, als es schien.

Im Dunkeln lief er zum Gartenzaun und schaute in Richtung Kirchdorf. In den meisten Häusern brannte kein Licht mehr. Die beleuchtete Uhr am Kirchturm zeigte Mitternacht. Jetzt würde er schlafen können. Die frische Luft hatte ihm die ersehnte Entspannung gebracht. Er nahm noch einen Schluck. Den Rest konnte Helga morgen in ihre Schneckenfallen gießen.

Dann drehte er sich um und ging zurück zum Haus. Sein Blick wurde von einem unruhigen Licht an der Straße in Richtung Hirschberg angezogen. War etwa das Wasser knapp? Das Blinklicht beim Wasserreservoir signalisierte den Bizauern, mit dem

Trinkwasser sparsam zu sein. Aber nein, das Licht wirkte größer, und es fehlte auch an einer gewissen Regelmäßigkeit.

Waldinger holte sein teures Swarovski-Fernglas und schaute genauer hin. Er drehte an der Einstellung, bis er einen klaren Blick hatte, und erkannte mit Schrecken, dass die Garage von Albert in Flammen stand.

Im selben Moment hörte er den Folgehornton des Feuerwehrautos und beobachtete, wie es mit Vollgas die Hauptstraße entlang zu dem Brand fuhr. Waldinger fröstelte. Leise ging er ins Bad und zog sich dort die Kleidung vom Vortag an. Er wollte Helga nicht wecken. Dann schnappte er sich sein Fahrrad und fuhr bis zum Ortsteil Mühle.

Er parkte sein Rad an einem Baumstamm und ging zu Fuß den steilen Hügel am Waldrand entlang. Rauch hing in der Luft, und er hörte bereits die Kommandos, die die Feuerwehrmänner einander zuriefen. Als er von der Hinterseite auf das Haus zulief, sah er, dass die gesamte Familie im Freien stand. Gott sei Dank. Das Ehepaar und die drei kleinen Kinder wirkten auf den ersten Blick unverletzt. Die Feuerwehr hatte die Flammen schon unter Kontrolle gebracht. So, wie es jetzt aussah, konnte das Einfamilienhaus gerettet werden. Waldinger stellte sich neben den Hausbesitzer und schaute der Arbeit der Feuerwehrmänner zu.

Albert wandte sich an Waldinger. »Man sieht es von hier aus nicht. Ein Wagen ist mit Vollgas in die Garage gefahren. Gott sei Dank nur in die Garage. Das Kinderzimmer liegt direkt daneben.«

»Ein Auto?«

»Es knallte, wir wachten alle auf. Erst dachten wir, es sei ein Erdbeben. Meine Frau und ich haben versucht, die Kinder zu beruhigen. Ich hätte gleich nachsehen sollen. Wie ich aus dem Haus kam, habe ich den Rauch gerochen und die Flammen gesehen. In der Garage waren Reservekanister mit Benzin und Gas für den Grill. Die Stichflamme war gewaltig. Alles hell erleuchtet. Gespenstisch. Ich hab die Feuerwehr alarmiert. Absurd, wo ich selber Kommandant bin, aber ich wusste nicht, was tun. Das eigene Haus, die eigene Familie, ich war wie betäubt.«

Seine Frau neben ihm versuchte, das Kleinste auf ihrem Arm in den Schlaf zu wiegen. Die beiden größeren Jungen standen in ihren Pyjamas daneben und hielten sich an ihren Kuscheltüchern fest.

»Da habt ihr Glück gehabt«, sagte Waldinger. »Ein Schutzengel. Gott sei Dank ist euch nichts passiert.« Er legte Albert kurz die Hand auf die Schultern und ging weiter nach vorne.

Da sah er es, das Auto, welches von hinten den steilen Hang hinuntergefahren sein musste. Es war mit voller Wucht in die Garagenmauer geknallt, hatte diese durchbrochen, und jetzt bot sich ein Anblick wie nach einem Erdbeben.

Das Auto war völlig zerstört und ausgebrannt. Waldinger griff sich mit beiden Händen vor seinen Mund. Das durfte nicht wahr sein. Der Wagen kam ihm trotz allem bekannt vor.

Montag, 18. August

Waldinger war früh dran. Im Landeskriminalamt in Bregenz war es zu dieser Morgenstunde noch ruhig. Über das lange Wochenende hatte sich, abgesehen von Sepps Tod, nichts Aufsehenerregendes abgespielt. Kollege Meuse war auf der Route 66 auf einer Harley unterwegs, aber Waldinger erwartete heute Kollegin Koch und seine Sekretärin Annette aus dem Urlaub zurück. Auf die freute er sich besonders. Die Aushilfe würde er nicht vermissen.

Als Erste erschien Annette. Aus ihrer Handtasche zauberte sie ein Mitbringsel für Waldinger. Eine echte Elchsalami, direkt vom Nordkap importiert.

Waldinger räusperte sich. »Danke.«

»Und hier? Alles beim Alten?"

»Ja. Ich weiß nicht, ob du es mitbekommen hast. Am Freitag kam am Hirschberg ein Einheimischer ums Leben. Er liegt in der Gerichtsmedizin. Ich brauche unbedingt gleich die Auswertung. Ich muss wissen, woran er gestorben ist. Wenn er einen Herzinfarkt hatte, können wir ihn abhaken, aber ansonsten brauch ich die Ergebnisse der Spurensicherung. Ich war am Samstag mit Willi unterwegs und benötige die Analyse des sichergestellten Materials. Sonst ist es momentan verdächtig beschaulich.«

»Ich kümmere mich drum. Ich hab mitbekommen, dass Sepp abgestürzt sein soll. Es stand gestern im *Wann und Wo*.«

»Ehrlich? Ich weiß schon, warum mir das Käseblatt nicht in den Briefkasten kommt. Was haben sie denn geschrieben?«

»Von dem Unfall nicht viel. Aber sie haben eine ganze Serie Fotos gebracht, auf denen Sepp bei unterschiedlichen Anlässen mit verschiedenen Frauen zu sehen ist. Du weißt ja, die arbeiten lieber mit Bildern als mit Texten. Die Sonntagsleser mögen das anscheinend.«

»Okay, dann halten wir uns ran, bevor die gesamte Presse auf dem Fußabstreifer steht.«

»Ich kümmere mich um die Auswertungen.«

»Gut, danke. Und schön, dass du wieder da bist, die Moni kann ganz schön anstrengend sein.«

Annette lachte, sie kannte die rüstige Rentnerin und ehemalige Chefsekretärin der Polizeidirektion ebenfalls. Bevor sie sich dazu äußern konnte, öffnete der Staatsanwalt die Tür zu Waldingers Büro.

»Hammors luschtig?« Er rückte seine neue rote Krawatte zurecht und fuhr sich kurz über die letzten Haarstoppel auf seinem Kopf.

»Waldinger, kommen S' klar mit den Ermittlungen, oder sand Se befangen?«

»Wieso sollte ich befangen sein? Ich bin nicht mit dem Sepp verwandt.«

»Es trifft Se scho wieder zu Befragungen in Ihrem Dorf. Ich fürcht, Se könnten da nicht ganz objektiv sein. Oder wie stehn Se zu dieser Schigebietserweiterung?«

»Keine Sorge, ich seh das neutral, und es ist ja mehr als fraglich, dass diese Sache mit Sepps Tod zu tun hat.«

»Sie wollen also ermitteln?«

Waldinger nickte.

»Aber nicht zu zaghaft, bittschön. Der Bernhard erwartet Ergebnisse. Beim letzten Mal warn Se oifach zu lasch. Mit mehr Schärfe wärn Se sicher schneller gwesn. Also: nicht mit Samthandschuhen anfassen, de lieben Wälderleut! Und nehmen S' Koch mit. Jemand muss ja sachlich bleiben.«

Kollegin Koch war vierzehn Tage auf Teneriffa gewesen und kam braun gebrannt mit einem flotten Kurzhaarschnitt und voller Elan in sein Büro. Waldinger hätte sie auf den ersten Blick fast nicht erkannt. Hatte sie abgenommen? Und war das auf ihren Lippen etwa Lippenstift?

»Gut erholt siehst du aus.«

»Bin ich auch. Und bei dir? Alles klar? War viel los, hast du mich vermisst?«

»Alles ruhig, keine Sorge. Aber jetzt kann ich dich brauchen. Du kommst im richtigen Moment zurück.«

»Erklär mir kurz, um was es geht. Ich bin erst gestern Abend heimgekommen, aber anscheinend gibt es einen Toten?«

»Du hast deinen Urlaub verlängert?«

»Ja, war toll.«

Die Trennung von ihrem Ex hatte sie gut verkraftet. Umso besser. Waldinger druckte ein Bild von Sepp aus und erklärte den Sachverhalt seines Todes.

»Ich wollte als Erstes auf das Gemeindeamt in Bizau. Diese Schigebietserweiterung hat heute Priorität. Denn nachdem mit Sepp am Freitag der stärkste Gegner unter dubiosen Umständen ums Leben gekommen ist, verunfallte heute Nacht einer der Befürworter.«

»Nee, oder? Weiß der Seidl schon davon?«

Waldinger schüttelte den Kopf. »Aber ich glaub nicht an Zufälle. Drum gehen wir als Erstes der Erweiterung nach. Bisher ist das die einzige Verbindung, die ich zwischen den beiden Toten entdecken konnte. Und ich fress einen Besenstiel, wenn es da keinen Zusammenhang gibt.«

Annette hatte den Bericht der Gerichtsmedizin bereits bekommen. Die Medizinerin hatte am Samstag gearbeitet, und Sepp war momentan der Einzige, der in der Kühlkammer lag. Waldinger gab als Erstes Bernhard und Fini Bescheid. Wenn sie wollten, konnten sie Sepp heute noch einmal sehen und sich verabschieden. Dann nahm er den Bericht und las ihn in Ruhe durch. Als Todesursache war Genickbruch diagnostiziert worden. Der Alkoholgehalt im Blut maß weniger als 0,2 Promille. Sepp war zum Unfallzeitpunkt nüchtern gewesen. Die Abschürfungen waren alle frisch und enthielten Spuren von Fichtennadeln, Gestein und Flechten. An der Schläfe waren eine starke Prellung und eine aufgeplatzte Wunde. Diese hatte winzige grüne Splitter enthalten.

Was genau das sein konnte, würden erst weitere umfangreichere Untersuchungen feststellen können. Vermutlich war ein stumpfer Gegenstand gegen die Schläfe geprallt. Eher unwahrscheinlich, dass Sepp sich selbst eine derartige Verletzung zugezogen haben konnte.

Im Labor arbeiteten sie momentan an der Analyse der abgekratzten Brösel, die Waldinger am Grat eingetütet hatte. Ob es sich um Blutspuren von Sepp handelte, würden sie gegen Mittag wissen.

Auf der knapp einstündigen Fahrt nach Bizau telefonierte Waldinger mit der Touristin, die Sepp gefunden hatte. Sie blieb bei ihrer Version, dass sie auf der Suche nach einem stillen Örtchen den Toten entdeckt hatte. Von Sepp hatte sie noch nie gehört, und sie schwor bei der Gesundheit ihrer Mutter, niemanden umgebracht zu haben.

»Jetzt verstehen Sie mich bitte nicht falsch. Aber kann jemand bezeugen, dass Sie selber nicht auf dem Grat waren?«

»Sie sind wirklich lustig. Habe ich den Eindruck gemacht, freiwillig auf einen Berg zu kraxeln? Reden Sie mit meiner Vermieterin. Sie war es, die mir das Ganze eingebrockt hat.«

»Wieso?«

»Der Alpenlehrpfad sei ein gemütlicher Sonntagsspaziergang, hat sie zu mir gesagt und mich gedrängt, wegen der blühenden Alpenrosen. Und jetzt? Ich sitze mit einem verknacksten Knöchel vor dem Haus, kann nicht mehr schlafen, weil ich ständig von dem Toten träume, und dann rückt sie nicht mal ihre Klatschzeitungen raus.«

»Bei wem sind Sie denn untergebracht?«

»Frau Rosmarie Fetz.«

Waldinger lachte. »Dann humpeln Sie doch zum nächsten Gartenzaun. Meine Frau hat sicher was zu lesen für Sie.«

Waldinger und Koch parkten vor dem Feuerwehrhaus. Einige Jungfeuerwehrler waren gerade dabei, die gebrauchten Schläuche zum Trocknen aufzuhängen. Direkt vor dem Feuerwehrhaus stand das in den Neunzigern neu erbaute Mehrzweckgebäude, in dem auch der Gemeindesekretär sein Büro hatte. Das moderne Holzhaus hatte in den vergangenen Jahren gleich mehrere Baupreise einheimsen können.

Im Schaufenster der stillgelegten Postfiliale war Holzspielzeug ausgestellt, und Waldinger wusste schon, was er für seinen Enkel unbedingt haben wollte. Die Schubkarre aus Holz schaute so stabil aus, dass Lorenz damit helfen könnte, das Brennholz in den Keller zu schaffen. Er musste mit Helga darüber reden. Das wär was für den vierten Geburtstag des Buben.

Waldinger stieß die schwere Tür im Erdgeschoss auf, und sie stiegen die Stufen in den oberen Stock hinauf und warteten in dem kühlen Empfangsbereich.

Die Tourismusamtsleiterin steckte ihren Kopf durch das Fenster ihres verglasten Büroraums. »Dor Gü ischt glei grüscht.«

Und tatsächlich dauerte es nur noch eine halbe Minute, bis der Sekretär seinen Telefonhörer ablegte und sie schwungvoll in sein Büro winkte.

Günter war nur wenige Jahre jünger als Waldinger und versuchte, sein spärlicher werdendes Haupthaar mit einem Ziegenbärtchen zu kompensieren. Er stemmte seinen korpulenten Körper aus seinem bequemen Sessel und gab Koch und Waldinger die Hand.

»Ja, welche Ehre, schöne Dame. Ich wusste ja gar nicht, dass bei der Kripo so hübsche Frauen arbeiten. Ja, da muss ich mir ja fast überlegen, was ich denn anstellen könnte, um von Ihnen so richtig ins Kreuzverhör genommen zu werden.«

Sein Grinsen wurde auch nicht schmaler, als er sich Waldinger zuwandte.

»Ja, Noldi. Was sagt denn die Helga zu deiner sportlichen Begleitung? Ja, sag, ist sie denn nicht eifersüchtig?«

Er lachte laut und drängte ihnen zwei Sessel auf.

Auf seinem Schreibtisch türmte sich loses Papier in ganzen Stapelbergen, und Waldinger fragte sich, wie hier strukturiertes Arbeiten möglich war.

»Ja, hier schaut's aus, denkt ihr euch. Nein, ich bin ja kein Schlamper und Papierhorter, aber die Originale darf ich euch ja nicht geben, und ja, jetzt habe ich halt alles für euch kopiert. Ja also, wenn ihr zwei hier rausgeht, ist mein Schreibtisch leer. Nur den Kuli und den Bildschirm geb ich nicht her. Ja, aber alles andere ist für euch. Da könnt ihr euch eine schöne Woche damit machen.«

Waldinger schluckte. »Da sind wir Jahre dran, wenn wir das alles lesen sollen. Kannst du uns kurz zusammenfassen, um was es hier geht?«

»Ja, natürlich kann ich es versuchen«, meinte der Sekretär und nahm seine Brille ab. »Aber zuerst mach ich euch eine Tasse Kaffee, in zwei Minuten kann ich es nämlich nicht erklären.«

»Nein danke, fang nur gleich an«, sagte Waldinger. Da klopfte es kurz an die Tür in Waldingers Rücken, und die junge Bürgermeisterin kam herein. Die dunkelgraue Hose zur tiefroten Bluse und die auffällige Brille ließen sie älter aussehen, aber sie war erst fünfundzwanzig und damit die jüngste Bürgermeisterin Österreichs.

Sie reichte Koch und Waldinger die Hand. »Ich möchte mir selbst ein Bild von der Geschichte machen. Es ist ziemlich ungewöhnlich, innerhalb von drei Tagen mit zwei Todesfällen in Bizau konfrontiert zu werden. Immerhin haben wir nur etwas über tausend Einwohner. Ich denke, dass wir Zufall ausschließen können.«

Günter suchte während dieser Worte verzweifelt nach Blickkontakt mit der Dame im Tourismusbüro, aber diese ignorierte ihn. Waldinger vermutete, dass der Kassier lieber ohne die Chefin an seiner Seite die persönliche Sicht der Dinge vorgetragen hätte.

Nüchtern fasste er die Fakten rund um die geplante Erweiterung zusammen. So nüchtern, dass Waldinger des Öfteren ein Gähnen unterdrücken musste, und auch die Bürgermeisterin unruhig hin- und herlief. Koch streckte immer wieder ihre Beine und den Rücken durch und massierte fortwährend ihre Nasenwurzel. Nach einer Stunde war er noch immer nicht am Ende seiner Zusammenfassung angekommen, und der Bürgermeisterin ging die Geduld aus.

»Ich bitte Sie, geschätzte Kriminalbeamten, diesen Fall binnen weniger Tage aufzuklären und vor allen Dingen kein Wort an die Presse verlauten zu lassen. Negativschlagzeilen kann und will sich ein noch kleiner, aber aufstrebender Ort wie Bizau nicht leisten. Und nachdem Sepp nun nicht mehr intervenieren kann, steht Bizaus Höhenflug nichts mehr im Wege.«

Waldinger und Koch nickten im Gleichtakt.

»Publicity ist gut, aber schlechte Publicity zum falschen Zeitpunkt kann tödlich sein.«

Mit diesen Worten ging sie zur Tür und ließ drei überraschte Mienen zurück.

Günter erkannte seine Chance, endlich frei sprechen zu können, und holte noch einmal aus:

»Ja, ihr hättet auf der letzten öffentlichen Gemeinderatssitzung dabei sein sollen. Der Sepp hatte über unsere Dorfpolitiker gespottet. Hirnlose Jungspunde, die alle noch auf die Nase fallen werden, hatte er sie genannt. Ja, und dann …«

Dann begann die Kirchenglocke ihr Mittagsgeläut, und Günter stand auf, um das gekippte Fenster zu schließen. Ansonsten wäre eine weitere Unterhaltung nicht möglich gewesen. Doch Waldinger und Koch hatten genug gehört. Sie blickten sich kurz an und erhoben sich gleichzeitig.

»Danke. Das reicht uns für den Anfang. Du hast sicher auch Mittagspause.«

Günter nickte und deutete auf die Papiere. »Ich besorg euch ein paar Schachteln. In der Abstellkammer müssten noch welche sein.

Und wenn etwas unklar ist, ich bin jederzeit erreichbar. Ja, auch für Sie, junge Dame.«

Er zwängte sich an ihnen vorbei, um auf Schachtelsuche zu gehen.

»Puh«, stöhnte Koch. »Wenn die Protokolle nur annähernd so ausführlich sind wie seine kurze Zusammenfassung, dann bleibt uns einiges zu tun.«

Gemeinsam trugen sie drei Kartons voller Kopien zu Waldingers Wagen.

»Wir lassen das Auto stehen und setzen uns in den *Schwanengarten*. Ich bin hungrig«, sagte Waldinger. »Ich hoffe, du magst gesunde Küche.«

»Ich liebe gesunde Küche. Und ich hab schon von Freunden gehört, das *Wilde Weiber Menü* sei einfach sagenhaft.«

»Ich bin ja kein wildes Weib, aber das Tagesmenü ist sicher auch in Ordnung.«

Sie spazierten gemütlich über den Friedhof zum *Schwanen*, und Waldinger versuchte, die Informationen des Sekretärs in eigenen Worten kurzzufassen.

»Als ich jung war, war am Hirschberg im Winter viel Betrieb. Wenn der Schnee bis ins Tal reichte, gab es hier die längsten und spannendsten Abfahrten des ganzen Bregenzerwaldes. Dann fingen die restlichen Schigebiete an zu fusionieren und zu investieren, mit diversen Geldgebern aus dem ganzen Land. Die Hirschbergbahnen wollten eigenständig bleiben, und das ist ihnen zum Verhängnis geworden. Drei Winter mit wenig Schnee hintereinander, und die Firma stand vor dem Konkurs. Irgendwie haben sie sich mithilfe der Rodelbahn und Geld von der Gemeinde über Wasser gehalten, aber jetzt droht das endgültige Aus. Ohne Kunstschnee und einen Zusammenschluss mit dem Diedams kann das Gebiet nicht mehr mit den wachsenden Ansprüchen der Schifahrer mithalten.«

»Und dafür fehlen Geld und Wasser und die Zustimmung von Sepp, wenn ich das richtig verstanden habe?«, warf Koch ein.

»Genau, die Gemeindevertretung und alle anderen Weidebesitzer haben grünes Licht für den Ausbau gegeben, nur Sepp hat sich quergestellt.«

»Und mit welchen Mitteln wollten sie den Ausbau voranbringen?«

»Ein Investor hat Interesse an dem Projekt gezeigt, und der ist es auch, der auf eine rasche Entscheidung drängt. Am ersten Dezember muss alles geregelt sein, ansonsten schaut er sich anderweitig um.«

Der Juniorchef persönlich servierte ihnen ihr Mittagsmenü im Gastgarten. An einem schattigen Plätzchen unter einem der Kastanienbäume genossen sie in zufriedener Stille ihr appetitlich angerichtetes Menü. Der rosa gegarte Lammrücken mit einer Kruste aus heimischen Wildkräutern mundete ihnen beiden hervorragend, und als Dessert genehmigten sie sich einen Himbeerbrand.

»Was sagst du zu Sepps Unfall?", fragte Waldinger den Wirt. Der strich mit Daumen und Mittelfinger über seinen Schnauz und sagte: »Eine Tragödie. Es gibt in Bizau nicht viele Leute mit Niveau, aber Sepp hatte Klasse. Tragisch.«

»Aber du als Wirt? Bist du denn nicht froh, wenn die Erweiterung am Hirschberg endlich in die Gänge kommt?«

Er schüttelte den Kopf.

»Meine Gäste genießen hier im Dorf die Ruhe und Beschaulichkeit. Sie legen Wert auf genussvolle Küche und kulturelle Angebote. Wir führen kein Hotel für grölende Wochenendgäste, die ihr Geld in Alkohol anlegen.«

»Apropos Alkohol, von wem bezieht ihr den Himbeergeist?«, fragte Waldinger, als er die Rechnung beglich.

»Der schmeckt, oder? Handgepflückte Himbeeren aus der Hilkat. Vom Walter.«

»Das passt, da fahren wir gleich hin«, lachte Waldinger und steckte seine Geldtasche in den Hosensack.

Der Obmann der Hirschberger Alpweidenbesitzer wohnte in der Hilkat. Der großzügig angelegte Bauernhof mit dem liebevoll dekorierten Hofladen beeindruckte Koch.

»Hier kauft Helga immer selbst gemachte Butter«, erklärte Waldinger.

Die alte Bauersfrau im Garten schlurfte in ihren Holzschuhen zum Zaun und rückte ihr Kopftuch zurecht.

»Grüoß Gott. Wind eor an Käs koufo? Dinn lütond oafach bim Lädele.«

»Danke, Marianne. Aber wir suchen Walter.«

»Deor wead am Krano sin.« Sie zeigte mit ihrem dreckigen Zeigefinger in Richtung des Wirtschaftsgebäudes.

»Dann finden wir ihn.«

Waldinger und Koch traten durch das riesige Tor in den neu erbauten Heuschopf. Unter der Decke hing ein roter Kran, und in der Führerkabine saß jemand. Allerdings stand der Kran still, der Bauer telefonierte mit seinem Handy. Als er die Kriminalbeamten sah, kletterte er über drei lange Leitern nach unten. Er trug eine dunkelblaue Latzhose und ein verschwitztes Unterhemd.

»Also, ihr müsst entschuldigen, aber wenn der Lüfter läuft, ist es verdammt heiß da oben.«

Er ging ins Freie und tauchte seinen Kopf und seine Arme kurz in das kalte Brunnenwasser. Ein buntes gewebtes Handtuch hing an einem Nagel an der Schopfwand, und er trocknete sich damit gründlich ab.

»Brauchst du heut den Lüfter?«, fragte Waldinger. »Das Futter muss die letzten Tage doch gut trocken geworden sein?«

»Das schon, aber es soll den Winter über Duft und Farbe behalten, da schadet ein bisschen heiße Luft nichts. Und ich kann ja die Abwärme der Biogasanlage gratis dazu nützen.«

»Es riecht hier wirklich nach Sommer und Heublumen«, bemerkte Koch.

Walter nickte: »Aber deswegen seid ihr nicht hier. Kommt, wir setzen uns in den Schatten.«

Die alte Holzbank unter dem noch älteren Apfelbaum ächzte unter dem Gewicht der drei Erwachsenen.

»Mutter, bring uns was Kaltes zu trinken«, rief der Bauer in Richtung Garten.

»Auf keinen Fall«, wehrte Koch ab.

»Wegen dem Sepp sind wir da«, begann Waldinger. »Und du bist ja der Obmann der Weidebesitzer am Hirschberg. Wie bist du mit ihm ausgekommen?«

»Also vermutet ihr, dass jemand so kaltschnäuzig war, ihn wegen der Schigebietserweiterung gleich umzubringen? Das kann nicht euer Ernst sein? Ist es denn jetzt fix, dass es nicht ein Unfall war?«

»Du hast ihn gut gekannt, Walter. Glaubst du, dass Sepp am Hirschberg abstürzt und sich dabei das Genick bricht?«

»Also, diese Theorie finde ich mindestens so plausibel wie eure Mörderidee.«

»Er hatte eine frische Platzwunde an der Schläfe. Die hat er sich vermutlich nicht selbst zugefügt. Wir wollen herausfinden, was passiert ist. Erzähl uns deine Sicht der Dinge.«

Der Bauer räusperte sich. »Was soll ich sagen?«

»Fang einfach von früher an. Seit wann hast du Sepp gekannt?«

»Also früher, er ist ein paar Jahre jünger als ich, äh, jünger gewesen. Aber natürlich kenne ich ihn schon, seit ich ein Bub war. In der Schule war er ein Außenseiter, einen Sonderling hat mein Vater ihn immer genannt. Ich hatte nie viel mit ihm zu tun. Also, er war zwar oft am Hirschberg in seiner Hütte, aber ich hatte keinen näheren Kontakt zu ihm.«

»Aber du hast doch sicher mit ihm über die Erweiterung gesprochen?«

»Ja, als er vor knapp vier Jahren die Weidenanteile geerbt hatte und gleichzeitig die Verhandlungen mit den Liftbetreibern auf einem Höhepunkt angekommen waren, kam ich näher mit ihm in Kontakt. Vorher war sein Vater mein Ansprechpartner. Der hat sich zwar von der Bahn alles gut bezahlen lassen, aber schon der war gegen die weitere Erschließung des Geländes. Wir haben gehofft, dass es sich mit dem Erben leichter reden lässt. Aber der Sepp war noch viel schlimmer als der Alte.«

»War er von Anfang an dagegen?«, fragte Waldinger.

»Ja. Also, auf der einen Seite hab ich ihn immer gut verstanden. Mir schlagen in der Geschichte ja selber zwei Seelen in einer Brust. Auf der einen Seite die Bauernseele mit Wunsch nach Pflege und Erhalt der Grünflächen, des Naturschutzgebietes, der Ursprünglichkeit und Nachhaltigkeit. Auf der anderen Seite steht aber auch bei mir das Geld. Die Weidenanteile würden ein Vielfaches des heutigen Preises abwerfen, und ich hab drei Kinder. Ich möchte ihnen ein Studium finanzieren und meinem Sohn einen schuldenfreien Hof übergeben. Das ist die andere Seite.«

Nun meldete sich Koch dazwischen: »Apropos Geld, wie stand es denn um Sepps Finanzen? War er auf das Geld der Bahn nicht angewiesen?«

»Er hat immer behauptet, Geld sei ihm nicht wichtig, und ich habe ihm das abgenommen. Er stellte keine großen Ansprüche.«

»Wem hat es denn am meisten zugesetzt, dass er seine Unterschrift verweigert hat?«, wollte Waldinger wissen.

Der Bauer massierte sich den Nacken mit beiden Händen. »Wem? Also, um ehrlich zu sein, war der Großteil der Weidenbesitzer bis zuletzt nicht mehr gut auf ihn zu sprechen. Jemand Spezielles kann ich nicht sagen. Aber nicht nur die Bauern. Wenn du den Schuldigen im Zusammenhang mit den Bergbahnen suchst, hast du eine lange Liste abzuhaken.«

»Hast du eine Idee, was dahinterstecken könnte?«

»Also, wenn es nicht um Geld ging, dann eventuell um Weiber?«

Waldinger nickte nachdenklich.

»Und was hältst du von Peters Unfall?«

»Das versteh ich auch nicht. Der fährt die Strecke doch tagtäglich, und ein Raser war er noch nie. Der muss ja mit Vollgas gefahren sein, dass er die Leitplanke durchbrochen hat. Aha, deshalb glaubst du, dass die Erweiterung am Hirschberg ein Anhaltspunkt ist. Weil beide damit zu tun haben.«

»Findest du das abwegig?«

Der Bauer kratzte sich hinter dem Ohr. »Also, ich hab eher gedacht, dass er vielleicht, ja halt, dass Peter sich wegtun wollte.«

»Warum?«

»Das weiß ich nicht. Man sieht ja nie in die Menschen hinein. Oft sind die am unglücklichsten, wo jeder denkt, der hat es gut getroffen, oder nicht? Wird man da noch etwas feststellen können?«

»Am Auto?« Waldinger schüttelte den Kopf. »Da mache ich mir keine Hoffnung. Alles völlig ausgebrannt.«

»Das ist dubios. Zwei Todesfälle an einem Wochenende. Waren sie nicht sogar Jahrgänger?«

»Dubios. Das find ich auch. Nur der Vollständigkeit halber: Wo warst du am Freitagmorgen?«

»Im Stall, in der Dusche, frühstücken, in der Kirche, beim Frühschoppen.«

»Und die Theresia könnte das bestätigen?«

»Natürlich, abgesehen vom Frühschoppen, aber dort war ich nur kurz.«

Als sie von der Bank aufstanden, ging Waldinger zum Brunnen und trank einen Schluck von dem eiskalten Wasser.

»Danke, Walter. Dann stören wir nicht länger. Hast du heute auch noch Heu zum Reinholen?«

»Nee, alles drin. Mit dem Pschüttefass sollt ich auf die Felder, aber für die kommenden Tage ist leider kein Regen angesagt.«

»Dein Himbeergeist schmeckt übrigens ausgezeichnet.«

Als Nächstes stand eine pensionierte Lehrerin auf ihrer Terminliste. Die knapp achtzigjährige Frau Moosbrugger war die treibende Kraft hinter der Gruppierung *Gegen den Ausverkauf unseres Hirschbergs!*.

Sie wohnte zusammen mit ihren acht Katzen in der Pfingstatt, einer winzigen Siedlung außerhalb des Dorfes. Waldinger parkte im Schatten der verwilderten Obstbäume vor ihrem Haus. Sie stiegen aus und blieben einen Moment auf dem Parkplatz stehen. Das Plätschern des Baches und der Vogelgesang waren die einzigen wahrnehmbaren Geräusche.

Sie folgten dem Duft nach Sommer und Beeren in den überfüllten Garten. Frau Moosbrugger hatte sie am Telefon darum gebeten, um das Haus herum zu laufen und auf die Terrasse zu kommen. Sie selbst war wegen frisch operierten Krampfadern momentan nicht gut zu Fuß.

Durch einen romantischen Bogen voller dunkelroter Rosenblüten betraten sie die Terrasse. Der Duft der Blüten ließ Koch beinahe schwindlig werden. Die warmen Terrakotta-Fliesen am Boden und die alte Hauswand aus verwitterten Holzschindeln verbreiteten ein besonderes Flair.

Die ältere Dame hatte ihr weißes Haar kurz geschnitten und ihr Kinn energisch vorgereckt. Ihre Beine hatte sie auf einem weichen Hocker gelagert, und Waldinger konnte ihr ansehen, dass sie viel lieber im Garten herumgewerkelt hätte, statt sich den schönen Tag mit einer *Landlust* zu vertreiben.

»Grüßt euch, ich bleib sitzen, wenn's euch nichts ausmacht.« Sie machte mit ihrer zarten Hand eine einladende Geste zu der verwitterten Holzbank mit den bunten Kissen.

»Danke.« Waldinger und Koch gaben ihr die Hand und setzten sich.

»Du kannst gerne in der Küche was zu trinken holen«, wandte Frau Moosbrugger sich an Koch. »Fühl dich wie zu Hause.«

Koch fühlte sich bereits wohl. »Wenn's nichts ausmacht, hole ich zwei Gläser und füll sie hier am Brunnen. Wir sind beide Wassertrinker.«

Während Koch in die Küche ging, sagte Waldinger:

»Ich habe am Telefon bereits angesprochen, um was es geht. Können Sie uns …«

»Um Himmels Willen, Reinhold, sag Du zu mir«, lachte sie unbekümmert.

Waldinger wurde rot und begann erneut. »Wann hast du diese Initiative ins Leben gerufen und vor allem, warum? Hier draußen stört dich gewiss niemand, auch wenn am Hirschberg etwas mehr los ist als im vergangenen Winter.«

Koch brachte die Gläser, gefüllt mit eiskaltem Brunnenwasser. Waldinger leerte sein Glas bis zur Hälfte.

»Ich bin ein Anhänger der Entschleunigung. Ihr jungen Leute lasst das Leben an euch vorbeirasen, rennt von einem Ereignis zum nächsten, und dabei bleibt ihr selber auf der Strecke. Dieser Wahnsinn von wegen größer, schneller, weiter, höher. Wo führt der noch hin? Ohne Rücksicht wird gebaut, Wasser durch die Gegend gepumpt, Schnee gemacht, das Gelände angepasst, drainiert und den Leuten das Geld aus der Tasche gezogen. Um ihre Freizeit finanzieren zu können, müssen sie noch mehr arbeiten und lassen sich vom Arbeitsstress in den Freizeitstress treiben und wieder zur Arbeit. Bei dieser Dummheit möchte ich nicht mitmachen, und ich denke, durch meine Initiative konnte ich dem einen oder anderen die Augen öffnen. Viele Bizauer sind immer noch der Meinung, es geht nur um eine neue Bahn. Aber das ist erst der Anfang. Warst du mal auf einer Sitzung, bei der dieses Thema auf der Tagesordnung war?«, fragte sie, an Waldinger gewandt.

Auf sein Kopfschütteln hin fuhr sie fort: »Es braucht einen See, um Wasser zu speichern für die geplanten Beschneiungsanlagen. Da das Wasser auf dem Hirschberg eh schon rar ist, soll es in einem unterirdischen künstlichen Tunnelsystem zu einem ausgebaggerten See geleitet werden. Stellt euch den Wahnsinn vor. Jeder Kubik Wasser wird über Leitungen abgesammelt. Jedes Rinnsal umgeleitet. Die Bagger wären den ganzen Sommer lang im Einsatz, und auf dem Berg würde kein Stein und kein Baum da bleiben, wo er jetzt ist. Von den Tieren gar nicht zu reden.

Und das ist nur die Spitze des Eisbergs. Für den Ansturm von noch mehr Schifahrern ist Bizau nicht gerüstet. Stell dir vor, wie es im Schiverleih zuginge. Da würde ein Riesengeschäft an der Talstation gebaut, und unser Händler im Dorf könnte zusehen, wie seine Kunden ihm beim Vorbeifahren zuwinken. Und es bräuchte mehr Restaurants, viel größere Parkplätze, eine breitere Zufahrtsstraße, die auch für Busse bequem erreichbar sein müsste, mehr Unterkünfte und so weiter. Eine Änderung bringt die nächste mit sich. Über Jahre hinaus wäre das ganze Dorf im Umbruch, und es würde gebaut und vergrößert und drei Viertel vom Jahr über wäre es ein leeres Geisterdorf.«

Waldinger amüsierte sich insgeheim über den Eifer der alten Lehrerin, doch einige ihrer Argumente klangen ganz verständlich. So weit hatte er selbst zumindest noch nie nachgedacht.

»Klar, es würde mehr Arbeitsplätze geben. Das Schigebiet braucht Liftler und Walzenfahrer, die Gastronomie Köche und Kellner, aber glaubst du, das würden Bizauer sein? Schau dich in den großen Schigebieten um. Wenn du Anfang der Saison einen *Gspritzten* bestellst, schauen dich alle groß an, weil es in Sachsen und Ungarn keinen *Gspritzten* gibt. Nein, das sind keine Jobs, um die sich die Einheimischen reißen würden. Und von der Seite der Vermieter und Gastwirte im Dorf her betrachtet, verstehe ich deren Begeisterung noch weniger. Während der Schisaison sind sowieso alle Zimmer belegt. Und zwischen April und November haben sie nichts von der Verbindung, weil der Diedamskopf kein Gletscher ist. Die Zimmerpreise würden steigen, doch damit verändert sich auch das Publikum. Und je mehr die für ein Zimmer ausgeben, umso unzufriedener sind sie. Das ist eine einfache Rechnung.

Und weil ich das Gefühl habe, dass der Großteil der Bizauer nur wahrnimmt, was ihm an der Sache positiv erscheint, deshalb habe ich diese Initiative ins Leben gerufen. Das war ein langer Vortrag, entschuldigt, aber als ehemalige Lehrerin kann ich nicht ganz aus meiner Haut«, lächelte sie.

»Mich haben Sie schon fast überzeugt, aber ich wohne in Alberschwende, da geht es mich zum Glück nichts an«, sagte Koch.

»In Alberschwende? Aber gebürtig sind Sie irgendwo aus Innerösterreich, oder?«

»Ich komm aus Linz. Mein Wälderisch ist noch nicht ganz spruchreif.«

»Alberschwende. Danke für das Stichwort«, fuhr Frau Mossbrugger fort. »Die Bundesstraße führt direkt durch das Dorf. Was stellst du dir vor, wie es an einem sonnigen Sonntagnachmittag gegen siebzehn Uhr dort aussehen würde? Schon jetzt ist da kein Durchkommen auf der Straße. Alles steht, die Leute weichen über Nebenwege aus, landen in Sackgassen, und die Alberschwender haben genau eines davon: stinkende Abgase und stundenlange Kolonnen morgens wie abends. Die werden sich bedanken. Schon seit Jahren verlangen sie nach einer Untertunnelung von Schwarzach bis Egg. Und was haben sie bekommen? Den Achraintunnel und die Schiverbindung Mellau-Damüls und noch mehr Verkehr mitten durchs Dorf. Noch ein Schigebiet von diesem Ausmaß verkraften die ganzen Dörfer entlang der B200 nicht. Kein Wunder, dass in unserer Initiative die aktivsten Vertreter aus Alberschwende und Andelsbuch kommen. Die meisten Bizauer lassen sich mit der Verlockung des großen Reichtums blenden. Und das ist kein Kompliment für mich, schließlich ist ein Großteil von ihnen bei mir in die Schule gegangen. Leider gibt es kein Schulfach, das sich mit der Vermittlung von Hausverstand beschäftigt.«

»Wer engagiert sich im Dorf noch aktiv gegen den Ausbau?«, fragte Waldinger.

»Es sind bunt gemischte Menschen: Mütter, Geschäftsleiter, Maurer, Ärztinnen, Bauern und Rentner. Alle quer durch die Gesellschaft, und das hat beileibe nichts mit den Grünen zu tun, wie man mir gerne vorwirft. Ich jedenfalls habe meinen Lebtag lang noch nie grün gewählt. Ich stand aber auch noch nie auf langhaarige bärtige Männer«, zwinkerte sie Koch zu.

Die musste lachen. »Mir sind richtige Männer auch lieber.«

Koch stand auf, um die zwei Gläser am Brunnen neu zu füllen.

»Ich bin bei der Recherche auf eine Anzeige gestoßen, die du gegen Unbekannt aufgegeben und dann wieder zurückgezogen hast. Um was ging es da?«, wollte Waldinger wissen.

Die alte Dame schürzte ihre Lippen und schien zu überlegen.

»Jemand hat mir auf unfreundliche und anonyme Weise zu verstehen gegeben, es sei besser für meine Gesundheit, diese Initiative aufzulösen.«

»Wer war das? Hat man den Schuldigen gefunden?«

Sie nickte langsam. »Ja, wir haben uns friedlich geeinigt. Sie ist jung, ich wollte ihr nicht die Zukunft verbauen.«

»Eine Frau?«

»Bleibt das unter uns? Wie gesagt, wir haben uns geeinigt, und ich habe die Anzeige zurückgezogen. Ich glaub, dass es nicht mal ihre eigene Idee war. Jemand hatte sie vor seinen Karren gespannt. Ihr Vater, wenn mich nicht alles täuscht.«

»Es bleibt unter uns.«

»Unsere Bürgermeisterin. Allerdings war diese unselige Geschichte schon ein paar Monate vor ihrem überraschenden Amtsantritt.«

Frau Moosbrugger schaute Waldinger nachdenklich an. »Du müsstest das alles eigentlich wissen.«

»Ich? Wieso?«

Sie schaute ihm aufmerksam ins Gesicht. »Na, eine der engagiertesten Gegnerinnen in Bizau ist doch Annika, deine Schwiegertochter.«

Helga und Kathrin saßen am Gartentisch, und Kathrin bediente sich gerade aus einer großen Glasschüssel voll mit grünem Salat.

»Du kommst schon?«, fragte Helga, als Waldinger in den Garten kam.

»Ich fahr heut nicht mehr ins Büro. Vierzig Kilometer hin und wieder zurück, nur um Schachteln mit Papier abzuladen, das rentiert sich nicht. Koch fährt mit meinem Auto heim und holt mich morgen ab. Wir haben in Bizau noch ein paar Sachen zu erledigen.«

Waldinger ging in die Küche, wusch sich die Hände und nahm einen sauberen Teller, Besteck und eine Flasche Radler mit nach draußen. Er setzte sich in den ungemütlichen Korbstuhl, da seine Damen auf der Bank saßen und in die Sonne schauten.

Helga schob ihm die Schüssel zu: »Nimm, der Salat wächst momentan schneller, wie wir ihn essen können.«

Appetitlos stocherte er in den Blättern herum.

»Soll ich dir eine Wurst dazu braten?«

»Nein, lass nur. Bei den Temperaturen hab ich einfach nicht so viel Appetit. Was gibt's Neues?« Er schaute auf Kathrins Bauch. »Bei dir alles noch ruhig?«

Sie nickte. »Aber lang halt ich das nicht mehr aus. Ich komm mir vor wie ein Nilpferd, und dann sollt ich heute noch zur Geburtsvorbereitung. Ich werde absagen. Ich mag nicht mehr.«

»Aber Petra kommt dich holen.« Helga nahm einen Schluck aus Waldingers Flasche. »So kurzfristig kannst du nicht mehr absagen.«

»Ihr habt keine Ahnung, was ich alles kann«, maulte sie wie ein Kind zurück und stand ächzend auf.

»Aber das ist heute das letzte Mal. Ich kann das Theater nicht mehr mit anhören.«

Sie sagte mit übertrieben hoher Stimme: »Mein Mann muss unbedingt mit dabei sein, er soll die Nabelschnur durchtrennen. Wie schaffst du das nur alleine, Kathrin? Und bei einem Kaiserschnitt muss er danach mit dem Baby känguruhen. Und er muss dies, und er muss das.« Sie senkte ihre Stimme wieder: »Mir kommt gleich das Kotzen. Ich kann diese Weiber nicht mehr ertragen.«

Trotzdem ging sie sich umziehen.

»Was hat sie denn?«, fragte Waldinger.

»Ach, ständig treffen Ansichtskarten von ihren Schulfreundinnen ein. Die vertreiben sich die Ferien auf Mallorca oder Kreta, eine Karte kam sogar aus Bali, und sie sitzt hier mit diesem dicken Bauch rum. Ich kann sie schon verstehen.«

In dem Moment bog Petras Golf in die Einfahrt. Helga ging ein paar Schritte ums Haus und rief: »Kathrin ist gleich so weit, komm so lange in den Garten. Ich hol dir was zu trinken.«

Petras Bauch war noch nicht so dick wie der von Kathrin, dafür hatte sie den schlimmeren Watschelgang, dachte Waldinger. Sie hatte aufgedunsene rote Wangen und sah verheult aus. Waldinger tat, als bemerke er es nicht und begrüßte sie mit guter Laune: »Servus, Petra. Schön, dich zu sehen.«

»Grüß dich, Reinhold. Ihr habt ja einen großen Garten. Sind das eure Hühner?«

Waldinger nickte stolz. Helga drückte ihr ein Glas Holundersaft in die Hand. »Wann ist es bei dir so weit?«

»Am Kilbesonntag habe ich Termin.«

»Ach, Anfang September schon? Dafür bist du aber gar nicht dick.«

»Hat sich deine Vertretung gut eingearbeitet?«, fragte Waldinger.

Petra schüttelte den Kopf.

»Der kommt mit unseren Bauern nicht klar. Ist hier eben alles ein bisschen anders als in Berlin. Ich will nach der Geburt möglichst schnell wieder anfangen.«

»Weißt du, was es wird?«, fragte Helga dazwischen.

»Wir lassen uns überraschen. Der Hannes hofft auf einen Buben. Mir ist es egal. Hauptsache g'sund.«

»Das sage ich auch immer«, erwiderte Helga. »Das wird ein hübsches Kind, egal, ob es mehr nach dem Vater oder der Mutter schlägt.«

Petra lächelte über das Kompliment. »Wünscht man sich als Mutter nicht immer, das das Kind einem selber gleicht?«

»Natürlich, gerade bei Mädchen. Aber die Papas freuen sich auch, wenn jeder, der in den Kinderwagen schaut, behauptet, das Kind sei ganz der Vater. Dann fühlen sie sich bestätigt, dass es wirklich ihr Kind ist. Wir Frauen können uns darin ja immer hundertprozentig sicher sein.«

Helga hatte nur einen Scherz machen wollen, doch Petra starrte sie erschrocken an. Da kam Kathrin aus der Küche.

»Wir können los, ich bin startklar.«

Die jungen Frauen verabschiedeten sich und stiegen mühsam in den alten Golf.

»Du bist doch sonst nicht so taktlos«, murmelte Waldinger.

»Nolde, das war ein Spaß. Das sagt man halt so.«

Waldinger setzte sich zu Helga auf die Bank. »So eine flotte, intelligente Frau. Die passt einfach nicht zum Hannes. Der ist zwar ein Schönling, aber sonst hat er nicht viel im Kopf. Ich mein, sein Job ist eher etwas für einen rüstigen Rentner. Der verdient doch kaum was.«

»Hör auf«, wimmelte Helga ihn ab. »Er hat es schon schwer genug. Laut Kathrin stellt Petra zu Hause Ansprüche, die für ihn als Hilfsarbeiter einfach nicht machbar sind.«

»Da können wir froh sein, dass Kathrin keine so hohen Ansprüche stellt. Ob Rudi jemals Unterhalt zahlen wird?«

»Sie freut sich über all die Sachen, die Annika ihr ausgeliehen hat. Aber langsam sinkt ihre Laune. Es wird Zeit.«

»Hoffentlich ist es bald vorbei«, seufzte Waldinger. »Glaubst du, wenn es ein Bub wird, nennt sie ihn Reinhold?«

Jetzt musste Helga herzlich lachen: »Nein, mein Lieber, noch nicht mal als Drittname!«

Dienstag, 19. August

Nur mit einer kurzen Hose bekleidet, ging Waldinger um sechs Uhr morgens durch das Haus und öffnete alle Fenster und Türen. Er fühlte sich verschwitzt und unausgeschlafen. Der Durchzug wehte die schwüle Luft ins Freie und machte Platz für frischen Sauerstoff. Waldinger hoffte, dass der Luftzug auch seine nächtlichen Gedanken und Träume mitnahm. Er beneidete Helga um ihre erholsame Nachtruhe und war froh, sie nicht mit seinen Überlegungen konfrontiert zu haben. Sie würde die Wahrheit nicht verkraften, aber was sie nicht weiß …

Er holte die Zeitung aus dem Briefkasten und schaltete den Wasserkocher ein. Dann setzte er sich auf die Eckbank in der Küche und faltete die *Vorarlberger Nachrichten* auseinander. Er strich die Zeitung auf dem Tisch glatt und hielt dann abrupt in der Bewegung inne. Das Blut wich ihm aus dem Gesicht, und er rieb sich über die Augen. Die Schlagzeile auf der Titelseite veränderte sich nicht.

»*Serienkiller im Bregenzerwald*«

Einzig diese drei Worte nahmen ein Drittel der Titelseite ein. Darunter stand in fetten Buchstaben:

»*Zwei ungeklärte Todesfälle am letzten Wochenende verbreiten in Bizau Angst und Schrecken. ›Wer wird der Nächste sein?‹, fragen sich die unbescholtenen Bürger. Was verbirgt sich hinter der idyllischen Kulisse des Hirschbergs?*«

Danach folgten zwei grobkörnige Bilder. Das linke zeigte eine Aufnahme vom Grat des Hirschbergs mit dem Gipfelkreuz im Hintergrund. Auf dem rechten war der völlig ausgebrannte Oldtimer von Peter zu sehen.

Waldinger goss sprudelndes Wasser in seine Tasse und suchte nach einem Teebeutel. *Gute-Nacht-Mischung* stand auf einer Schachtel. Etwas Beruhigendes konnte nicht schaden. Dann setzte er sich und las den Rest des Artikels.

»*Wie erst jetzt bekannt wurde, kamen in Bizau am vergangenen Wochenende zwei Männer auf noch ungeklärte Art und Weise ums Leben. Bereits am Freitag stürzte der bekannte Bizauer Künstler Sepp Haller (Porträt auf Seite drei des Kulturteils) vom Grat des Bizauer Hausberges ab. Laut Angaben eines guten Freundes kann Selbstverschuldung ausgeschlossen werden, da der 44-Jährige überall als begeisterter Bergsteiger bekannt war. Seine Berühmtheit verdankte er nicht nur seinen widersprüchlich diskutierten Kunstwerken, sondern auch seinem jahrelangen Einsatz gegen die weitere Verbauung des Hirschbergs.*

Der zweite Tote ist nicht nur ein Jahrgänger des Ersten, sondern auch er steht direkt mit dem Hirschberg in Verbindung. Als Betriebsleiter der Bahnen und Schwiegersohn des Besitzers versucht er schon seit Jahren, den Ausbau und die Verbindung zum Diedamskopf voranzutreiben. Er starb in der Nacht auf Montag, als er mit seinem Oldtimer ungebremst eine Leitplanke durchbrach und der Wagen Feuer fing. Er hinterlässt eine Ehefrau. Schutzengel hatten die Bewohner des Hauses an der Hirschbergstraße. Der Wagen durchbrach die Garage und setzte das Gebäude in Brand. Die Familie blieb wie durch ein Wunder unverletzt. Durch das rasche Eintreffen der Feuerwehr konnte das Einfamilienhaus gerettet werden.

Diese zwei noch unbestätigten Todesfälle hinterlassen in Bizau ein ungutes Gefühl, wie es ein Anrainer in eigenen Worten ausdrückte: ›Bevor dieser Killer nicht gefasst ist, werde ich kein Auge mehr zutun können.‹«

Waldinger warf die Zeitung direkt ins Altpapier und ging mit der Teetasse in der Hand in den Garten. Vom Baum pflückte er im Vorbeigehen zwei Zwetschgen und polierte sie an seiner Hose. Er suchte sich einen Platz an der Sonne, setzte sich auf den Brunnenrand und nahm einen vorsichtigen Schluck von dem heißen Getränk.

Koch war pünktlich. Unauffällig lief Waldinger einmal um seinen Wagen. Auf den ersten Blick konnte er keine Schramme im Lack entdecken.

»Kommt ihr zum Mittagessen?«, fragte Helga.

»Nein danke, wir sind nur mit Fini in Bizau verabredet. Wir treffen sie gleich in ihrem Elternhaus. Du kennst doch das alte Haus am Fuße des Hirschbergs? Bernhard treffen wir später in Bregenz, und im Büro sollten wir uns auch noch sehen lassen.«

»Schade. Na dann: schönen Tag euch.«

»Danke, dir auch«, erwiderte Koch, und Helga ging in den Garten, um die Hühner aus dem Stall zu lassen.

»Seit wann hast du Hühner?«, erkundigte Koch sich belustigt, während sie auf der Beifahrerseite einstieg.

»Hast du das nicht mitbekommen? Die haben mir die Nachbarn zum Fünfziger geschenkt. Zusammen mit einem Hahn. Und jetzt regen sie sich auf, dass er zu laut kräht.«

Finis schwarzer Mini Cooper stand in der Hofeinfahrt. Schon jetzt war es schwül, und Waldinger ließ alle Fenster aufgleiten, bevor er hinter dem Cooper parkte und den Motor abstellte.

Koch schaute sich um und flüsterte: »Viel wert ist das Haus nicht.«

Die ehemals grünen Fensterläden waren alle geschlossen, und die verwitterten Holzschindeln wirkten ohne blühende Geranien und weiße Spitzenvorhänge trostlos. Der Asphalt auf dem Vorplatz hatte der Kraft der Natur nicht standhalten können, und Löwenzahn sprießte aus den Rissen im Belag.

Bevor Waldinger antworten konnte, sahen sie Fini im ehemaligen Garten. Sie trug ein orangefarbenes Kleid mit Spaghettiträgern und hatte ein leuchtendes Haarband am Kopf. Die dazu passenden Schuhe trug sie in der einen Hand, mit der anderen winkte sie ihnen zu.

»Du kommst mit Begleitung?« Fini zog eine Augenbraue hoch.

»Kollegin Koch«, stellte Waldinger sie vor.

»Renate.« Koch gab Fini die Hand.

»Ja. Der Staatsanwalt hat uns grünes Licht für umfangreiche Ermittlung gegeben. Wir werden vorerst zu zweit an der Sache dranbleiben.«

»Gibt's denn so viel zu tun?«

»Du darfst gerne in meinen Kofferraum schauen, mit den Unterlagen füllen wir einen halben Aktenschrank, und wir haben noch nicht mal mit dem Sichten begonnen.«

»Was für Unterlagen?«

»Protokolle über die Sitzungen, bei denen es um die Schigebietserweiterung ging, zum Beispiel. Aber heute möchten wir uns hier umschauen. Wie lange steht das Haus schon leer?«, fragte Waldinger.

»Vier Jahre, aber es macht den Eindruck, dass zwanzig Jahre vergangen sind, seit Vater gestorben ist«, antwortete Fini und stieß die knarrende Haustür auf.

Im Hausinneren war es kühl und düster. Es roch nach Moder und altem Plunder wie früher auf dem Dachboden von Waldingers Großmutter. Fini ging voraus in die Küche und öffnete ein Fenster und den Laden davor, der quietschend aufschwang.

Der Raum wirkte seltsam leer.

»Viele der Möbel stehen in meinem Haus in Feldkirch. Ich habe das Haus samt Mobiliar geerbt«, entschuldigte Fini sich. »Ich kann euch nicht mal einen Stuhl anbieten.«

Waldinger schaute aus dem offenen Fenster.

»Und die Hostat, wie weit geht euer Grund und Boden? Bis runter zur Rodelbahn?«

»Genau, alles, was du hier siehst, bis runter zum *Auerhahn*. Das Grundstück habe ich an den Gmeiner verpachtet. Er macht hier dreimal im Sommer Heu.«

Koch hustete. Die Staubflusen tanzten im Sonnenlicht.

»Ist das Grundstück wertvoller als das Haus?«, fragte sie.

Fini schüttelte den Kopf. »Für das Grundstück bekomme ich nur wenige Hunderter Pacht im Jahr. Das ist nicht viel. Wenn die

Schipiste drüberginge, würde sich der Preis erhöhen, aber so … Der ideelle Wert liegt in dem Gebäude. Für mich ist dies das Haus meiner Kindheit, meine Heimat.«

»Die zunehmend verfällt.« Sentimentalität war nicht Kochs Stärke. Sie hustete noch einmal.

»Wir leben nun mal nicht in Bizau«, verteidigte Fini sich. »Aber wir haben Pläne.«

»Was für welche?«, fragte Waldinger interessiert.

»Lasst uns in den Garten gehen.« Fini schloss den Laden und das Fenster wieder.

Die Wärme draußen umfing sie. Die Bienen summten von Blüte zu Blüte. Für Insekten musste der verwahrloste Kräutergarten das reinste Paradies sein.

»Wir bleiben in Feldkirch, bis die Mädchen mit der Pflichtschule fertig sind. Das ist in fünf Jahren so weit. Danach wollen wir hierherziehen. Mein Mann hat schon Mappen voller Pläne, wie er das Haus behutsam renovieren und erneuern könnte. Wir möchten hier nachhaltig wirtschaften, im Einklang mit der Natur leben.«

Sie zupfte eine Blüte von einer orangefarbenen Ringelblume ab und drehte sie zwischen ihren Fingern.

»Ich möchte den Kräutergarten ausbauen, Salben, Auszüge und Schnäpse herstellen, biologischen Kräutertee anbieten, Sirup und Marmeladen einkochen. Einen kleinen Hofladen eröffnen. Im Dachboden haben wir einen luftigen Seminarraum geplant. Ich möchte für die Bregenzerwälder Bevölkerung ein interessantes Angebot an Kursen und Erfahrungsmöglichkeiten anbieten. Es gibt so viele Ideen. Wir könnten erfahrene Referenten einladen, aber auch mit Schulklassen filzen und Wolle färben. Der Raum könnte von externen Firmen als Veranstaltungsraum genützt werden oder als Treff für Fastenrunden. Die Möglichkeiten in dieser Hinsicht sind unerschöpflich. Im ländlichen Raum sind Mehrzweckräume dieser Art kaum auffindbar. Es würde nicht lange dauern, bis er das ganze Jahr über ausgebucht wäre.«

Waldinger lehnte sich an den morschen Holzzaun. Doch Fini war mit ihren Ausführungen noch nicht fertig.

»Ich möchte einfache Übernachtungsmöglichkeiten bieten, für Menschen, die eine kurze Auszeit vom Alltag suchen. Rund um das Haus sollen Nutztiere artgerecht leben: Rinder, Schweine, Enten, Gänse, Hühner und Ziegen. Wir werden Obstbäume pflanzen und Gemüse anbauen, imkern und Fischteiche anlegen. Die Helfer können für ihre Mitarbeit ernten, und für gekaufte Anteile bekommen sie Fleisch.«

»Glaubst du, dass das hier funktioniert?«, fragte Koch verwundert. »Das scheint mir eher an einen Stadtrand zu passen. In Bizau hat eh jeder einen eigenen Garten hinterm Haus.«

»Deine Generation, Reinhold, die hat noch einen Garten. Aber haben deine Kinder einen?«

»Äh. Lass mich überlegen. Michaela wohnt in einer Wohnung in Dornbirn, aber da sie meistens im Ausland ist, nein. Martin und Annika essen zwar nur Gemüse, aber das lassen sie sich vom Vetterhof liefern. Und Kathrin hat im Moment gerade auch andere Sorgen, als einen Garten anzulegen.«

»Und du, Renate?«

Koch schüttelte den Kopf. »Mir fehlt die Zeit. Meinen Feierabend verbringe ich zwar gerne draußen, aber nicht unbedingt im Garten.«

»Seht ihr? Ich bin überzeugt, dass es funktionieren wird. Es gibt so viele Themen, die mir am Herzen liegen. Habt ihr nicht in den Nachrichten gehört, dass Stierkälber einfach umgebracht werden, weil sie für den Bauern nichts wert sind? Sie werden nach Italien und Spanien verschachert und in Massentierhaltungen gemästet, damit die Discounter billiges Fleisch unter die Leute bringen können. Ich könnte einige aufnehmen, den Sommer über auf der Weide lassen und im Herbst schlachten. Das wäre erstklassiges Fleisch, die Kunden würden einen guten Preis dafür bezahlen.

Tut mir leid, aber es gibt Themen, die mich betroffen machen. Ich glaube, dass man das Bewusstsein der Menschen ändern muss.

Und mit davon Reden schafft man das nicht. Ich wünsche mir Exkursionen von Schulklassen, ich möchte etwas bewegen. Wenn in einem Zoo eine Giraffe an Löwen verfüttert wird, ist der Aufschrei des Entsetzens aus der ganzen Welt zu hören. Wenn irgendwo ein Wal geschlachtet wird, sind alle groß dabei. Das arme Tier, aber ich kann ja nichts tun. Wir alle können etwas tun. Aber wir können nicht in Japan etwas bewirken, sondern hier, vor unserer Haustür.«

Finis Ausführungen waren spannend, aber Waldinger interessierte noch anderes. »Und Sepp hat damals die Alpe bekommen?«

»Genau, samt Hütte und Weideanteilen.«

»War er glücklich darüber?«

Sie nickte und steckte die orange Blüte in ihr Haar.

»Und was blieb für Bernhard, den Jüngsten?«

»Er bekam sämtliches Barvermögen. Wenn er es sinnvoll investiert hätte, hätte er heute mehr als Sepp und ich zusammen.«

Koch rupfte ein Salbeiblatt von einem blühenden Busch, schnupperte daran und fragte: »War er auch glücklich?«

»Hast du Bernhard schon kennengelernt?«, fragte Fini zurück.

Koch schüttelte den Kopf.

»Er hat sich nie etwas aus der Landwirtschaft und der Alpe gemacht. Er war sprachlos, dass Vater so ein Vermögen angehäuft hatte. Er war überglücklich.«

»Und jetzt?«, fragte Waldinger.

»Jetzt ist es weg, und er denkt, er hat den Schwarzen Peter zugespielt bekommen.«

Als sie kurz vor Mittag im Büro eintrafen, dauerte es nicht lange, bis Staatsanwalt Seidl in der Tür stand. »Sodele, seids ihr auch scho da?«

»Wir haben noch eine Zeugin im Bregenzerwald vernommen«, erklärte Waldinger.

»Und, war es aufschlussreich?«

»Es deuten sich Streitigkeiten innerhalb der Familie an. Die Erberei war auch in diesem Fall nicht ganz problemlos.«

»Mordmotiv?«, fragte der Staatsanwalt.

»Das wäre noch zu früh«, wiegelte Waldinger ab.

»Wieso erfahre ich nichts von dem zweiten Toten in Bizau? Sie wissen sicher schon seit gestern früh davon.«

Waldinger nickte. »Ein Autounfall, was hat das mit unserem Fall zu tun?«

»Ein Unfall? Ja sand Se denn wirklich so naiv, oder haltet Se mi für blöd? Ich erwart, dass Se unverzüglich zu der jungen Witwe aufbrechen. Ihr Vater ist quasi eine Berühmtheit, prominent möcht ich ihn nennen. Wenn der Ibele nicht an dem Yachten-Mord dran wär… Ich fürcht, Se kommen nicht ran an diese besseren Leute. Ihnen fehlen die gewissen Umgangsformen.« Der Staatsanwalt seufzte tief.

»Suchen Se Zusammenhänge, finden S' den Mörder, bevor das ganze Dorf in Angst gerät. Da hat einer vielleicht noch mehr auf dem Kieker. Ja, haben Se denn heut nicht die verdammte Zeitung glesen?«

Der Staatsanwalt holte einmal tief Luft und fragte bemüht ruhig: »Was sagt der Bericht der Spurensicherung vom Hirschberg?«

»Den werde ich mir jetzt als Erstes vornehmen.«

»War der ned gestern scho fertig? Sie müssen Willi Feuer unterm Hintern anzünden. Der weiß, dass diese Sache im Moment Priorität hat.«

»Er war gestern schon fertig …«

»Und warum ham Se ihn ned glesen? Also manchmal könnt ich Se, i sag jetzt besser nichts. Geben S' Gas. Ich brauch Ergebnisse, wehe, es stirbt mir noch einer bei euch in dem Kaff! Was hat es mit diesen ganzen Schachteln auf sich?«

»Büroarbeit. Das werden wir sichten müssen«, erklärte Koch.

»Dann werden S' die Befragungen allein durchführen. Jemand macht sich hier an die Arbeit, sonst stehen die Kartons nächst Woch noch rum«, ordnete der Staatsanwalt an, obwohl das eigentlich nicht seine Aufgabe war.

Als Koch und Annette mit den Protokollen in einen ungenutzten Mediationsraum unterm Dachgeschoss abgezogen waren, vertiefte Waldinger sich interessiert in Willis Bericht. Der Weg auf den Hirschberg war nicht umsonst gewesen. Die eingetüteten Brösel waren tatsächlich Blutspuren, die eindeutig Sepp zugeordnet werden konnten. Das hieß, dass er tatsächlich vom Grat abgestürzt war. Und die grünen Splitter in der Wunde an seinem Kopf waren vermutlich aus Aluminium. Der Todeszeitpunkt war auf etwa acht Uhr festgelegt worden, und die Wunden stammten alle vom Absturz. Diese Splitter fanden sich allerdings nur in der Kopfwunde.

Waldinger machte sich kurz darauf auf den Weg zu Bernhard. Sie wollten sich um vierzehn Uhr beim alten Militärschwimmbad treffen. Zwischen all den Touristen, Badegästen und Familien war Bernhard auf den ersten Blick zu erkennen. Er lehnte an einem Pinienbaum und wischte mit dem Finger über sein Smartphone. Die weiße Jeans war tadellos sauber, das hellbraune Hemd perfekt gebügelt und Slipper und Gürtel aus demselben Hause. Er war hier der einzige Mann mit Handtasche. Erst als Waldinger neben ihm stand, blickte Bernhard auf und steckte sein Handy ein.

»Laufen wir ein Stück? Ich möchte bei *Melanie* ein Eis holen.«

»Gerne.«

Sie schlenderten durch die Menschenmenge voller bunter Sommerkleidchen und riesiger Sonnenbrillen. Erst als das Gedränge weniger wurde, begann Waldinger das Gespräch.

»Wir hatten jetzt alle ein paar Tage Zeit, uns die Sache durch den Kopf gehen zu lassen. Was ist dir im Nachhinein alles ein- oder aufgefallen?«

Bernhard kam gleich zur Sache.

»Ich glaub nicht, dass jemand geplant hatte, ihn umzubringen. Sepp war nicht so leicht zu durchschauen, hatte kaum feste Rituale oder so. Ständig änderte er seine Vorhaben, sagte Termine ab und tat spontan etwas anderes.«

»Du glaubst nicht, dass jemand gewusst hatte, dass er am Freitagmorgen über den Grat gehen würde?«

»Nein, also muss es jemand sein, der ihn zufällig getroffen hat und der ihn gut genug gekannt hat, um eine Mordswut auf ihn zu haben.«

»Wieso warst du mit ihm zerstritten?«

Bernhard blieb stehen und starrte Waldinger an. Ein Jogger prallte fast auf ihn drauf und warf ihm im Vorbeihasten einen bösen Blick zu.

»Trottel«, schimpfte Bernhard ihm hinterher. »Ich habe nicht mit Sepp gestritten. Wer erzählt denn so einen Schmarren?«

Waldinger ging wieder weiter. »Du. Du hast am Freitag gesagt, dass ihr im Streit auseinandergegangen seid, als du ihn zuletzt gesehen hast. Wann war das, und worüber habt ihr gestritten?«

»Das ist lächerlich. Eine Meinungsverschiedenheit zwischen Brüdern. So was kommt vor. Hast du auch Geschwister?«, versuchte Bernhard abzulenken.

Waldinger ging nicht darauf ein. »Das Erbe wurde bei euch nicht gerecht verteilt. Da sind Probleme vorprogrammiert.«

»Er ist mein Bruder gewesen, und er hatte das Testament nicht gemacht. Ich hatte keine größeren Probleme mit ihm. Aber wer lässt sich schon gerne vorschreiben, was er mit seinem Leben anstellen soll? Und dann ständig diese spitzen Bemerkungen, weil meine Freundinnen grundsätzlich mehr Wert auf ihr Äußeres legen als seine Witwen und Hausfrauen, die er zuhauf zu trösten versuchte.«

»Worum ging es bei dem Streit, und wann war das?«, ließ Waldinger diesmal nicht locker. Er hatte noch Seidls Stimme im Hinterkopf: Ergebnisse!

»Vor drei Wochen oder so. Ich hab noch einmal versucht, ihn zu der Unterschrift zu überreden. Er wollte nicht einsehen, dass er einem ganzen Dorf die Zukunft blockierte.«

»Glaubst du, dass dieses Projekt irgendwie mitschuldig ist, an seinem Tod?«, fragte Waldinger gespannt.

»Nein. Das find ich unwahrscheinlich. Wer nimmt denn so eine Schuld auf sich, um der Allgemeinheit einen Gefallen zu tun?«

Ein nahender Zug unterbrach ihr Gespräch. Mit lautem Getöse fuhr er an ihnen vorbei und führte einen Schwall heißer Luft im Gepäck.

»Ich bin gespannt, ob die Bregenzer es irgendwann schaffen, die Zuggleise vom See zu entfernen. So ein herrlicher Rad- und Fußweg am See entlang und dann ständig die Züge, die vorbeirasen.«

Waldinger musste ihm zustimmen. »Ich glaub kaum, dass ich das noch erleben werde. Aber was glaubst du dann, warum wer so zornig auf Sepp war?«

»Ich tippe auf eine Frauengeschichte. Etwas anderes kann ich mir nicht vorstellen.«

»Hast du einen konkreten Tipp für mich?«

Sie waren an dem kleinen Bahnübergang vor dem *Café Melanie* angelangt.

»Gehst mit rüber? Magst auch ein Eis?«, fragte Bernhard.

»Natürlich, bei Eis habe ich noch nie Nein gesagt und bei Melanie schon gar nicht.«

Die Schlange vor der Eistheke war lang, und doch hatte Waldinger Entscheidungsschwierigkeiten, als er endlich an der Reihe war und die zwanzig verschiedenen Eissorten vor sich hatte.

»Ich nehm eine Tüte mit Erdbeere und Schokolade.«

Bernhard lachte: »Alpengaudi, After eight und scharfe Himbeere für mich.«

In beiderseitigem Einvernehmen schleckten sie auf dem Rückweg erst ihr Eis fertig, bis Bernhard die Antwort auf die Frage nach einem Tipp gab.

»Frag doch Silvia, von wem ihr Bub ist. Der sieht bei Gott nicht aus wie Ignaz. Ich hab ihn letztes Jahr auf der Kilbe gesehen und dachte, das ist eine junge Ausgabe vom Sepp. Ich mein, für den Buben ist es ja ein Glück, wenn er nicht dem Ignaz nachschlägt, aber die Silvia würd ich fragen.«

»Wie alt ist der Bub?«

Bernhard zuckte die Schultern. »Keine Ahnung, wird in den Kindergarten gehen. Und bei Susanne gab's auch Gerüchte. Beim Sonnwendfest hatte sie mit Sepp rumgeknutscht, und neun Monate später war das Baby da. Aber das Kind habe ich nie gesehen.«

»Dann werde ich bei den beiden mal diskret nachfragen.«

»Aber von mir sagst du nichts, versprochen?«

Waldinger nickte und putzte seine Finger an der Serviette ab, die er anschließend in den Hosensack steckte. Bernhard ließ seine auf das Zuggleis flattern.

»Was hältst du von Finis Plänen mit eurem Elternhaus?«

»Welche Pläne meinst du? Die ändern sich alle paar Monate grundlegend.«

»Hm, wie nannte sie es? Solidarität in der Landwirtschaft oder so?«

»Ich weiß nicht, woher sie ihre spinnerten Ideen nimmt. Ihr Mann ist ganz bodenständig. Den beneid ich nicht drum. Fini und drei Mädels, ein Wunder, dass er noch keine grauen Haare hat, wenn du mich fragst. Ich weiß nicht, was sie vorhat, aber wenn die Erweiterung kommt, werde ich alles tun, um neben der Talstation ein Hotel aufzubauen. Ein Kinderhotel mit allem Drum und Dran.«

»Wieso ein Kinderhotel?«

»Da stellst du ein Mädel zum Kinderhüten an und kannst die Preise eines normalen Fünf-Sterne-Hotels locker verdoppeln, darum.«

»Wird dir Fini den Grund dafür geben?«

»Ja, wenn dort erst mal ein riesiges Schigebiet ist, kann sie ihre Pläne nicht verwirklichen. Ich kann ihr für das Grundstück einen super Pachtpreis zahlen, und mit dem Geld kann sie woanders tun und lassen, was sie will. Ich kenne Fini, so begeistert sie momentan klingen mag, in ein paar Wochen steht ihr der Sinn nach einem anderen Projekt.«

Sie waren wieder beim Mili angekommen.

»Der Vollständigkeit halber: Wo warst du am Freitagmorgen?«

»Mich zieht es nicht in die Berge. Wir waren mit Freunden zum Segeln auf dem See.«

»Und wer bekommt jetzt die Alpe?«, wollte Waldinger noch wissen.

Bernhard zuckte mit den Schultern.

»Halbe, halbe, nehm ich an. Aber das bringt mich auf eine Idee. Wenn ich die fehlende Unterschrift gegeben habe, könnte ich ja tauschen: den alten Hof gegen meine Hälfte der Alpe. Danke, Reinhold, aber ich habe das Gefühl, da geht noch was.«

Mit gemischten Gefühlen spazierte Waldinger zurück ins Büro. Die Geschwister profitierten auf jeden Fall von Sepps Tod.

Beide.

In der Hoffnung auf interessante Neuigkeiten steckte er seinen Kopf in den Mediationsraum.

»Ich will nicht stören«, sagte Waldinger. »Gibt's schon was Interessantes?«

Koch stöhnte.

»Ich hätte nie geglaubt, was da alles zusammenhängt. Mit einer neuen Bahn ist es nicht getan, wie Frau Moosbrugger schon sagte. Ich finde die Protokolle ganz interessant. Für neue Erkenntnisse ist es noch zu früh, aber ich werde mich am Abend an einer Zusammenfassung versuchen, okay?«

»Danke, dass du mir den Kram abnimmst. Du hast was gut bei mir.«

Waldinger hörte das Telefonklingeln schon im Flur. Er eilte an Annettes Schreibtisch und nahm den Hörer ab.

»Kripo Bregenz.«

»Ich verlange eine Untersuchung. Peter hat sich nicht selber umgebracht. Der Wagen war tipp topp in Schuss. Er war Peters Heiligtum, und es ist noch keine drei Wochen her, dass er in der Werkstatt von vorne bis hinten durchgecheckt worden war.«

»Entschuldigung, wer ist am Apparat?«

»Rheinberger, Victoria. Wer ist der zuständige Leiter in einem Mordfall? Verbinden Sie mich!«

»Da sind Sie schon richtig. Waldinger mein Name. Einen Mordfall besprechen wir allerdings üblicherweise nicht am Telefon. Wann könnte ich bei Ihnen vorbeikommen?«

Er legte auf und nahm an seinem Schreibtisch Platz. Dann suchte er aus dem kleinen Wälderhaus-Telefonbuch die Nummer des Obmanns der Bizauer Bergrettung.

»Greber«, meldete sich eine Frauenstimme.

»Hier Waldinger. Servus, Gudrun. Ist der Markus erreichbar?«

»Nee, der ist im Holz. Kann ich ihm was ausrichten?«

»Vielleicht kannst du mir weiterhelfen. Wer kümmert sich in Bizau um die Gipfelbücher?«

»Die Gipfelbücher? Ah, wegen der Bergrettung meinst du? Ja, ich hab schon mal ein neues besorgt, als das auf dem Hähle vollbeschrieben war. Aber wo das volle jetzt ist? Vielleicht im Bergrettungsraum? Da müsstest du den Markus selber fragen.«

»Und auf dem Hirschberg. Wer ist da zuständig?«

»Auweh, Reinhold, ich weiß es nicht. Vielleicht schauen die Älpler dazu?«

»Gute Idee. Danke, Gudrun, dann frag ich auf der Alpe nach. Ob die dort oben Netz haben?«

»Nee, schwierig, aber der Hirte kommt am Freitagnachmittag immer zum Einkaufen in den Spar. Ich weiß das von unsrer Tochter. Tanja sitzt dort an der Kasse.«

»Danke für deine Hilfe und Gruß an Markus.«

Er konnte leider nicht einfach das Wanderwetter ausnutzen und morgen zur Alpe aufsteigen. Er würde am Freitag dran denken müssen und schauen, dass er den Hirten erwischte. So dringend war die Sache nicht.

Als Helga sich nach dem Abendessen auf den Weg zur Kirchenchorprobe gemacht hatte, setzte Waldinger sich zu Kathrin in die

Stube. Sie zappte sich durchs Fernsehprogramm und blieb bei einer Chart-Show hängen.

»Wirst du den Vater des Kindes als unbekannt melden?«, fragte Waldinger überraschend direkt.

Erstaunt sah Kathrin ihn an.

»Nein. Rudis Namen werde ich auf dem Amt angeben, er soll ja schließlich Alimente zahlen.«

»Wenn du den Namen nicht angeben würdest, würdest du dann nichts bekommen?«

»Ich glaub nicht. Warum?«

Waldinger kratzte sich sein unrasiertes Kinn. Nena sang von 99 Luftballons.

»Ich sollte nicht darüber reden, aber vielleicht hängt Sepps Tod damit zusammen, dass er einem anderen sein Kind untergeschoben hat. Hast du nie Gerüchte gehört?«

Jetzt stellte Kathrin den Ton des Fernsehers mit der Fernbedienung aus.

»Klar. Immer wenn in Bizau jemand den Vater nicht öffentlich vorstellt, wird das Kind Sepp zugesagt. Bin schon gespannt, was die Tratschtanten mir alles unterstellen werden.«

»Sag mir ein paar Namen. Bei wem gab es Gerüchte? Oder hat gar eine Sepps Namen als Vater angegeben?«

»Das weiß ich wirklich nicht. Baust du deine Ermittlungen auf Gerüchten auf? Das passt aber gar nicht zu dir.«

»Sag sie mir einfach.«

»Bei Susanne am Oberberg, zum Beispiel. Und bei Birgit, aber die wohnt jetzt schon seit zwei Jahren in der Schweiz. Sonst weiß ich niemanden. Frag doch die Agnes. Die ist bei Klatsch immer bestens informiert.«

Sie drehte den Ton wieder auf.

Mittwoch, 20. August

Die heutigen Angelegenheiten waren Waldinger äußerst unangenehm. Im Grunde genommen war es das erste Mal in seiner langjährigen Laufbahn, dass er Kollegin Koch beneidete, die für die Schreibtischarbeit eingeteilt war.

Als Erstes klingelte er bei Silvia. Das Haus aus den Siebzigern hätte einen neuen Anstrich vertragen. Es stand in der ersten Reihe in der Parzelle Oberberg. Sie trug Jeans, ein ärmelloses graues Shirt und hatte einen Besen in der Hand.

»Servus, Reinhold«, sagte sie mit zarter Stimme.

»Grüß dich, Silvia. Du wunderst dich sicher, warum ich bei dir klingle. Es lässt sich nicht so schnell zwischen Tür und Angel erklären. Darf ich kurz reinkommen?«

»Äh. Ignaz ist nicht da. Der hat im August keinen Urlaub. Die Maurer haben Hochsaison.«

Er musste sich anstrengen, um sie zu verstehen.

»Es ist besser, wenn er nicht da ist.«

Zögernd gab sie die Tür frei. »Okay.«

Er folgte ihr in die Küche. Sie nahm die Stühle vom Tisch und bedeutete ihm, sich zu setzen. »Um was geht's?«

Waldinger setzte sich und rutschte auf dem Stuhl hin und her.

»Es ist beruflich. Aber keine Angst, ich mach's ausnahmsweise inoffiziell, obwohl ich dafür meinen eigenen Hals riskiere. Es ist, es geht um Sepp.«

»Sepp? Sein Unfall? Was habe ich damit zu tun?«

An ihrem Hals breiteten sich rote Flecken aus, und sie kratzte sich mit beiden Händen. Am liebsten wäre Waldinger aufgestanden und wieder gegangen.

»Wir gehen davon aus, dass es kein Unfall war, sondern dass jemand nachgeholfen hat. Und jetzt habe ich die undankbare Aufgabe, allen Gerüchten rund um Sepp nachzugehen. Das ist wirklich unangenehm, aber ich habe einen Tipp bekommen, dass dein Bub eventuell nicht von Ignaz … verstehst du?«

Ihre Flecken leuchteten, und die Kratzerei machte es nicht besser. Sie merkte es selbst und knabberte jetzt an ihren Fingernägeln.

»Möchtest du einen Kaffee?«, fragte sie und stand auf.

»Gerne.«

Waldinger war froh, dass er erstens nicht sofort rausgeworfen wurde und zweitens eine kurze Pause einlegen konnte.

Silvia hantierte an der Maschine und drehte ihm den Rücken zu.

»Von wem hast du den Tipp?«, fragte sie noch leiser.

Sie sah Waldingers Schulterzucken nicht.

»Der Ignaz darf im Leben nie davon erfahren. Und der Elias auch nicht.«

Der Kaffeeautomat surrte. Schweigend servierte Silvia zwei Tassen. Sie setzte sich. Dann stand sie wieder auf und fragte: »Milch oder Zucker?«

»Ein bisschen Milch, bitte.«

Beide tranken einen Schluck von dem heißen Kaffee.

»Ich muss in alle Richtungen ermitteln, aber ich versprech dir, wenn diese alte Geschichte nichts damit zu tun hat, wird von mir niemand etwas erfahren. Ich muss wissen, ob Sepp der Vater von Elias ist und ob es möglich ist, dass dein Mann das erkannt hat?«

Sie zwirbelte eine Haarsträhne um den rechten Zeigefinger. »Ich habe nie mit jemandem über dieses Thema gesprochen. Elias sieht nicht wie Ignaz aus, das stimmt. Aber Ignaz ist der Meinung, dass Elias nach meinem Bruder schlägt. Er hatte nie Zweifel an der Vaterschaft.«

»Es nützt uns alles Drumherumgerede nichts. Ist Sepp der Vater?«

»Rein biologisch: Sepp oder Ignaz, ich hab es nie testen lassen. Ansonsten eindeutig Ignaz. Er ist der Papa, und darüber ist er glücklich.«

»Was würde passieren, wenn der von dem Verdacht erfahren würde?«

»Bitte, sag mir, wer dich auf diesen Gedanken gebracht hat. Ich werde nicht mehr schlafen können, wenn ich befürchten muss, dass alles öffentlich wird.«

»Ich werde alles tun, damit niemand davon erfährt. Wirst du für Elias auf den Erbteil verzichten? Schließlich muss Sepps Nachlass jetzt geregelt werden.«

»Oh mein Gott, so weit habe ich noch nicht nachgedacht. Sepp hat nie etwas für den Buben gezahlt. Aber für uns ist es besser, wir verzichten und es bleibt ein Geheimnis. Ich muss drüber schlafen. Nein, Ignaz darf nichts erfahren, sonst garantiere ich für nichts. Was habe ich nur für einen blöden Fehler gemacht?«

Sie sprach nicht nur leise, auch ihr Weinen war kaum hörbar. Sie suchte nach einem Taschentuch und wischte sich die Tränen weg. »Es hat nie mit einem Geschwisterchen geklappt. Vielleicht kann Ignaz keine Kinder zeugen. Wenn es so ist, und ein Arzt findet das heraus … Ach, Scheiße. Ich weiß nicht, was ich tun soll.«

»Wo war Ignaz am Freitagmorgen?«

»Am Freitag? Ein Alibi? Aber, Gott sei Dank, Reinhold, warum fragst du das nicht gleich? Ignaz kann nichts damit zu tun haben, er war auf der Alpmesse am *Alten Hof*. Freunde von uns sind diesen Sommer dort. Ignaz hat beim Grillen geholfen.«

Die Tränen versiegten. Die Erleichterung war fast greifbar.

»Du hättest für nichts garantieren können, oder?«

Sie schüttelte den Kopf. »Ignaz ist mein Mann, und darüber bin ich froh. Er ist ein guter Mensch unter seiner harten Schale. Einzig sein Jähzorn, den hat er nicht im Griff, und wenn er Sepp getroffen hätte und der hätte ihn ausgelacht oder … Ach, jetzt hast du mich ganz schön durcheinandergebracht. Aber für dieses Mal ist es zum Glück noch einmal gut ausgegangen.«

»Warst du auch auf der Alpmesse?«

»Nein, für den Elias wäre es zu weit gewesen. Da führt kein Weg hinauf, den man mit dem Auto fahren könnte.«

Waldinger stand auf. »Ich werde es diskret nachprüfen, Silvia. Diese Geheimnisse machen ein unbekümmertes Zusammenleben schwierig. Vielleicht suchst du dir Hilfe und versuchst, Ignaz die Wahrheit beizubringen. Aber es steht mir nicht zu, dir Tipps zu geben. Ich weiß leider zu gut, wie dir zumute sein muss. Und irgendwann ist es selbst für die Wahrheit zu spät.«

Susanne wohnte in Sichtweite von Silvia. Ansonsten war sie ein völlig anderer Typ. Der schwarze Kurzhaarschnitt und die dunkel geschminkten Augen ließen sie unnahbarer und weniger häuslich erscheinen. Sepp schien sich bei seinen Affären nicht von Äußerlichkeiten leiten zu lassen. Die Kleine auf ihrem Arm war blond und hatte ordentlich Babyspeck. Ihre Handgelenke waren kugelrund. Susanne ließ ihn herein und entschuldigte das herumliegende Spielzeug.

»Ich komm gleich zur Sache«, sagte Waldinger. »Es geht um den Tod von Sepp. Die Ermittlungen sind schwierig, weil es auf dem Grat keine Zeugen gab. Nun bleibt uns nichts anderes übrig, als sein ganzes Privatleben umzukrempeln.«

Sie zog die gemalten Augenbrauen hoch. »Und was habe ich damit zu tun?«

»Nun ja, jemand hat behauptet, deine Tochter könnte von Sepp sein.« Waldinger räusperte sich.

Susanne lachte laut auf. »Von wem stammt denn diese Schnapsidee? Das hat man davon.«

»Wovon?«

»Wenn man den Vater eines Kindes als unbekannt meldet, sucht sich die Dorfgemeinschaft selber einen. Der Sepp, auf den wäre ich nie gekommen.«

»Aber du kennst ihn, oder?«

»Natürlich kenne ich, kannte ich ihn. Du doch auch?«

»Wie könnte dieses Gerücht entstanden sein?«

Sie schüttelte erneut den Kopf und zog die Schultern hoch. »Ich hab beim besten Willen keine Ahnung.«

»Ähm, darf ich fragen, wer denn der …«

»Nein. Das ist mein Geheimnis, und ich werde es zu hüten wissen. Das geht niemanden etwas an. Dass es nicht der Sepp war, das gebe ich dir meinetwegen schriftlich.«

So schnell ließ Waldinger sich nicht abspeisen.

»Wer zahlt denn für das Kind?«

Susanne musterte ihn von oben bis unten und setzte die Kleine auf eine bunte Krabbeldecke.

»Ich.«

»Und wem gehört das Haus? Wohnst du zur Miete?«

»Es gehört mir. Aber das tut nichts zur Sache. Ich habe mit Sepps Unfall nichts zu tun, wieso sollt ich meinen ehemaligen Liebhaber umbringen, wenn's denn tatsächlich so gewesen wäre?«

Sie lachte abfällig. »Da gibt es genug andere, Ehefrauen zum Beispiel.«

»Wen meinst du?«

»Ich hau niemanden in die Pfanne. Aber das Ganze ist doch lächerlich.«

»Die meisten Morde geschehen aufgrund von Eifersucht oder unerwiderter Liebe.«

»Unerwiderte Liebe? Jetzt hör schon auf. Ich wollt nie was vom Sepp. Was will ich mit dem alten Einsiedler? Wenn ich einen Kerl brauch, geh ich auf den Fußballplatz. Jung, sportlich, knackig ist meine Devise.«

»Jetzt sag mir, wer für dein Kind zahlt, und dann geh ich schon wieder. Ich ermittle heute inoffiziell. Es erfährt niemand davon. Aber wenn du darauf bestehst, können wir uns auch offiziell auf dem Posten drüber unterhalten.«

Ihre Augenbrauen wanderten noch ein Stück höher.

»Es gibt sicher hundert andere Verdächtige. Willst du mich schikanieren?«

»Die Wahrheit rausfinden, das ist alles.«

»Und wenn ich dir einen Namen sag, gibst du dann Ruh?«

»Dann werde ich diskret sein Alibi überprüfen, und wenn das wasserdicht ist, dann geb ich Ruh.«

Das Kleinkind hatte einen Bauklotz in der Hand und hämmerte damit auf den Parkettfußboden. Susanne nahm ihn weg, und die Kleine fing lautstark zu weinen an. Dicke Tränen tropften auf ihr Shirt.

»Ich weiß zufällig, dass er am Feiertag in Südtirol beim Klettern war.« Sie gab dem Kind seinen Schnuller, und es wurde ruhiger. Dann holte sie ihr Smartphone vom Fenstersims und wischte darauf herum. Nach kurzer Zeit präsentierte sie ihm ein Foto von einem schneidigen Kerl mit Bergsteigerhelm. Konnte er das als Alibi gelten lassen?

Er gab Koch Bescheid, dass er erst am Nachmittag ins Büro komme, und nutzte die Zeit bis zum Mittagessen, um mit einigen der Weidebesitzer zu sprechen. Den meisten ging es wie deren Obmann Walter aus der Hilkat. Auf der einen Seite hatten sie sich oft über Sepp geärgert, andererseits konnten sie ihn doch auch ein Stück weit verstehen. Waldinger hatte das Gefühl, dass da heimliche Absprachen getroffen worden waren. Zu sehr glichen sich die Aussagen der einzelnen Bauern. Einzig Gerhard, der Vater der Bürgermeisterin, vertrat eine eigene Meinung.

»Der Sepp war nicht gegen die Erweiterung, der hatte was gegen uns.«

»Gegen wen?«, fragte Waldinger.

»Der mag keine Menschen mit Visionen. Er dachte immer, Erfolg und erreichte Träume würden nur ihm zustehen. Aber jetzt ist er tot. Jetzt kann Bizau endlich aus seinem Dornröschenschlaf erwachen. Lange genug hat es gedauert, aber meine Tochter wird diesem Dorf Leben einhauchen, das versprech ich dir.«

Waldinger kam kurz vor zwölf nach Hause.

»Ich hatte im Tiefkühlfach noch Forellen, die dir der Hubert mal mitgebracht hat. Sie brauchen nur noch ein paar Minuten. Setz dich schon, wir essen draußen.«

Kathrin saß bereits auf der Bank auf der Terrasse. »Gott sei Dank, kommst du heut Mittag heim, sonst wär bestimmt wieder nur Grünzeug aus dem Garten auf den Tisch gekommen.«

Waldinger verkniff sich ein Grinsen. »Dir ist es doch wichtig, dass du nicht allzu dick wirst.«

Sie klopfte auf ihren kugelrunden Babybauch. »Das bin ich eh schon, auf ein Kilo mehr oder weniger kommt es jetzt auch nicht mehr an.«

Der Fisch war gut gewürzt, und das Karotten-Mangold-Gemüse mit Äpfeln passte hervorragend dazu. Waldinger langte kräftig zu. Es blieben nur die Gräten übrig.

Als Kathrin hineingegangen war, um für den Rest des Tages auf der Couch auszuharren, schloss Waldinger kurz die Augen. Diese ruhige Mittagsminute fehlte ihm immer, wenn er in einem Lokal oder gar unterwegs zu Mittag essen musste. Auch heute dauerte sie nur kurz.

Er hörte, wie Helga die Küche sauber machte und dann das Fenster öffnete. »Schau mal, was ich beim Wäschewaschen in deiner Hosentasche gefunden habe.«

»Was denn?«, fragte er bemüht gelangweilt, während ihm siedend heiß einfiel, was es wohl war. »Ein Fünf-Euro-Schein? Du darfst ihn behalten.«

»Nein.« Helga kam auf die Terrasse und hielt ihm ein Foto unter die Nase.

»Ach das. Das lag am Sonntag hier unter der Bank. Das muss Martin aus der Geldtasche gerutscht sein.«

Helga betrachtete das Foto genau. »Kennst du das Bild? Weißt du, wo sie es aufgenommen haben?«

»Keine Ahnung, ich hab es nicht genau angeschaut.«

Er wollte es ihr aus der Hand nehmen, doch Helga hielt es fest. »Das muss schon fast zwei Jahre alt sein. Es sieht aus wie auf einer Wanderung. Martin und Annika gehen aber nie freiwillig zum Wandern. Die Alpenrosen könnten am Hirschberg sein. Und das da im Hintergrund eine Stütze vom Plattenkopf-Lift.«

»Jetzt lass mich einmal schauen«, forderte Waldinger ungeduldig. »Ich geb es Martin zurück.« Er steckte es in die Hosentasche.

»Das Bild sieht nicht aus, als ob es jahrelang in einer Geldtasche gesteckt hätte.«

Waldinger murmelte nur etwas Unbestimmtes und schloss die Augen.

Nur widerwillig ging Helga zurück in die Küche.

Auf dem Weg nach Bregenz beschloss Waldinger, noch kurz bei Feurstein vorbeizuschauen. Ganz außer Acht lassen wollte er diesen Teil von Sepp auch nicht. Immerhin war er nicht nur ein Bruder und Herzensbrecher gewesen, sondern in erster Linie Künstler. Feurstein, der Mann seiner Cousine Agnes, der Vorarlberger Landeskulturreferent, konnte ihm zu diesem Thema sicher ein paar hilfreiche Anregungen geben. Als er durch Alberschwende fuhr, wählte er auf seinem Handy die eingespeicherte Nummer.

»Grüß dich, Noldi. Das du dich auch wieder mal meldest. Prima!«, wurde er gleich überschwänglich begrüßt.

»Ja, äh, servus. Ich hätt ein paar Fragen. Bist du in Bregenz, können wir uns treffen?«

»Fragen? Mach's nicht so spannend. Kulturelle? Ich hab um drei ein Meeting im Kunsthaus. Komm kurz vorher in die Cafeteria.«

»Das passt. Danke.«

Er stellte sein Auto auf seinen reservierten Platz vor dem Landeskriminalamt und fragte Annette, ob er sich für den Weg in die Innenstadt ihr Rad ausleihen dürfe. Die Parkplätze in der City waren an sonnigen Sommertagen immer hoffnungslos überfüllt.

Gemütlich radelte er am See entlang in Richtung Kulturhaus. Auf Höhe der neuen Welle, wo Fahrkarten für die Schiffe verkauft werden, stieg er ab und schob das Rad durch das Gedränge. Das Ausflugsschiff nach Meersburg war kurz vor der Abfahrt.

Die Menschen strömten auf das Schiff, um einen Platz auf dem obersten Deck zu ergattern. Beim Bahnübergang musste er kurz warten, bis ein Zug vorbeigedonnert war, dann öffneten sich die Schranken, und er war in wenigen Minuten am Ziel.

Als er vor der Cafeteria von Annettes Rad stieg, merkte er, dass er kein Sicherungsschloss dabeihatte. So nahm er das Rad kurzerhand mit ins Foyer und lehnte es an eine Säule aus schwarzem Sichtbeton. Schwarz war die vorherrschende Farbe in diesem Raum, und nur die mit rotem Filz überzogenen Stühle boten dem Auge einen Farbpunkt und dem Menschen Gemütlichkeit. Waldingers Augen mussten sich von der hellen Mittagssonne draußen erst umstellen, als Feurstein schon auf ihn zugeeilt kam.

»Noldi«, flüsterte er. »Was macht das Rad da?«

»Ich habe kein Schloss dabei, und es gehört mir nicht«, zuckte er entschuldigend mit den Schultern.

Feurstein blickte peinlich berührt um sich. »So tolles Wetter draußen, lass uns kurz nach draußen setzen.«

Das war Waldinger sowieso viel lieber. Der vietnamesische Pächter des Cafés kam auf sie zugeeilt und öffnete ihnen die Tür nach draußen.

»Kann ich Ihnen behilflich sein?«

»Nein danke«, flötete Feurstein.

»Ein Mineralwasser, bitte.« Waldinger war durstig.

Sie setzten sich an einen der Tische auf dem schwarzen Vorplatz, und Feurstein entschuldigte sich. »Tut mir leid, Noldi, ich hab nicht lang Zeit. Um was geht's?«

Der Kellner brachte das Wasser und schenkte ein. Waldinger bezahlte gleich. Er wartete, bis der Mann sich abgewandt hatte, und kam dann gleich zur Sache. »Der Unfall von Sepp. Könnte der etwas mit der Kunstszene zu tun haben?«

Entgeistert starrte Feurstein ihm ins Gesicht.

»Das ist jetzt nicht dein Ernst, oder? Findest du sonst keinen Schuldigen und kommst auf solche Schnapsideen, also wirklich, ein bisschen mehr hätte ich dir schon zugetraut. Was soll denn

Sepps Tod jemandem hier bringen? Das ist ein riesiger Verlust für die gesamte Vorarlberger, ja, für die deutschsprachige Kunstszene überhaupt.«

»Ich dachte nur wegen dem Brand damals auf der Schnepfegg.«

»Jetzt komm, das war ein Lausbubenstreich, das ist nichts, was sich mit einem Mord vergleichen lässt.«

»Du redest von Mord?«

»Du hast damit angefangen. Ich hab keine Ahnung. Ich dachte, du suchst ein Geschenk für Helga zu ihrem Geburtstag und brauchst einen geschmackvollen Tipp. Aber Sepps Tod entsetzt mich, und ich kann dir nur sagen, dass du diesmal in völlig falsche Richtungen ermittelst.«

»Der Sepp war umstritten. Ob ein katholischer Eiferer sich an seiner neuesten Statue gestört hat, du weißt, halt die mit …«

»Jetzt red nicht so drumherum. Heutzutage sind nackte Figuren kein Thema mehr. Schon lange nicht mehr.«

»Aber der Platz, die Nähe zur Kirche, das hat Kritik gegeben. Der Pfarrer und …«

Feurstein blickte auf die Uhr und stand auf. »Sorry, die Chinesen warten nicht gerne. Noldi, glaub mir, Sepps Tod ist tragisch für unsere Szene, aber den Schuldigen findest du hier nicht.«

Mit zügigen Schritten verschwand er im dunklen Inneren des Kunsthauses.

Zurück im Büro machte Waldinger Kaffee und setzte sich mit Koch zusammen, um das weitere Vorgehen zu besprechen. »Was ist dir bei der Durchsicht der Protokolle aufgefallen?«

Koch nahm ihren Block und einen Kuli und malte einen Pfeil hinter eine vollgeschriebene Zeile. »Am unstimmigsten finde ich nach dem heutigen Vormittag dieses Protokoll vom letzten Oktober, in dem Fini als Befürworterin der Liftverbindung in der Öffentlichkeit der Gemeinderatssitzung mit Sepp zu streiten begann.«

»Fini? Befürworterin?«

Koch nickte, und Waldinger zog seinerseits einen Block heran und begann zu schreiben.

»Wann, sagst du? Der Sache muss ich nachgehen.«

»Letzten Oktober. Interessant ist auch, wie sich die Anzahl der Sitzungen und die Ausführlichkeit der Protokolle geändert hat, seit die neue Bürgermeisterin das Sagen hat.«

»Inwiefern?«

»Im Gegensatz zum vorherigen Gemeindevorsteher scheint sie eine eigene Meinung zu dem Thema zu vertreten und sich mit aller Kraft für die Erweiterung einzusetzen. Sie versuchte mit allen Mitteln, ihn unter Druck zu setzen und seine Zustimmung zu bekommen.«

»Aber sie würde nicht über Leichen gehen?«

Koch zuckte die Schultern. »Für eine junge ehrgeizige Dame wäre es ein großer Zacken in der Krone, wenn sie das schaffen würde, woran sich ihr Vorgänger die Zähne ausgebissen hatte.«

Wieder notierte Waldinger etwas.

In diesem Augenblick klopfte es an Waldingers Bürotür. »Herein.«

Willi stand mit einer Schachtel im Arm auf dem Flur. »Darf ich reinkommen?«

Seine Nase hatte am meisten unter dem Sonnenbrand gelitten. Die Haut schälte sich rundherum ab. Er stellte die Schachtel mitten auf Waldingers unordentlichen Schreibtisch. Einige Papiere segelten zu Boden.

»Das ist nicht wahr«, stöhnte Koch. »Mir brummt sowieso schon der Schädel.«

Willi grinste. »Ich brauch es nicht mehr. Was ihr damit macht, ist mir egal.«

Waldinger warf einen kurzen Blick in den Karton. »Ich übernehme die Schachtel«, meldete er sich freiwillig.

Donnerstag, 21. August

Helga kam aus dem Garten, wo sie die Schnecken aus den Beeten gesammelt hatte. Sie wusch sich gründlich die Hände, schenkte sich eine Tasse Tee ein und setzte sich zu Waldinger an den Frühstückstisch.

»Endlich hat es ausgiebig geregnet. Das hat den Pflanzen gutgetan.«

»Und den Menschen auch. Wenn die Hitze zu lange dauert, sind alle immer nervös und aggressiv.«

Waldinger schmierte sich frische Zwetschgenmarmelade aufs Brot. Dieses Jahr war die Obsternte prächtig ausgefallen, und Helga hatte tagelang Marmeladen gekocht und Beeren eingefroren.

»Ich geh heute mit den Frauen vom Familienverband auf Hertas Hütte in die Rosschwende. Wir starten um vier am Nachmittag, aber es wird sicher spät. Machst du am Abend den Hühnern den Stall zu?«

»Ich denk dran.«

»Und diese Woche sollten wir noch die Kartoffeln vom Acker holen. Ich hab gesehen, dass fast alle Moosacker schon abgeräumt sind.«

Er nickte und nahm noch ein paar Weintrauben mit, die er im Gehen aß.

Der Regen hatte die ersehnte Abkühlung mitgebracht. Draußen schien der Rasen gleich eine Spur grüner als in den letzten Tagen, und die ersten Kapuzinerschnecken kamen Waldinger bereits auf der Eingangsstufe entgegen. Es hatte alles im Leben zwei Seiten. Nur langsam ging er zu seinem Auto und schaute zum grauen Himmel hinauf, um den Regen im Gesicht zu spüren.

Heute nahm er beim Kreisverkehr in Bersbuch nicht die übliche Ausfahrt, sondern wählte jene nach Schwarzenberg. Da er als Erstes ein Treffen in Dornbirn vereinbart hatte, war er über das Bödele auf jeden Fall schneller als durch den Achraintunnel. Peters Frau Victoria erwartete ihn um acht. Anschließend habe sie Termine mit dem Bestatter, dem Haselstaudner Männerchor, einer Floristin und natürlich dem Pfarrer. So eine Beerdigung wollte schließlich bis ins kleinste Detail geplant sein. Die halbseitige Anzeige in der gestrigen Tageszeitung hatte zur Verabschiedung nach Dornbirn geladen. In der Todesanzeige war als Familie nur seine Frau Victoria angeführt gewesen, und nicht, wie sonst im Ländle üblich, die gesamte Verwandtschaft des Verstorbenen.

Das Haus in Watzenegg, einem Weiler oberhalb von Dornbirn mit Sicht übers Rheintal bis zum Bodensee, fiel Waldinger gleich auf. Im Gegensatz zu den quadratischen Bauten am Pfänderhang dominierte hier der konservative Baustil der frühen Achtziger mit verputzten Außenwänden und eichenen Eingangstüren. Der leichte Bungalow aus Holz, Glas und Stahl fiel ins Auge, und Waldinger fragte sich, ob bei der Bewilligung Bares im Spiel gewesen war.

Er war einige Minuten zu früh und blieb noch im Auto sitzen. Der Radiosender *Radio Vorarlberg* störte an dieser Stelle hinter dem Haus, und er drehte am Senderrad, als er aus den Augenwinkeln eine Bewegung wahrnahm. Er beugte sich weiter nach vorne, um die Eingangstür in sein Blickfeld zu bekommen, da sah er, wie ein Typ zärtlich von Peters Witwe verabschiedet wurde. Waldinger stieg aus und band sich seine beiden Schnürsenkel neu, um dem Mann Gelegenheit zu geben, unbemerkt in die andere Richtung zu verschwinden. Als er sich wieder erhob, war der Vorplatz menschenleer, und er nahm seine Aktentasche aus dem Wagen.

Punkt acht klingelte er. Victoria öffnete mit einem Handy am Ohr und dirigierte ihn mit forschen Handbewegungen ins Innere des Hauses. Ihr schwarzes kurzes Leinenkleid ließ sie blass und mager wirken. Der Schuhschrank im Flur stand offen, und Waldinger erblickte etwa fünfzig Paar Schuhe mit hohen Absätzen in allen möglichen und unmöglichen Farben. Sie ging voran in den Wohnraum. »Ich muss Schluss machen. Du weißt, was du zu tun hast.«

Die Frontseite des Raumes wurde von einem riesigen Aquarium dominiert. Das Wasser schimmerte in paradiesischen Farben, und die Fische zogen Waldinger in den Bann. Victoria trat neben ihn, da klingelte ihr Handy erneut. Sie warf einen kurzen Blick auf das Display und zog sich in die Küche zurück, bevor sie den Anruf annahm. Sie ließ ihn warten. Es dauerte seine Zeit, bis er bemerkte, dass das besänftigende Rauschen des Meeres aus einem versteckten Lautsprecher kommen musste. Er trat näher an das Aquarium. Die winzigen bunten Fische schienen eine Art Gruppentanz zu veranstalten, als plötzlich hinter einem künstlichen Felsen ein dunkler Schatten hervorkam, sein Maul aufriss und die kleinen Fische in alle Himmelsrichtungen verscheuchte. Nur einer hatte es nicht mehr geschafft. Bekamen die Tiere denn kein Futter? Mussten die sich selbst ernähren?

Victoria kam wieder ins Zimmer und stellte sich neben ihn. »Nur die Besten kommen durch.«

Er löste den Blick von den Zierfischen und gab ihr die Hand. »Waldinger, wir haben telefoniert.«

»Setzen Sie sich.« Sie wies auf einen knallpinken Filzstuhl. Sie selbst setzte sich in einen leuchtend gelben Sessel. Zwischen ihnen stand ein Kubus aus Stahl und Glas. Ein einzelnes benutztes Weinglas stand drauf. Ansonsten war der Raum leer. Waldinger fühlte sich verwirrt.

»Wieso glauben Sie, dass Ihr Mann ermordet wurde?«

»Das hab ich Ihnen am Telefon schon gesagt, und meine Meinung hat sich seither nicht geändert.«

»Wenn Sie es bitte wiederholen könnten?«

»Ich wiederhole mich nicht.«

Zicke. Waldinger kreuzte seine Beine übereinander.

»Haben Sie einen Verdacht, warum jemand ihn aus dem Weg haben wollte?«

»Nein.«
»Selbstmord?«
Sie schüttelte heftig den Kopf.
»Wir waren glücklich.«
»Haben Sie Kinder?«
»Nein. In diesem Haus sind keine Kinderzimmer vorgesehen.«
»Wie lange waren Sie verheiratet?«
»Fünf Jahre.«
»Was sagte Ihr Vater zu Ihrem Hochzeitswunsch?«
Sie verschränkte die Arme vor der kleinen Brust.
»Das hat nichts damit zu tun.«
»Was hat denn mit der Sache zu tun?«
»Ich weiß es nicht. Finden Sie es raus. Beginnen Sie umgehend mit den Ermittlungen. Ich erwarte jeden Abend Ihren Bericht.«
»Sie verwechseln etwas. Ich arbeite bei der Mordkommission, ich bin nicht Ihr Diener. Wo waren Sie am Sonntagabend?«
»Das ist lächerlich. Ich werde den Staatsanwalt anrufen und einen kompetenten Ermittler beantragen.«
»Wieso hat Peter Sie geheiratet? Des Geldes wegen? Und wie heißt Ihr Liebhaber?«
Für einen Moment war die aufgehübschte Vierzigjährige sprachlos. Waldinger erhob sich.
»Wann haben Sie Peter zuletzt gesehen?«
»Was soll das?«
»Ich brauche ein detailliertes Bild von Peters Person. Ich bin darauf angewiesen, dass Sie mir helfen. Wenn Sie das nicht vorhaben, ist es schade um unsere Zeit.«
»Ich werde nicht mit Ihnen sprechen. Sie sind ein ungehobelter Rüpel, und ich werde mich über Sie beschweren.«
»Machen Sie das, ich find den Weg nach draußen.« Dumme Kuh, dachte er sich und schloss die Tür lauter, als nötig gewesen wäre.
Nun war Waldingers Ehrgeiz geweckt. Diese Frau hatte Dreck am Stecken, und er würde es rausfinden, selbst wenn er alle ihre Schuhe einzeln durchprobieren musste. Er telefonierte mit

Annette im Büro und bat sie, die genaue Adresse von Peters Eltern ausfindig zu machen. So lange besprach er mit Koch seine neuesten Erkenntnisse. Sie würde damit beginnen, die Alibis der bisher Befragten zu überprüfen.

Peters Familienverhältnisse waren für Waldinger äußerst undurchsichtig. Seine Mutter war mit zweiundzwanzig gestorben, als Peter zwei Jahre alt gewesen war. Es hieß, sie sei nach einem Unwetter in der Rappenlochschlucht ertrunken, als das Wasser innerhalb von Minuten rasant angestiegen war. Sie hatte in einer Villa am Rande von Dornbirn, in der Nähe der Schlucht, gewohnt. Ihrem Vater gehörten einst mehrere lukrative Textilbetriebe im Land.

Peters Vater war bei der Hochzeit fünfundvierzig Jahre alt gewesen und war ein Geschäftsfreund von Peters Großvater mütterlicherseits. Nach dem frühen Tod seiner Frau hatte er nie mehr geheiratet und Peter von seiner Schwester Ilse großziehen lassen.

So gesehen, war Peter für Victoria eine gute Partie gewesen, erbte er nicht nur das Erbe seines alten Vaters, sondern das noch größere seines Großvaters dazu. Ob Victoria hoffte, jetzt selber mit dem Vermögen der beiden Herren direkt bedient zu werden?

Erst wollte Waldinger mit Peters Vater sprechen. Laut Auskunft von Annette lebte der alte Herr in der Martinsresidenz, im selben Heim, in dem Helgas dementer Vater untergebracht war. Nachdem Waldinger wusste, was für Summen die Heimkosten verschlangen, war von dem Vermögen des wohlhabenden Mannes vielleicht nicht mehr viel übrig.

Der Regen wurde immer stärker. Als Waldinger vor dem Seniorenheim ankam, prasselten dicke Tropfen laut auf die Windschutzscheibe. Er parkte auf dem Behindertenparkplatz vor dem Haupteingang, da er weder einen Schirm noch eine Regenjacke dabeihatte. Die toupierte Empfangsdame lächelte mechanisch. »Herr Loacker sitzt im Wintergarten. Er mag den Regen.«

Sie führte Waldinger mit leisen Schritten über den grün gemusterten Teppich. »Da vorne. Er freut sich über ein wenig Unterhaltung. Er ist einsam, er bekommt nicht viel Besuch. Und jetzt, Sie wissen bestimmt, sein Sohn …«

Waldinger nickte wissend und ging auf den alten Mann zu. Er hatte sich als Bekannter ausgegeben. Die wasserblauen Augen musterten Waldinger, als er dem Mann die Hand gab, doch es blitzte kein Erkennen auf. Der Händedruck war kraftlos. »Tut mir leid, kennen wir uns? Ich bin heute ganz durcheinander.«

Die Angestellte wollte einspringen, aber Waldinger schob sie sanft in die andere Richtung und flüsterte: »Ich komme klar.«

Er setzte sich auf einen Stuhl, den er nah zu dem alten Herrn heranzog. »Waldinger ist mein Name. Sie kennen mich nicht, aber ich kannte Peter. Es tut mir so leid.«

Er machte eine kurze Pause. Der Mann putzte seine Nase geräuschvoll mit einem karierten Stofftaschentuch.

»Victoria, seine Frau, schickt mich. Sie vermutet, dass es kein Unfall war. Sie möchte, dass ich in Erfahrung bringe, was Sonntagnacht passiert ist. Ich bin von der Kripo.«

Überrascht hob der Alte seinen Kopf. Die Stimme klang heiser. »Victoria schickt sie? Ich dachte eher, dass sie es war, die ihn umgebracht hat.«

»Warum?«

»Sie wollte nie den Peter. Sie hat immer nur das Geld gesehen. Meins und das vom Alfons.«

Waldinger rückte noch näher.

»Alfons. Der Großvater?«

Der Mann nickte zögernd.

»Können Sie mir ein wenig aus der Familiengeschichte erzählen, damit ich die Zusammenhänge verstehe? Ich kannte Peter zwar, weiß jedoch nichts über seine Herkunftsfamilie.«

Wieder nickte der Alte nachdenklich. »Holen Sie mir ein Glas Wasser. Ich hab keinen Durst, aber ich soll viel trinken. Ich muss meine Gedanken sortieren.«

Waldinger ging langsam zur Rezeption. Die großen Topfpflanzen gediehen prächtig in ihrem Granulat. Die Landschaftsaquarelle an den Wänden versuchten vergebens, romantische Stimmungen zu zaubern. Schlurfende Schritte und das Kratzen von Kuchengabeln waren die einzigen Geräusche.

Er bat um ein Glas Wasser und blickte in den Speisesaal. An einem Tisch am Fenster bemerkte er seinen Schwiegervater, der eingesunken im Rollstuhl saß. Er ging nicht zu ihm. Er würde ihn nicht erkennen. Selbst Helga hatte eingesehen, dass ihr Vater von Gästen strapaziert wurde. Trotzdem besuchte sie ihn jede Woche ein Mal und kam meistens deprimiert nach Hause zurück. Er erkannte seit mehreren Wochen seine Tochter nicht mehr.

Dankend nahm er das Glas mit und setzte sich zurück zu Herrn Loacker. Der zuckte leicht zusammen. Vermutlich war er in seinen Gedanken weit fort gewesen. Er trank einen Schluck und reichte Waldinger das Glas mit zitternden Händen wieder. Jetzt verstand er, warum das Glas nur zur Hälfte gefüllt worden war.

Der Mann straffte seine Schultern und wischte sich mit der Hand über den Mund.

»Peter ist tot. Seine Mutter ist tot, und Alfons und ich sind alte Männer, für die sich keiner mehr interessiert. Alfons weiß seinen eigenen Namen nicht mehr. Ich bete jeden Tag, dass ich sterben kann, bevor es bei mir so weit ist.«

Er schluckte, das Sprechen schien ihn anzustrengen. Waldinger unterbrach ihn nicht, er beobachtete die Regentropfen, die in kleinen Rinnsalen über die Scheibe liefen.

»Es ist lange her. 1974 kam Alfons an einem kalten Morgen im Februar zu mir und bat mich, seine Tochter zu heiraten. Sie war ein hübsches, junges Ding. Gerade neunzehn. Ich war fünfundvierzig und hatte mich mit dem Junggesellendasein abgefunden.«

Er nahm sein Taschentuch in die Hand und knetete es zwischen seinen Händen, die von Altersflecken übersät waren.

»Ledig und schwanger, und das vor vierzig Jahren. Ich wollte wissen, wer der Vater des Kindes sei, doch er konnte es mir nicht sagen. Naiv, wie ich war, glaubte ich ihm, dass er es selbst nicht wisse. Erst als sich meine Frau in die Schlucht stürzte, ahnte ich, warum.«

Die nächste Pause dauerte mehrere Minuten. Dann griff der Alte erneut nach dem Wasserglas, und Waldinger half ihm, einen Schluck zu trinken. Jetzt zitterte nicht nur seine Hand, der ganze Körper des Mannes schien zu beben.

»Ich war meiner Schwester dankbar, dass sie den Buben zu sich nahm, ohne Fragen zu stellen. Er wuchs mit ihren Kindern auf, als hätte er dazugehört.«

Eine Träne lief über die runzligen Wangen.

»Trotzdem ist Peter immer mein Sohn gewesen.«

Der Regen prasselte leise gegen das Fenster.

Waldinger fuhr auf der Autobahn in Richtung Feldkirch, ließ die Scheibenwischer in ruhigem Tempo hin- und herputzen und verzichtete auf das Gedudel des Autoradios. Das Gespräch mit Herrn Loacker bedrückte ihn. Trotz allem hatte Peter eine relativ sorgenfreie Kindheit gehabt, der unkomplizierten Tante sei Dank. Gerne hätte Waldinger mit ihr gesprochen, doch sie war vor drei Jahren an Herzversagen verstorben.

Nun war er auf dem Weg nach Vaduz. Peters Schwiegervater wollte Waldinger zu einem frühen Mittagessen in einem kleinen Lokal treffen. Dank Navigationsgerät fand er es auf Anhieb und war sogar einige Minuten vor der verabredeten Zeit vor Ort.

Der Peter-Kaiser-Platz im Zentrum des kleinen Städtchens war voller Touristen. Der leichte Nieselregen hielt die Urlauber von Bergtouren und Badeausflügen ab, und viele nutzten den Tag, um sich in der malerischen Hauptstadt des kleinen Fürstentums umzuschauen.

Das hohe Haus des Landtags zog mit seinem Spitzgiebel und den einfachen klaren Formen ganze Scharen von Fotografen an. Waldinger parkte seinen Wagen in der Tiefgarage und lief die hundert Meter zu dem Lokal durch den Regen. Er stellte sich unter die Markise des Hutgeschäftes nebenan und beobachte, wie ein schwarzer Porsche direkt vor dem Lokal hielt. Der Mann in schwarzem Anzug und mit schwarzer Fliege um den Hals ging, ohne abzusperren, zügig zur Eingangstür des Restaurants. Waldinger folgte ihm. Ein Kellner nahm Herrn Rheinberger den Mantel ab und führte ihn zu einem gedeckten Tisch im hinteren Teil des Gastraums. Waldinger hängte seine Lederjacke selbst auf einen Bügel an der Garderobe und wollte ins Lokal gehen, als besagter Kellner auf ihn zugeeilt kam. »Kann ich Ihnen behilflich sein?«

»Nein danke, ich bin mit Herrn Rheinberger verabredet«, sagte Waldinger. Der Kellner ging ihm voraus und meldete ihn am Tisch, bevor er ihm einen Stuhl zurechtschob.

Waldinger gab Peters Schwiegervater die Hand und wünschte ihm sein Beileid.

»Setzen Sie sich. Ich habe bereits bei der Reservierung bestellt und gehofft, dass Sie pünktlich sind. Mögen Sie Fisch?«

Waldinger nickte.

»Was darf ich Ihnen zu trinken bringen?«, fragte der Kellner.

»Ein Mineralwasser ohne Kohlensäure, bitte.«

»Bringen Sie ihm ein Weinglas mit, der Fisch ist sein Lebtag lang in Wasser geschwommen«, bemerkte Rheinberger.

Waldinger verzog seine Mundwinkel nach oben. Im Gegensatz zu seiner Tochter hatte der Mann anscheinend Humor. Der Kellner ließ sie allein.

»Wie standen Sie zu Ihrem Schwiegersohn?«

»Ich bin kein Mann großer Worte, und ich bin ehrlich: Ich war froh, Victoria endlich aus dem Haus zu haben. Sie ist eine Nervensäge. Peter hat mich nicht weiter interessiert. Er war intelligent genug, dass ich ihn als Betriebsleiter einsetzen konnte und gut.«

Der Kellner brachte die Getränke und ließ Herrn Rheinberger den Wein probieren. Er nickte gnädig.

Sie stießen an, und Waldinger fragte weiter: »Profitieren Sie in irgendeiner Form von seinem verfrühten Ableben?«

Der Mann schwieg nachdenklich.

»Vielleicht schafft es sein Nachfolger, mir einen Enkel zu schenken, aber Victorias Uhr tickt. Ich würde gerne wissen, wie es mit der Liftgesellschaft weitergeht, wenn ich nicht mehr bin.«

Und schon stellte der Kellner das Essen auf den Tisch.

»Einen neuen Betriebsleiter zu finden, ist kein Problem. Jetzt, wo die Vergrößerung ansteht, werde ich nicht an der falschen Stelle sparen.«

Beide probierten von ihrem Lachs und aßen in einvernehmlicher Stille. Rheinberger aß nur die Hälfte der Portion und schob den Teller in die Mitte des Tisches.

»Der Opel Rekord war Baujahr 1953. Er war mein Hochzeitsgeschenk an Peter. Er hatte ihn gehütet wie einen Schatz. Umso tragischer, dass er darin ums Leben gekommen ist.«

»Waren die Bremsen in schlechtem Zustand?«

»Der Wagen war tipp topp in Schuss.«

»Warum ist er ungebremst durch die Leitplanke gebrochen?«

»Das herauszufinden, ist Ihr Job.«

»Was denken Sie? Unfall, Zufall, Schicksal, Mord?«

»Ich hoffe nicht, dass meine Tochter ihn zum Selbstmord getrieben hat. Sie mochte ihn, hatte ich das Gefühl.«

Waldinger nippte an seinem Weißwein und wartete.

»Ermitteln Sie diskret. Falls die zwei Morde mit der Erweiterung zusammenhängen, müssen wir verhindern, dass jemand etwas davon erfährt. Das wäre das Ende der Geschichte. Aber seien Sie nicht zimperlich. Wir können nicht noch mehr Tote riskieren.«

»Danke für das Stichwort. Der erste Tote war Sepp. Sein Tod kommt Ihnen auf jeden Fall sehr gelegen.«

»Er hätte nicht sterben zu brauchen, das hätt ich nie gewollt. Aber er war ein zäher Bursche, da gebe ich Ihnen recht. Eine Herausforderung.«

»Wo waren Sie am Freitagmorgen?«

»Im Büro. Hier in Vaduz. Jeden Tag von halb sechs bis elf. Ich kenne keinen Sonntag.«

»Wer kann das bestätigen?«

»Ich trage seit zwei Monaten eine künstliche Hüfte. Es ist einen Riesenanstrengung, nicht zu hinken. Aber ein Berggipfel ist nicht mehr drin. Leider.«

Waldingers Mitgefühl hielt sich in Grenzen.

»Und wo haben Sie den Sonntagabend verbracht?«

»Ich geh früh zu Bett.«

Waldinger zog sein Notizbuch aus der Tasche und notierte sich einige Worte. »Wird die Verbindung jetzt gebaut?«

»Ich hoffe, Bernhard kann die Entscheidung treffen. Josefine ist zu kompliziert.«

Beide leerten ihre Gläser.

»Fahren Sie«, sagte der alte Mann. »In Liechtenstein werden Sie keinen Mörder finden.«

Die Fahrt von Vaduz nach Bregenz dauerte genau eine Stunde. Der Regen hatte aufgehört, und Waldinger hatte sich die *Strawanzer* in den CD-Player geschoben. Die böhmische Blasmusik munterte ihn auf, und er war bester Laune, als er im Büro ankam.

Als er Kochs Miene sah, bekam er ein schlechtes Gewissen. Ihr rauchte sichtlich der Kopf von der Büroarbeit, und er sollte sie unterstützen. Sie hatte ihm Zusammenfassungen ihrer Ergebnisse geschrieben und diese auch Seidl vorgelegt. Der war zwar zufrieden über die umfangreichen Ermittlungen und erkannte die geleistete Arbeit an, er hoffe jedoch noch in dieser Woche auf stichhaltigere Resultate. Vorzugsweise eine oder zwei Festnahmen, wobei er eher auf zwei tippe, schließlich sei die einzige Verbindung diese Schigebietserweiterung. Da werde wohl keiner auf die Idee kommen, erst den Gegner und dann den Befürworter ins Jenseits zu befördern.

In der Hinsicht musste Waldinger ihm recht geben, trotzdem glaubte er nicht, dass die zwei Unfälle in Bizau zufällig am gleichen Wochenende passiert waren. Irgendetwas war am Hirschberg los, von dem er noch immer nichts ahnte. Vielleicht war es das Beste, heute die Liftangestellten zu Hause zu befragen. Bei dem Wetter war die Rodelbahn aus Sicherheitsgründen gesperrt. Der Großteil der Angestellten hatte Wetterschicht. Möglicherweise wären sie daheim weniger befangen als am Arbeitsplatz.

Gemeinsam mit Koch fuhr er nach Bizau. Als sie beim Haus des Feuerwehrkommandanten vorbeikamen, schaltete Waldinger in den ersten Gang. In der Kehre oberhalb des Hauses blieb er stehen und schaute sich die durchbrochene Leitplanke an. Die Stelle war nur notdürftig mit einigen Holzplanken gesichert worden. Peter musste mit hoher Geschwindigkeit in die Kurve eingefahren sein, sonst hätte die Leitplanke standgehalten.

Heute standen bei den Parkplätzen der Hirschbergbahn alle Schranken offen, und auf großen Tafeln stand unleserlich: »*Wegen Schlechtwetter heute leider außer Betrieb*«.

Waldinger parkte direkt vor dem Eingang zum Restaurant und hoffte, dass wenigstens dieses geöffnet hatte. Die Tür ließ sich aufstoßen, alle Stühle standen auf den Tischen, und zwei Mädchen waren dabei, den gefliesten Fußboden zu wischen.

»Wir haben geschlossen«, sagte die Größere, doch Waldinger fragte: »Ist Bernie im Haus?«

Beide nickten, und dann rief eine von ihnen: »Bernieee!«

»Seid ihr schon fertig?«, klang eine Stimme aus dem oberen Stock.

»Nein, aber du wirst gewünscht.«

Sie wischten im Gleichtakt weiter, als ihre Chefin mit schnellen Schritten die Treppe herabkam. »Oha, Polizei«, lachte sie unbekümmert. »Was hab ich angestellt?«

Sie führte Koch und Waldinger in eine saubere Ecke, und jeder nahm sich einen Stuhl vom Tisch. Während sie sich setzten, rief sie: »Laura. Wisch uns über den Tisch, und schalt die Kaffeemaschine ein.«

Bei einer Tasse Kaffee und Karamellkeksen kamen sie schnell ins Gespräch. Die gute Seele des Hauses war seit fast zwanzig Jahren auf dem Hirschberg und gab ihnen bereitwillig Auskunft auf alle

Fragen. Sie kopierte die Stundenlisten der Angestellten und hielt auch mit ihrer eigenen Meinung nicht hinter dem Berg.

»Wieso waren am Feiertag so viele Arbeiter schon um sieben da? Der Betrieb startet doch erst um neun?«, fragte Koch.

»Das ist an solch starken Tagen durchaus üblich«, erklärte Bernie. »Es gibt immer noch einiges vorzubereiten, bevor die Gäste kommen. In der Nacht hatte es geregnet. Da braucht es möglichst viele Helfer, um die Bahn trocken zu bekommen. Sie fahren dann in einer Kolonne runter und legen Decken vor die Rodeln, um das Wasser aufzusaugen.«

»Aha? Da gibt es keine Trocknungsmaschine? Ist das nicht gefährlich für die Vorderen?«, wollte Koch wissen.

Sie schüttelte die langen schwarzen Haare. »Vorneweg fahren immer zwei, drei alte Hasen. Die jungen Ferienjobber kommen hinterher.«

»Und die ganze Büroarbeit macht Sandra allein? Ist das denn zu schaffen?«, wollte Waldinger wissen.

»Nein, nein. Sie macht die Vorarbeit. Die ganze Buchhaltung wird in Rheinbergers Büro in Liechtenstein abgewickelt. Sie sortiert hier vor Ort nur die Post, kontrolliert die Arbeitszeiten und diese Sachen.«

»Und das an Feiertagen?«, wunderte Waldinger sich.

»An Feiertagen ist sie mehr Mädchen für alles. Richtet die Karten für Busgruppen, nimmt Beschwerden entgegen und hilft im Erste-Hilfe-Zimmer mit.«

»Erste Hilfe?«, fragte Koch. »Gibt es hier Verletzte?«

»Natürlich sind immer ein paar dabei, die die Geschwindigkeit nicht richtig einschätzen und in einer Kurve aus der Bahn geworfen werden. Solange sie auf der Wiese landen, ist das nicht weiter schlimm. Landen sie aber in der Bahn und tragen womöglich nur kurze Shorts, dann gibt das ordentliche Verbrennungen.«

»Danke. Dann werde ich mir eine Fahrt mit dieser Bahn gerne verkneifen«, murmelte Koch.

»Es ist nicht gefährlich. Aber wenn da an einem Tag fünftausend runterrodeln, kann es den einen oder anderen Verrückten erwischen.«

»Okay«, kam Waldinger zurück zu seinen Interessen. »Wer vom Liftpersonal hatte am Feiertag Dienst?«

»Die willst du alle wissen? Da kommen einige zusammen: Hm, mindestens drei machten Parkplatzdienst, zwei waren für Ordnung und Sauberkeit im Außenbereich zuständig, einer saß im Infohäuschen, vier Burschen, die sich beim Einstieg in den Sessellift abwechselten und Rödel auf die Sessel hängten, zwei beim Ausstieg an der Talstation, zwei beim Ausstieg Mitte und einer beim Ausstieg Berg. Dann waren zwei eingeteilt, um die Rödel abzunehmen, zwei, die Fahrkarten kontrollierten und abknipsten, Streckenposten waren an dem Tag sicher sieben bis acht im Einsatz, dann ein Mechaniker für die kaputten Rödel, ein Sani im Erste-Hilfe-Raum, ein Springer für Essensablösung ...«

»Warte. Wir machen's anders.«

Waldinger hatte auf dreißig mitgezählt und sah seinen Feierabend in Richtung morgen früh wandern.

»Lassen wir alle Ferialjobber und jene, die nur ein paar Wochen im Sommer aushelfen, beiseite und konzentrieren uns auf das Stammpersonal aus dem Dorf. Jene, die das ganze Jahr über hier beschäftigt sind.«

Bernie nickte. Sie suchte die passenden Stundentafeln heraus. Es waren nur sechs.

Waldinger kannte die sechs Männer zumindest vom Sehen her. Gefühlsmäßig traute er keinem von ihnen zu, Sepp aus dem Weg geräumt zu haben.

Seff war über sechzig und würde bei einer möglichen Schließung oder Erweiterung des Schilifts in Pension sein. Und Elmar war seit Jahren fast mit dem Hirschberg verheiratet, aber die Gutmütigkeit in Person. Und auch bei den anderen?

Nein, Waldinger hatte das Gefühl, keinem von ihnen etwas Derartiges zutrauen zu können. Trotzdem notierte er sich von allen sechs die Arbeitszeit und wollte sie persönlich befragen und überprüfen. Vielleicht war ihnen zumindest etwas Wichtiges aufgefallen.

»Wie viele Angestellte gibt es im Restaurant?«, fragte Waldinger weiter.

»Ach herrje. Jetzt sind wir also auch noch verdächtig.« Sie steckte einen Keks in den Mund und schien nachzudenken. »Gutes Personal ist in der Gastronomie gefragt. Wenn es den *Auerhahn* nicht mehr gäbe, hätten wir alle schon morgen einen neuen Job. Hier ist der Großteil der Angestellten noch einheimisch, zumindest aus dem Bregenzerwald. Schau dich mal am Diedams um, in Mellau, Damüls oder Warth. Ich habe nichts gegen Ausländer, aber besser schaffen lässt es sich einfach mit Unsrigen. Obwohl, die Jungen, die von der Hotelfachschule kommen, denken auch, dass sie zu gut und zu schade für die anfallenden Arbeiten sind. Da kann jemand, der von weiter herkommt, noch motivierter sein und mehr nützen. Aber wir sind schon lange ein eingespieltes Team, deshalb läuft alles so rund. Frau Rheinberger ist seit Jahren zufrieden mit uns.«

»War Victoria nicht mit Peter verheiratet?«, fragte Waldinger.

»Natürlich, nur seinen Namen wollte sie nicht annehmen.«

»Und wie war sie als Chefin?«

»Ich kam gut mit ihr zurecht, sonst wär ich auch nicht so lange geblieben. Sie macht auf den ersten Blick einen unnahbaren Eindruck, aber hinter der perfekten Fassade steckt ein durch und durch liebenswerter Mensch.«

Waldinger schaute sie ungläubig an.

Bernie nickte: »Ich kenne sie mittlerweile. Und sie hat ihren Peter geliebt.«

Die sechs zu überprüfenden Männer waren erreichbar. Da sie alle in Bizau daheim waren, befragten Koch und Waldinger jeden einzeln. Diese Aktion nahm den ganzen Nachmittag in Anspruch, doch sie erfuhren nicht mehr, als das, was ihnen Bernie schon gesagt hatte. Zuletzt wollten sie bei Elmar vorbeischauen. Der war allerdings nicht mehr daheim, und seine Mutter vermutete, dass er wahrscheinlich zum Jassen in den *Hirschen* gegangen war.

Es war kurz vor sechs Uhr abends, als Waldinger und Koch die Tür zur alten Bauernwirtschaft aufstießen.

An vier der fünf Tische saßen Männer, die hier ihren Feierabend einläuteten. Schwere Schuhe, Arbeiterhosen und verschwitzte Hemden dominierten den stickigen Raum, in dem niemand sich um ein Rauchverbot zu kümmern schien. Koch und Waldinger setzten sich an die Bar.

Die einzige Bedienung zapfte ein Bier und sagte: »Einen Moment. Sie kommen meistens alle zur selben Zeit.«

»Es eilt nicht.« Waldinger nickte ihr zu.

Sie füllte ein Tablett mit fünf offenen Bier und zwei Flaschen Egger und ging zum größten Tisch. Die Männer waren verdächtig ruhig und beobachteten Waldinger aus den Augenwinkeln. Nach einem großen Schluck wurde der Erste mutiger und fragte laut: »Reinhold? Moanscht du feandscht dau heanna dinn Mördar?«

Tiefes Lachen raunte durch den Raum.

»Nee, nee, Hans. Wir haben nur Hunger.«

Er drehte sich zur Bedienung. »Gibt's heute an Lumpensalat?«

Sie nickte, und Koch flüsterte zu Waldinger: »Schmeckt der denn?«

Waldinger nickte ebenfalls. »Dann bring uns bittschön zwei und für mich ein Radler dazu.«

»Für mich auch, bitte.«

Während sie auf ihren Wurstsalat mit Käse warteten, schauten sie sich unauffällig zwischen den Arbeitern um.

»Ist er da?«, fragte Koch.

»Nein, aber hier können wir ihn eh nicht befragen, sonst gibt es zu viel Klatsch. Ich geh morgen bei ihm vorbei.«

Als die Bedienung die zwei Teller vor ihnen abstellte, fragte Waldinger mit einem Finger auf seinen Lippen. »War der Elmar heute da?«

Sie schüttelte den Kopf. »Mahlzeit!«

Immerhin hatte er gut zu Abend gegessen, schließlich wartete daheim nur der Kühlschrank, da Helga nicht zu Hause war. So ging er nur kurz ins Bad, und dann machte er sich zu Fuß auf den Weg. Die Kirchenglocke läutete sieben Uhr, als er im Dorf über den Zebrastreifen ging und den Bizauer Bach über die Fußgängerbrücke querte. Zügig ging er den steilen Weg hinauf und verschnaufte erst, als er oben auf die Straße traf.

Er band sich einen seiner Schnürsenkel neu und schaute hinunter, wie das Dorf ausgestreckt vor ihm lag. Auf dem Weg rund ums Moos waren Jogger, Radler, Spaziergänger mit und ohne Hund und auch noch ein paar Eltern mit Kinderwagen unterwegs. Diese Gegend war für viele Bizauer eine Art Heiligtum, ein Naherholungsgebiet, würden die Städter sagen. Es war ein Ritual vieler Einheimischer, zum Abschalten noch eine Runde über diese idyllischen Feldwege zu gehen. Waldinger ging weiter, am neu gestalteten Spielplatz vorbei, durch die Siedlung Oberberg und dann auf einem unbefestigten Pfad durch den Wald. Früher hatte dieser Weg noch Trittsicherheit verlangt, heute war er als Wanderweg gut ausgebaut und an schmalen Stellen mit einem Handlauf gesichert. Als er an den Bienenstöcken eines Imkers vorbeikam, nahm er sich fünf Minuten Zeit, setzte sich ein wenig abseits des munteren Treibens auf einen großen bemoosten Stein und beobachtete die fleißigen Völker. Er wusste, dass er Zeit schindete, um das bevorstehende Gespräch noch weiter hinauszuzögern. Doch es musste sein. Er hatte seit Samstag kaum ein Stunde am Stück geschlafen, sondern sich ständig mit Gedanken und Albträumen im Bett herumgewälzt. Das konnte kein Dauerzustand werden. Auch wenn sich sein Bauch beim Gedanken an den bevorstehenden Besuch verkrampfte, er konnte es nicht weiter vor sich herschieben. Heute war der günstigste Tag. Die Bergretter hatten eine Versammlung. Wer weiß, wann sich wieder eine solche Gelegenheit bieten würde.

Er hatte das Gefühl, dass der Geruch nach Honig in der Luft lag. Als er hinter dem Bienenhaus vorbei wieder zum Pfad zurückging, erkannte er, dass der Imker schon mit der Einfütterung begonnen hatte, denn in einem Plastiksack sah er mindestens zwanzig leere Zuckersäcke liegen. Wie so oft, täuschte ihm sein Kopf etwas vor, das in Wirklichkeit ganz anders war. Und um sein Gehirn nicht zu allerhand weit hergeholten Vermutungen anzustacheln, legte er einen Gang zu und wanderte zügig weiter. Vielleicht wäre es besser gewesen, zuerst mit Helga zu reden, dann hätte sie dieses Gespräch übernehmen können, aber sie hätte sicher darauf bestanden, zuerst mit Martin zu reden, und das wollte Waldinger auf jeden Fall verhindern. Wenn seine Vermutung stimmte, würde es noch genug Verletzte geben.

Als er nach einer weiteren Viertelstunde zügigem Marsch aus dem Wald heraustrat, war er am höchsten Punkt angelangt. Waldinger wanderte quer über die erst vor Kurzem gemähten Wiesen abwärts und fragte sich verzweifelt, wie er das Gespräch in die gewünschte Richtung lenken konnte. Was würde Annika sagen? Es gab im Grunde zwei Möglichkeiten. Entweder stritt sie ab, Sepp überhaupt besser gekannt zu haben, und leugnete die ganze Geschichte, oder sie gab zu, dass Lorenz nicht sein Enkelkind, zumindest nicht sein eigen Fleisch und Blut war. Waldinger betete zum Himmel hinauf, dass sie die ganze Geschichte mit einem Lachen als Lüge abtäte. Er würde ihr glauben und sein Leben lang nie mehr nachfragen, versprach er dem großen Vater da oben. Wenn er die ganze Sache nur schon hinter sich hätte. So nervös wie heute war er nicht mal gewesen, als er Helga den Heiratsantrag gemacht hatte.

Waldinger wurde erst langsamer, als er am Häldele angelangt war. Völlig untypisch für einen Bregenzerwälder wohnte Martin dort seit Jahren zur Miete in einer Doppelhaushälfte. Jahrelang hatte er seine Pläne für einen eigenen Hausbau gehabt, in letzter Zeit sprach er nicht mehr davon. Er schaute sich um und betrachtete das Haus von außen. Er war noch nicht oft hier gewesen. Meistens kam Martin mit Lorenz und manchmal auch mit Annika bei ihnen vorbei. Nur zu Lorenz' Geburtstag wurden sie in dieses Haus am Häldele eingeladen. Er drückte den Klingelknopf mit verschwitzten Fingern und fuhr sich nervös durch sein Haar. Er hörte Schritte im Hausinneren, und dann wurde die Tür geöffnet. Überrascht schaute Annika ihn an. »Reinhold? Martin ist leider nicht da. Der hat heute Versammlung bei der Bergrettung, und Lorenz hab ich gerade ins Bett gebracht.«

»Äh, ich bin eine Runde gelaufen und ...«

»Hast du Durst? Willst du reinkommen und was trinken?«

Er nickte mit rotem Kopf. »Danke, ja, Durst. Was zu trinken wäre gut.«

Annika ging voraus in die Küche. Sie trug eine weite Leinenhose und ein einfaches türkisfarbenes Shirt. Die braunen Haare hatte sie zu zwei lockeren Zöpfen geflochten. An den Füßen trug sie Flipflops.

Waldinger setzte sich auf einen der drei Stühle am kleinen Küchentisch. Die Stille machte ihn verlegen. Er hatte noch nie allein mit Annika gesprochen. Wieso lief nicht wenigstens der Fernseher oder das Radio? Es war so still.

»Wie geht's deinen Kopfschmerzen?«, fragte er.

»Besser. Am Abend, wenn die Hitze nachlässt wird's besser. Der heutige Regen hat gutgetan.«

»Und wie geht's dem Lorenz? Hat ihm das Rodeln gefallen?«

Annika nickte und stellte ihm ein Glas Mineralwasser auf den Tisch. »Er redet von nichts anderem mehr.«

»War er denn noch nie auf dem Hirschberg?«

Sie schüttelte den Kopf.

Es machte die Sache nicht besser, wenn er den Grund für sein Kommen noch länger hinauszögerte. Er atmete tief ein und zog das Foto aus seiner Hosentasche.

Er schob es ihr über den Tisch hin zu, und sie setzte sich auch auf einen Stuhl.

»Ist das nicht auf dem Hirschberg? Ich dachte, die Alpenrosen ...«

Wortlos nahm sie das Foto in die Hand und strich mit einem Finger drüber.

»Das hatte Sepp gemacht«, sagte sie leise.

Waldinger wartete.

»Und nun ist er tot«, flüsterte sie weiter und zwinkerte ihre Tränen zurück.

Waldinger räusperte sich. Für ihn war alles klar.

»Ich wollt es dir nur vorbeibringen. Die Männer von der Spurensicherung, sie würden kommen und Fragen stellen.«

Annika schaute ihn mit großen, feuchten Augen an.

»Fragen?«

»Wir ermitteln in alle Richtungen. Vielleicht hat jemand erkannt, dass sein Kind nicht von ihm, sondern dass Sepp … verstehst du?«

Sie schüttelte nur den Kopf, zog die Nase hoch und sagte flüsternd: »Weißt du, warum ich Sepp so gut gekannt hatte?«

Er schüttelte den Kopf und stand auf: »Nein, und es geht mich auch nichts an.«

Er wollte gehen, schnell weg hier, noch konnte er sich einreden, dass sein Enkel tatsächlich sein Enkel war. Er wollte nichts anderes hören.

»Bleib doch kurz sitzen«, bat Annika ihn.

Doch Waldinger war schon auf dem Weg nach draußen, schlüpfte in seine Schuhe, ohne sie zuzubinden, und zog die Haustür leise hinter sich ins Schloss.

Die Sonne ging hinter der Hangspitze unter, aber Waldinger hatte keinen Blick für die Natur. Auf schnellstem Weg lief er nach Hause. Helga war noch nicht daheim. Also ging er erst unter die Dusche, und dann nahm er einen Schluck Obstler direkt aus der Flasche und setzte sich vor den Fernseher. Als er keine Sendung fand, die ihn auch nur annähernd interessierte, stand er auf, nahm noch einen großzügigen Schluck Schnaps und legte sich ins Bett. Obwohl seine Gedanken auch heute noch gerne Karussell gefahren wären, schlief er gleich ein.

Freitag, 22. August

Waldinger brauchte keinen Wecker. Er wurde meistens um dieselbe Zeit wach. Heute schien irgendetwas anders zu sein. Er schaute auf seine Uhr. Es war halb sieben, so wie immer, etwas irritierte ihn. Helga streckte ihre Arme in die Luft und fragte verschlafen: »Machst du selber Frühstück? Es ist gestern spät geworden. Ich dreh mich noch mal um.«

Er nickte und ging leise ins Bad. Zum Frühstück wollte er sich zum Butterbrot ein frisches Rührei braten. Er stellte eine kleine Pfanne auf den Herd und gab ein Stück Butter hinein. Und da fiel ihm ein, was er gestern vergessen hatte. Die Eier, sprich die Hühner. Er hatte am Abend nicht daran gedacht, die Stalltür zu schließen. Barfuß ging er durch die Terrassentür in den Garten und lief durch das nasse Gras hinters Haus. Die Tür zum Hühnerstall stand sperrangelweit offen. Der Hahn, verflixt, das war es, der Hahn hatte heute Morgen nicht gekräht. Das war anders gewesen als sonst. Mit einem schlechten Gefühl im Bauch ging er durch das Tor im Hühnerzaun und schaute vorsichtig in den Stall. Alles leer. Kein Huhn war da, und auch kein Hahn. Einzig ein paar weiße und schwarze Federn im schmutzigen Stroh zeugten davon, dass hier einst Hühner gelebt hatten.

»Ah, zefix!« Er hätte sich selber schütteln können.

Ein einziges Mal war er für die Hühner verantwortlich gewesen, und prompt hatte er sie vergessen. Der Fuchs musste dagewesen sein. Wie brachte er das bloß Helga bei? Als er die Küchentür öffnete, kam ihm stinkender Dampf entgegen. Er riss die Pfanne mit der verbrannten Butter vom Herd und schleuderte sie durch das Küchenfenster ins Freie. Dann öffnete er alle Fenster und versuchte, den Gestank mit Durchzug auszulüften. Das Spektakel hatte Helgas Schlaf endgültig vertrieben, und sie tappte über den Flur.

»Was machst du denn nur? Kann ich denn nicht einmal im Jahr ausschlafen?«, jammerte sie.

»Wir haben keine Hühner mehr«, entgegnete Waldinger.

»Was?«

»Sie sind fort. Der Fuchs war da.« Er schnappte sich seine Tasche und ging.

Der Regen hatte sich durchgesetzt. Der Sommer machte heute noch einmal Pause. Ob Victoria das mit Petrus so eingefädelt hatte? Bei diesem Wetter waren die Hirschbergbahnen nicht in Betrieb, und alle hatten Zeit, bei Peters Beerdigung dabei zu sein.

Die Stadtpfarrkirche St. Martin in Dornbirn war groß, die Trauernden zogen ihre schwarzen Regenschirme zu und strömten in den vorderen Bereich der Kirche. Waldinger war schon eine halbe Stunde vor Beginn der Trauerfeierlichkeiten gekommen und hatte auf einer der hinteren Bänke Platz genommen. Interessiert beobachtete er die Ankommenden. Die Angestellten vom Hirschberg waren wahrscheinlich mit einem extra angemieteten Bus gekommen. Zumindest kamen alle zur selben Zeit und trugen ihre schwarzen Softshell-Jacken mit der kleinen grünen Aufschrift auf der Brust. Unter einigem Gemurmel und abwartendem Gescharre setzte sich endlich einer der Liftler in eine der hinteren Bänke, und die restlichen Arbeiter rückten in die Bank davor und dahinter. Viele von ihnen machten den Eindruck, seit Jahren keine Kirche mehr von innen gesehen zu haben, und schauten sich neugierig um. Von der Empore setzte Orgelspiel ein. Die Leute in der Kirche wurden ruhiger. Die Kirchenglocken läuteten laut, und die Trauerfamilie zog von hinten langsam nach vorne in Richtung Altar. Victoria hatte einen Hut mit einem schwarzen Netz vor den Augen. Ihre Haltung drückte tiefe Trauer aus. Wie machte sie das nur?, fragte sich Waldinger, der sie noch am Vortag in inniger Umarmung mit einem anderen Mann gesehen hatte. Schade, dass er diesen nicht genauer angesehen hatte. Er wüsste zu gern, ob der sich heute in die Kirche getraut hatte.

Der Pfarrer, ein kleiner Mann mit indischen Zügen, trat an den Altar und begrüßte die Trauernden. Die Ministranten schwenkten den Weihrauchkessel, und der Männerchor berührte mit seinen Liedern voller Trauer und Hoffnung. Waldinger war in Gedanken nicht ganz bei der Sache und schweifte immer wieder ab, bis in den vorderen Reihen plötzlich erschrockenes Gemurmel einsetzte.

Da traten zwei Männer in schwarzen Anzügen in den Mittelgang, und es dauerte nicht lange, da gingen sie mit Victoria in ihrer Mitte zum vorderen Ausgang.

Der Chor stimmte ein neues Lied an, Waldinger erhob sich leise und eilte zum hinteren Haupteingang. Er ging um die Kirche herum. Der Regen hatte ein wenig nachgelassen. Es nieselte nur noch.

Victoria saß auf den nassen Stufen, die zur Seitentür führten. Einer der Männer hatte seinen Mantel ausgezogen und um sie gelegt.

»Kann ich helfen?«, fragte Waldinger.

»Der Kreislauf«, sagte ein junger Schönling leise.

Das könnte der Kerl von gestern Morgen sein, dachte sich Waldinger.

»Ich hab ihn geliebt. Ich kann nichts dafür. Ich habe ihn immer geliebt«, weinte Victoria.

»Sch, sch, das wird schon wieder«, versuchte der Anzugträger, sie zu beruhigen.

»Jetzt bin ich allein. Was habe ich nur getan?«

»Sch. Alles wird gut.«

Sie weinte lautlos weiter. Die Tränen tropften auf die nassen Stufen. Da öffnete sich die Seitentür, und jemand flüsterte: »Die Fürbitten sind gleich dran.«

Die jungen Männer schauten sich ratlos an.

»Ich bleibe hier«, sagte Waldinger und die beiden verschwanden im Inneren der Kirche.

Waldinger setzte sich neben die weinende Frau und traute sich nicht, ihr einen Arm um die Schultern zu legen. Stattdessen zog er aus seiner Sakkotasche eine angefangene Packung Taschentücher und knetete sie in seinen Händen.

»Würden Sie mir eins anbieten?«, fragte Victoria leise.

Waldinger schaute überrascht auf und hielt ihr das zerknitterte Päckchen entgegen.

Sie schnäuzte sich ausgiebig und versuchte, ihr Gesicht von zerlaufener Schminke zu befreien. Es gelang ihr nicht. Sie räusperte sich. »Es tut mir leid, das ist sonst nicht meine Art. Wie sehe ich aus? Kann ich zurück in die Kirche?«

Waldinger musterte sie und nickte leicht. »Die Menschen werden verstehen, dass sie verweint aussehen.«

Sie blieb stumm sitzen und schüttelte ihrerseits den Kopf.

»Nein, das würden sie nicht. Niemand weiß, wie sehr ich Peter geliebt habe. Ich habe mir das alles anders vorgestellt.«

»Was denn?«

»Alles. Unser Leben. Mein Vater.«

»Ist er heute nicht hier?«

»Mein Vater wollte, dass ich mich von Peter scheiden lasse, solange es noch nicht zu spät ist.« Sie schluchzte erneut auf und zog ein frisches Taschentuch aus der Packung.

»Zu spät?«, fragte Waldinger leise nach.

Victoria putzte sich noch einmal die Nase, stand auf und hängte den Mantel, auf dem sie gesessen hatte, über das Geländer neben den Eingangsstufen.

»Ich muss wieder rein. Ich möchte mich von Peter verabschieden.«

Waldinger blieb allein mit seinen Gedanken.

Als er im Wagen saß und auf der Autobahn von Dornbirn in Richtung Bregenz unterwegs war, rief er Fini an. »Wann und wo wird Sepp eigentlich beerdigt?«

»Warum willst du das wissen?«

»Es war nie eine Todesanzeige in der Zeitung, oder?«

»Bernhard und ich hatten das Gefühl, dass Sepp sich keine konventionelle Beerdigung gewünscht hätte. Wir kannten seinen Spott über all die Todesanzeigen, Danksagungen, Jahrestage und so weiter, die an manchem Samstag die halbe Zeitung ausfüllen. Und auch von diesen sentimentalen Grabreden fernab jeder Ehrlichkeit und dem Totenmahl, das oft genug zu einer Sauferei zugunsten der Angehörigen ausartet, hielt er nichts.«

»Aber etwas müsst ihr doch machen. Die Menschen brauchen Rituale, um Abschied zu nehmen.«

»Er ist im Krematorium in Hohenems und wird morgen Abend um siebzehn Uhr in kleinem Kreis auf dem Waldfriedhof in Feldkirch verabschiedet. Wir hätten seine Asche gerne über einem Berggipfel ausgestreut, aber das ist im Ländle leider nicht möglich.«

Waldinger schluckte.

»Keine Beerdigung«, murmelte er. »Da wird der Pfarrer aber froh sein.«

Lauter fuhr er fort: »Wie lange bist du schon gegen die Schigebietserweiterung?«

»Ich, warum? Schon lange.«

»Laut Bernhard stammen die Pläne für das Kinderhotel am Hirschberg von dir.«

»Das Kinderhotel? Das war sozusagen eine jugendliche Verrücktheit, eine spontane Idee nach etlichen Flaschen Wein zu Bernhards Dreißiger, auf die er sofort angesprungen ist.«

»Und jetzt?«

»Du kennst meine Meinung zu dem Thema. Nachhaltigkeit und Umweltschutz liegen mir weit mehr am Herzen als kurzer Profit.«

Wenn's denn wirklich stimmt, dachte Waldinger sich und ließ ihren Mann schön grüßen.

Den heutigen Nachmittag verbrachte er damit, Alibis zu prüfen, Berichte zu lesen, Protokolle zu unterzeichnen und das Telefon heißlaufen zu lassen.

Besonders ergiebig waren die Gespräche nicht. Einzig die Bürgermeisterin hinterließ bei ihm ein unbestimmtes Grummeln in der Bauchgegend. Ihr Ehrgeiz war tatsächlich enorm. Ob sie selbst alles glaubte, was sie ihm erzählt hatte? Bizau als Glamourdörfchen für zahlungskräftige Kunden mit gehobenen Ansprüchen.

Er schüttelte widerwillig den Kopf. Ihm passte Bizau so, wie es war. Vielleicht sollte er sich auch in dieser Gruppe gegen den Ausverkauf des Hirschbergs engagieren. Das Ganze schien ein riesiger Eisberg zu sein, von dem er bisher nicht mal die Spitze wahrgenommen hatte. Er erinnerte sich an eine Reportage, die er einmal im Schweizer Fernsehen gesehen hatte. Im Traum hätte er nicht daran gedacht, die Geschehnisse aus Andermatt mit Bizau zu vergleichen, aber anscheinend ging die Sache in dieselbe Richtung. Das kleine Dorf war durch einen reichen Ägypter zur Bühne für sein Marionettenspiel geworden. Die Einheimischen hatten ihr Dorf und ihre Eigenständigkeit verkauft. Ein Frösteln überkam ihn. Hoffentlich war Bernhards erste Tat nach der Beerdigung nicht, seine Unterschrift abzugeben.

Das Alibi von Ignaz sollte noch überprüft werden. Waldinger würde ja gerne auf den *Alten Hof* wandern und nachfragen, wann der Grillmeister aufgetaucht war, das würde aber einen halben Tag in Anspruch nehmen, und diese Zeit hatte er im Moment beim besten Willen nicht. Vielleicht fiel ihm sonst noch jemand ein, den er fragen könnte. Telefonisch war auf der Alpe niemand zu erreichen. Das verfluchte Netz war nicht halb so lückenlos, wie die Anbieter einem immer weismachen wollten.

Am einfachsten wäre es natürlich, Ignaz direkt zu fragen, aber wie erklärte er ihm die Umstände, ohne Silvias Geheimnis zu verraten?

Es war schon halb acht, als Waldinger über den Parkplatz beim Landeskriminalamt zu seinem Wagen ging. Der Regen hatte aufgehört. Er atmete die kühle frische Luft ein und fühlte sich plötzlich gar nicht mehr so müde, wie noch Minuten zuvor an seinem Schreibtisch.

Er startete seinen Wagen und öffnete mit einem Knopfdruck alle vier Fenster, um die noch immer im Inneren herrschende Schwüle aus dem Auto zu bekommen. Nachdenklich lenkte er seinen Wagen durch den dichten Verkehr im Stadtgebiet. Als er in den Citytunnel einfuhr, schloss er die Fenster und beschloss, noch kurz bei Victoria vorbeizuschauen. Hatte sie nicht selbst gesagt, sie erwarte jeden Abend seinen Bericht?

Sie war zu Hause und schien nicht überrascht, dass Waldinger vor der Tür stand. Ungeschminkt, mit feuchten Haaren und nur einem übergroßen Männerhemd und Wollsocken bekleidet, wirkte sie sehr verletzlich. Er durfte in der Küche Platz nehmen. Auf dem Tisch stand eine Packung Medikamente, die Waldinger nicht kannte, und ein großes Glas Wasser. Daneben lagen jede Menge benutzter Papiertaschentücher, die sie entschuldigend zusammensuchte und in den Mülleimer schmiss. Dann wusch sie sich die Hände und setzte sich zu ihm.

»Ich möchte mich entschuldigen«, sagte Waldinger. »Wegen gestern früh.«

Sie winkte kraftlos ab.

»Darauf kam's grad auch nicht mehr an. Ich bin nur heilfroh, diese Beerdigung überstanden zu haben. Jetzt kann ich endlich weinen.«

»Soll ich wieder gehen?« Sie hatte nach der Beerdigung bestimmt etwas getrunken. Ihre Aussprache war etwas undeutlich.

»Bleiben Sie nur. Was haben Sie herausgefunden?«

»Peter war beliebt. Es war eine große Beerdigung.«

»Ja«, lachte sie bitter. »Bei allen, nur nicht bei meinem Vater. Ich werde ihm nie verzeihen, dass er heute nicht gekommen ist.«

»Die Leute sagten, er habe eine Lungenentzündung.«

»Ja, zu feige, um die Wahrheit zu sagen. Das passt zu ihm. Er glaubt, Peter sei nicht in der Lage gewesen, ihm, dem Familienpatriarch, einen Enkel zu schenken. Dabei haben wir uns bewusst gegen Kinder entschieden. Gemeinsam. Er kann das bis heute nicht verstehen. Was soll er nur anfangen mit dem ganzen Vermögen, das er sich ergaunert und erschlichen hat? Wieso weiter investieren, wenn das Geschäft nicht in der Familie bleibt? Aber das ist sein Problem. Nur ihm zuliebe will ich keine Kinder haben. Meine Kindheit war nicht schön.«

Sie zog ein frisches Papiertuch aus einer angefangenen Packung und schnäuzte sich zaghaft.

»Erst als ich Peter kennenlernte, war ich glücklich, richtig glücklich. Auch wenn viele mir anderes unterstellen wollen, ich hab ihn geliebt, mehr als alles andere.«

»Was werden Sie jetzt tun? Haben Sie jemanden, der sich in der nächsten Zeit um Sie kümmert?«

Sie nickte. »Ich hab Johnny. Er kommt gegen neun. Wir sind gute Freunde. Mit ihm kann ich reden.«

Waldinger schluckte. Johnny, dachte er. Könnte es nicht eine Johanna sein?

Und dann erzählte Victoria ihm, wie sie ihren Peter kennen und lieben gelernt hatte und auch, wie sie alles, was er wusste oder ahnte, von seiner Familie erfahren hatte. Sie beschlossen, auf eigene Kinder zu verzichten und ihr Leben selbst in die Hand zu nehmen. Wenigstens die Zeit, die noch vor ihnen lag, wollten sie gemeinsam glücklich sein. Sie hatte eine Flasche Wein geöffnet und redete und erzählte, bis sie hörten, dass die Haustür geöffnet wurde. Waldingers Blick fiel auf die Uhrangabe über dem Backrohr und er dachte: Das wird er sein, dieser Johnny.

Als sich die Küchentür öffnete, schaute Victoria zu dem schneidigen Kerl, und er seufzte: »Vicky, nicht noch mehr Wein.«

Er stellte eine Plastikdose auf den Küchenblock, nahm die Flasche vom Tisch und stellte sie in den Kühlschrank, suchte einen frischen Wettex aus einer der Schubladen, machte ihn nass, gab einige Tropfen Spülmittel drauf und wischte die Tischplatte sauber. Dann öffnete er die mitgebrachte Dose und stürzte den Inhalt auf einen Teller. Er stellte das Risotto kurz in die Mikrowelle und deckte für Victoria den Tisch mit Besteck, Servietten und einem Glas Wasser. Ohne Worte hantierte er und zündete gar noch eine Kerze an. Die Mikrowelle unterbrach die friedliche Stille mit aufdringlichem Gepiepse. Er servierte ihr den Teller und sagte: »Guten Appetit, meine Liebe.«

Dann setzte er sich auf den dritten Stuhl am Tisch und sagte zu Waldinger: »Danke für Ihr Zuhören. Ich musste nach meiner Perserkatze und meinem Freund sehen, aber jetzt kann ich mich wieder um Vicky kümmern.«

»Und, wie war es in der Rosschwende?«, fragte Waldinger, sobald er die Haustür öffnete.

Im Hausinneren blieb es still.

Waldinger zog seine Schuhe aus und tappte in Socken in die Küche. Er öffnete den Kühlschrank und nahm einen großen Brocken von Ewalds würzigem Bergkäse heraus. Den legte er auf ein Holzbrett, und im Brotkorb verstaute er neben zwei Dinkelsemmeln noch die Butterdose, ein Messer und die Pfeffermühle. Damit setzte er sich an den Tisch in der Stube und schlug die Zeitung auf. Er hatte gerade ein dickes Stück Käse in den Mund gesteckt, als Helga sich wortlos zu ihm setzte und ihn vorwurfsvoll anschaute.

»Es tut mir leid. Ich habe einfach nicht mehr an die Hühner gedacht«, entschuldigte Waldinger sich kleinlaut. »Ich werde bei Ignaz nach einer Fuchsfalle fragen, der hat sicher eine im Stadel rumstehen.«

»Der Fuchs kann nichts dafür«, erwiderte Helga. »Und das bringt uns die Hühner auch nicht wieder.«

»Ich kann neue besorgen.«

»Wo bist nur mit deinen Gedanken? Seit Tagen rollst du dich im Bett herum und kannst nicht schlafen. Ich merk, dass da was ist. Warum sagst du es mir nicht einfach?«

»Das ist nur die Hitze. Und, wie war es jetzt in der Rosschwende?«

Helga verzog das Gesicht. »Ach, lass mich! Es interessiert dich doch eh nicht.«

Samstag, 23. August

Waldinger hatte versprochen, zur Abwechslung mal wieder spätestens um halb sieben zu Hause zu sein. Helga hatte einige Nachbarn einladen, um gemeinsam zu grillen und ein paar Bilder vom letzten Urlaub anzuschauen. Kathrin hatte die vergangenen Tage damit verbracht, ihnen auf dem PC eine Art Diaschau zusammenzustellen, nur ohne Dias, dafür sah man das Ganze im Fernseher. Waldinger kannte sich mit diesen Dingen nicht aus, aber er hatte versprochen, pünktlich zu sein und den Grill anzuwerfen.

Im Büro telefonierte er erst mit Johnny.

»Wie geht's Victoria?«, fragte er, nachdem er sich kurz vorgestellt hatte.

»Sie nimmt noch immer jede Menge Beruhigungsmittel, um halbwegs durch den Tag zu kommen, sie tut mir so leid. Dass dieses Unglück genau sie treffen musste. Sie hat es sonst schon nicht leicht. Aber dieser Schmerz wird sie noch lange begleiten.«

»Was können Sie mir über Peter erzählen?« Stadtmenschen siezte Waldinger vorsorglich, seit eine junge, aus Deutschland zugezogene Frau ihm erklärt hatte, wie unangenehm sie es fand, hier von jedermann von Anfang an geduzt zu werden. Sie vermisse den höflichen Abstand, den das Sie biete. Und Waldinger konnte Johnnys Akzent schlecht einordnen, möglicherweise war seine Sprache leicht bayrisch angehaucht, und auf den nötigen Abstand wollte er in diesem Fall schon achten.

»Peter war ein dufter Kerl. Ich mochte ihn sehr. Die zwei Süßen lebten zurückgezogen und hatten nur wenig Besuch. Mit den anderen Nachbarn hatten sie nichts zu tun. Aber meine Perserkatze darf am Abend ab und zu ein Stündchen nach draußen und geht dann immer schnurstracks in den Garten von Piet und Vicky. So haben wir uns kennengelernt und mittlerweile angefreundet.«

»Wer könnte Interesse an seinem Tod gehabt haben?«, fragte Waldinger direkt.

In der Leitung blieb es lange still.

»Äh, ich verstehe nicht. Es war doch ein Unfall?«, fragte Johnny nach.

»Ein Unfall, ja. Entweder hatten die Bremsen versagt, obwohl der Wagen bestens gepflegt war, oder Peter wollte seinem Leben selbst ein Ende bereiten.«

Waldinger hörte etwas über den Boden rutschen.

»Entschuldigung. Ich muss mich setzen.«

»Also: Fällt Ihnen jemand ein?«

»Das kommt überraschend, aber ich überlege gerade. Wir haben am Freitag, dem katholischen Feiertag, am Abend gemeinsam gegrillt. Erik hatte Freunde zu einem vegetarischen Grillfest eingeladen, und da schien Peter mir sehr nervös. Ständig hatte er sich umgeschaut und auch schneller und vor allem mehr getrunken als üblicherweise.«

»Am Freitag? Haben Sie ihn darauf angesprochen?«

»Er suchte Ausreden, aber genau kann ich Ihnen das nicht beschreiben. Und sonst fällt mir nur der Schwiegervater ein. Das alte Ekel wollte ihn wohl aus dem Weg haben, um seiner Prinzessin endlich zu einem Prinzen verhelfen zu können.«

»Wer hat Ihnen das erzählt?«

»Vicky, in der letzten Nacht. Es wurde spät. Sie haben Glück, dass ich überhaupt schon auf den Beinen bin, aber ich muss gleich los. Ich hab um halb zehn einen Termin bei meinem Tierfrisör in Alberschwende.«

»Vielleicht lassen Sie sich die Sache noch durch den Kopf gehen.«

»Ich meld mich, falls mir noch etwas einfällt oder Vicky mir etwas erzählt. Ich hab versprochen, ihr zu Mittag ein paar Nudeln zu kochen.«

Koch kam mit schwungvollen Schritten in Waldingers Büro und setzte sich. »Warst du schon bei der Bürgermeisterin?«, wollte sie wissen.

»Nein, ich hab mit ihr telefoniert. Sie ist ehrgeizig, aber intelligent genug, um zu wissen, dass ein Mord sie nicht nur ihren Job kosten würde.«

»Apropos Job. Ich hab heute vor, möglichst zeitig Feierabend zu machen. Ich hab noch immer etliche Überstunden gut, und am Montag bräuchte ich überraschenderweise frei.«

»Frei?«, wiederholte Waldinger. Dieses Wort hatte seine Kollegin bisher eher selten benutzt.

Sie nickte. »Ich verrat nicht, wieso.«

Mit roten Wangen verschwand sie durch die Tür. Waldinger blickte ihr ratlos hinterher. Koch wollte frei. Na, dann mussten sie umso mehr zusehen, dass heute irgendwelche Ergebnisse zutage gefördert wurden. Schließlich musste auch er zeitig Schluss machen.

Es war erst neun, als sie auf der Autobahn unterwegs waren. Koch saß am Steuer von Waldingers Wagen, damit dieser in Ruhe telefonieren konnte. Immerhin konnten ein paar genauere Hintergrundinformationen nicht schaden. Er wählte die Nummer des *Auerhahns*, wo es um diese Zeit sicher noch ruhig zuging, und bat Bernie an den Apparat. Sie zeigte sich auch heute bestrebt zu helfen, und Waldinger lächelte, als er sein Handy wieder einsteckte.

Das Gebäude war unscheinbar. Der Firmensitz der Hirschbergbahnen glich eher einem sanierungsbedürftigen Privathaus, nur der Parkplatz ließ darauf schließen, dass hier mehrere Leute aus und ein gingen. Zehn Fahrzeuge standen in Reih und Glied auf dem Kiesparkplatz. Der schwarze Porsche stand direkt vor der Haustür. Der Chef des Hauses war demzufolge anwesend. Schade, Waldinger hätte gerne einen Blick in dessen Privathaus geworfen.

Die Dame mit der frisch gelegten Dauerwelle musste die auskunftsfreudige Bekannte von Bernie sein. Laut ihren Informationen hatte Rheinberger vor zwei Monaten seinen Führerschein wegen Trunkenheit am Steuer abgeben müssen. Sie hatte das gesalzene Strafmandat höchstpersönlich von Rheinbergers Privatkonto beglichen. Bernie hatte sie erzählt, dass dies niemand wisse und ihr Chef das Fahrverbot ignoriere. Waldinger zwinkerte ihr fröhlich zu.

»Wir wollen zu Rheinberger.«

Empört schüttelte die Dame ihre grauen Löckchen. »Herr Rheinberger empfängt niemals unangemeldete Gäste.«

»Heute schon«, erwiderte Waldinger und zückte seinen Ausweis.

»Heute schon gar nicht«, gab sie unbeeindruckt retour.

Koch wollte etwas sagen, doch Waldinger winkte ab.

»Dann muss ich meine Kollegen von der Verkehrspolizei anrufen. Es findet sich bestimmt jemand, der sich um halb zwölf auf einem gemütlichen Plätzchen in der Nähe positioniert. Der Porsche wird ihnen auffallen.«

Die resolute Dame verlor unter dem roten Rouge sichtlich an Farbe. »Ich werde Herrn Rheinberger Bescheid geben.«

Es dauerte nur zwei Minuten, und sie wurden von einem kaum zwanzigjährigen Model abgeholt und mit auffälligem Hinterngewackel über die knarrende alte Treppe in das oberste Stockwerk geführt. Herr Rheinberger saß auf einem Holzstuhl am soliden Schreibtisch, als Koch und Waldinger das schmucklose Büro betraten.

»Brauchen Sie Verstärkung?«, fragte er mit einem kritischen Seitenblick zu Koch.

»Schon wieder genesen, von Ihrer Lungenentzündung? Dauert das in Ihrem Alter nicht länger?«

Waldinger schnappte sich den Besucherstuhl und setzte sich dem Mann gegenüber. Er wartete, bis das junge Fräulein die Tür hinter sich zugezogen hatte. Koch lehnte sich an die Wand neben dem Fenster mit Blick auf den Parkplatz. Rheinberger antwortete nicht.

»Ich brauche keine Verstärkung. Ich nehme nicht an, dass Sie sich mir widersetzen. Ich hoffe, Ihnen ist der Ernst der Lage bewusst. Schließlich sind Sie der Einzige auf dieser Welt, der Peter und Sepp gegenüber Gründe hatte, sie umzulegen.«

»Sie scherzen. Wie sollte ich denn mit meiner Hüfte ..?«

»Helfer finden sich leicht, wenn man genug Münzen im Portemonnaie hat. Warum haben Sie Peter gehasst?«

»Hab ich nicht. Er war in Ordnung, nur nicht der Richtige für Victoria.«

Koch kam zum Schreibtisch und positionierte ihr Smartphone direkt vor Rheinberger. »Ich werde das Gespräch aufzeichnen.«

Noch bevor er protestieren konnte, sagte Waldinger: »Wir können Sie auch mitnehmen.«

»Ohne Anwalt sag ich nichts.«

»Rufen Sie ihn an. Meine Kollegin und ich werden uns ihr schönes Städtchen anschauen. In genau einer halben Stunde sind wir wieder da. Sie versuchen besser nicht, mit dem Porsche abzuhauen. Die Liechtensteiner Kollegen wissen Bescheid.«

Sie polterten die Treppe hinunter, und die Empfangsdame knallte verärgert den Hörer in die Station.

Der Bummel durch die Fußgängerzone und das Croissant zum heißen Milchkaffee ließen Koch und Waldinger entspannt den Rückweg zur Firma antreten.

»Warum brauchst du am Montag frei?«, nutzte Waldinger den Moment.

»Sei nicht so neugierig, aber es ist wichtig für mich.«

»Jetzt rück's raus, ich sag's nicht weiter.«

Sie plänkelten hin und her, doch als sie wieder auf dem Parkplatz eintrafen, verging ihnen der Humor.

Der Porsche stand noch am selben Platz wie vor einer Stunde. Doch direkt dahinter parkte ein Rettungswagen mit offenen Seitentüren. Waldinger ahnte Schlimmes und eilte zur Haustür. Der

Empfang war unbesetzt, aus den oberen Etagen aufgeregtes Stimmengewirr zu vernehmen.

Im Laufschritt eilten sie hintereinander in das Büro von Herrn Rheinberger. Der Raum wirkte verstopft. Ein Notarzt kümmerte sich um den alten Mann, der ausgestreckt auf dem Fußboden lag. Auf seinem Stuhl saß ein blasser, schmächtiger Anzugsträger mit Geheimratsecken, der sie böse anstarrte. Die Empfangsdame wartete mit einem Glas Wasser in der Hand auf ihren Auftritt, und die rassige Brasilianerin knabberte gedankenverloren an einem künstlichen Fingernagel. Rheinberger inhalierte Sauerstoff, und der Notarzt befahl den zwei Sanitätern, ihn vorsichtig auf die Trage und in den Rettungswagen zu befördern. Dieser Verdächtige würde das Land erstmal nicht freiwillig verlassen. Das liechtensteinische Landesspital war nur ein paar Straßen entfernt. Um den vorwurfsvollen Blicken zu entkommen, die wortlos von allen Anwesenden ausgingen, beeilten sich Koch und Waldinger zu ihrem Wagen zu kommen. Da war etwas verdammt schiefgelaufen. Wenn das nur keine Konsequenzen nach sich zog.

»Gott sei Dank ist Samstag und keiner der Vorgesetzten erreichbar«, sprach Koch aus, was Waldinger dachte.

Auf der Rückfahrt nach Bregenz hingen sie ihren Gedanken nach.

Zurück im Landeskriminalamt packte Koch ihre Sachen zusammen und verabschiedete sich ins Wochenende. Waldinger machte sich eine Haferl Kaffee und versuchte, sich zu konzentrieren. Er ordnete die Papierstapel, kreuzte mit bunten Markern offene Fragen an, und versuchte, sich einen Plan zurechtzulegen, wie er am Montag am effektivsten beginnen konnte, um diese Sache zu einem Abschluss zu bringen, bevor er von dem Fall abgezogen würde.

Danach rief er im Landesspital in Vaduz an und versuchte, sich nach dem Gesundheitszustand seines Verdächtigen zu erkundigen.

»Gruezi, kann ich Ihna behilflich sin?« Das Fräulein am Telefon redete Schwyzerdütsch.

»Grüß Gott. Ich möchte mich nach Herrn Rheinberger erkundigen, der vor einer guten Stunde auf die Notfallstation eingeliefert wurde. Wie geht es ihm?«

»Da bin ich leider nicht befugt, drüber Auskunft zu geben, scusi.«

»Können Sie mich mit dem behandelnden Arzt verbinden?«

»Das machen wir grundsätzlich nicht. Tut mir leid.«

»Wird Rheinberger von jemandem begleitet? Es ist wirklich wichtig.« Waldinger blieb hartnäckig.

»Scusi. Ich würd gern helfen.«

»Machen Sie eine Ausnahme. Ich bin von der Kripo. Ich muss wissen, ob der alte Herr in der Lage ist, das Land zu verlassen.«

»Was hat er denn angestellt?«

»Da bin ich leider auch nicht befugt ...«

Ihr Lachen klang herzlich. »Ich luag, was ich machen kann. Ich geb Ihnen ein Telefon, sobald ich Bscheid weiß.«

»Danke. Sie haben was gut.«

»Ciao.«

Er kritzelte undefinierbare Muster auf seine Schreibtischunterlage. Wie lange würde es dauern, bis sie zurückrief? Er stand auf und ging zur Toilette. Als er sich die Hände wusch, hörte er das Klingeln des Telefons und stürmte in sein Büro. Er kam gerade noch rechtzeitig. Leider wusste die junge Schweizerdame nichts über Rheinbergers Gesundheitszustand, stattdessen gab sie ihm die Handynummer von seiner Begleitperson.

Waldinger wählte und war gespannt, wer am anderen Ende der Leitung sein würde. Vielleicht die langbeinige Südamerikanerin? Er musste wissen, wie ernst es um den Alten stand.

»Grüß Gott, Waldinger am Apparat.«

»Ich werde Sie anzeigen«, flüsterte eine wütende männliche Stimme. »Sie wollten ihn umbringen. Wenn ich nicht dazugekommen wäre, ich wage nicht, es auszudenken. Das wird Sie ihren Kopf kosten.«

»Was hat er denn?«

»Er ringt mit dem Leben. Wagen Sie nicht, ihn mit Ihren lächerlichen Hypothesen zu belästigen«, schnaubte der Mann am Telefon.

»Weiß seine Tochter Bescheid?«

Waldinger hörte Schritte und das leise Schließen einer Tür. Nun wurde die Stimme des Anwalts deutlich lauter.

»Was erlauben Sie sich eigentlich? Mein Mandant ist ein rechtschaffener Bürger. Er hat sich noch nie etwas zuschulden kommen lassen, und Sie spazieren in sein Büro und beschuldigen ihn des zweifachen Mordes?«

»Was heißt beschuldigen? Ich wollte ihm ein paar Fragen stellen. Leider hat er sich wenig umgänglich gezeigt.«

»Ein paar Fragen?«, bellte der Anwalt. »Sie haben Nerven, aber das werden Ihre letzten Fragen gewesen sein. Gleich Montag früh werde ich Beschwerde gegen Sie einreichen, und Sie werden sich wünschen, niemals unser kleines Fürstentum betreten zu haben.«

»Seine Tochter ...«

Hätte der Schlipsträger ein Telefon aus den Achtzigern in den Händen gehabt, hätte er den Hörer auf die Gabel geknallt. So wurde nur die Verbindung unterbrochen.

Es war Samstagnachmittag. Heute würde er nicht mehr viel erreichen. Er las noch einmal den Zettel durch, den er sich zuoberst auf seinen Schreibtisch gelegt hatte.

1) Suche nach dem Gipfelbuch;
2) Alibi von Ignaz nachprüfen;
3) Bürgermeisterin;
4) Schachtel mit Inhalt von Sepps Schreibtisch;
5) Brand auf der Schnepfegg (Kunstwerk von Sepp);
6) Victoria und der alte Rheinberger;
7) Fini und Bernhard intensiver befragen.

Als er den siebten Punkt notiert hatte, schaute er auf seine Uhr. War Sepps Beerdigung nicht für siebzehn Uhr vorgesehen? Ob Sepp sich gewünscht hätte, verbrannt und neben einem Baum verscharrt zu werden? Ohne Musik, ohne Menschen, die Abschied nehmen wollen. Er schaute im Internet nach, wo dieser sogenannte *Wald des Friedens* zu finden war und entschied spontan, dort vorbeizufahren und zumindest unsichtbar im Hintergrund beim Abschied von Sepp dabei zu sein. Dass seine Jeans die besten Tage bereits hinter sich hatte, würde in diesem Fall sicher nicht viel ausmachen.

Auf dem Weg nach Feldkirch nutzte er die halbe Stunde Fahrzeit, um sich eine Hörspiel-CD anzuhören. Für Blasmusik schien der Anlass der Fahrt unpassend, und so versuchte er, sich auf den schwedischen Kommissar zu konzentrieren. Die CD hatte er von Annette zum Geburtstag bekommen und noch nicht angehört. Überraschenderweise fesselte ihn die Geschichte um die unbekannte Frau, und er kam mit einem plötzlichen Erwachen zurück in die Wirklichkeit, als er auf dem beschilderten Parkplatz nach einer Möglichkeit Ausschau hielt seinen Wagen abzustellen. Da vorne, direkt beim Beginn des Wanderweges, stand ein silberner Golf. Das gleiche Modell wie sein Sohn Martin fuhr. Das durfte, nein, das konnte nicht … Es war Martins und Annikas Wagen. Das Nummernschild ließ keine Verwechslung zu. Waldinger schaltete den CD-Player aus und blieb im Wagen sitzen.

Dann stieg er aus und schloss möglichst leise die Tür des Autos. Er wusste nicht, wo genau die Beerdigung stattfand. Er sah den Wald vor lauter Bäumen nicht. Vom Parkplatz führte ein geschotterter Spazierweg in den hellen Buchenwald hinein. Ein kleiner Bach gluckerte zwischen den Bäumen hindurch, zwei Amseln stritten sich lautstark, aber ansonsten bereitete sich eine tiefe Ruhe über Waldinger aus. Zumindest äußerlich. In seinem Inneren war es alles andere als ruhig. Laut Fini waren nur wenige Freunde zu Sepps Beerdigung geladen. Martin war sicher nicht dabei. Also musste es Annika sein. Wussten denn Gott und die

Welt von einem Verhältnis zwischen den beiden, nur die Familie nicht? Wundern würde es ihn nicht. War es nicht sogar meistens so? Aber ob Lorenz nicht wirklich …?

Nein, er verbat sich jeden weiteren Gedanken und konzentrierte sich auf das Zwitschern der Vögel, als er auf dem Weg weiter in den Wald hineinlief. An einem Buchenstamm sah er ein kleines Schild mit einem Namen: KURT. Zwischen den Baumwurzeln hatte jemand mit Blütenblättern und kleinen Steinen und Zapfen eine Art Mandala gelegt. Schön sah es aus. Kerzen waren wahrscheinlich keine erlaubt. Weiter vorne sah er nun einige Menschen zwischen den Bäumen stehen. Nur leise hörte er, dass jemand ein Lied angestimmt hatte. *Von guten Mächten treu und still umgeben.* Gänsehaut überkam ihn. Nur flüsternd hörte er die Stimmen, und die Vögel schienen in den Gesang einzustimmen. Es waren vielleicht zwanzig Leute anwesend. Auf diese Entfernung konnte Waldinger niemanden erkennen, aber er wollte nicht näher heran. Jede Störung hätte er als falsch empfunden. Vielleicht hätte Sepp sich wirklich einen Abschied in dieser Form vorgestellt. Immerhin wurde seine Asche nicht irgendwo wahllos verstreut, sondern zu Füßen einer Baumwurzel vergraben. Er würde mit Helga mal hierherkommen. Sie könnten ihm ein paar Alpenrosen aufs Grab legen. Das war hier sicherlich möglich.

Auf dem Heimweg ließ er das Radio aus. Diese Art, einem Menschen die letzte Ehre zu erweisen, hatte ihn tief berührt. Wie anders als die Beerdigung von Peter mit all diesen Menschen in der Kirche, von denen im Leben nur wenige seine Freunde gewesen waren. Nun wanderten seine Gedanken auch wieder zu Victoria und ihrem Vater. Er hoffte inständig, dass der alte Mann sich wieder gut erholte, sonst musste er mit Sanktionen rechnen. Das könnte er überhaupt nicht brauchen. Der Anwalt hatte ihm trotz Nachfrage keine Auskunft darüber gegeben, ob er Victoria über den Zusammenbruch ihres Vaters informiert hatte. Da ihr Haus auf dem Weg lag, würde er noch bei ihr vorbeifahren. Aber nur ganz kurz, zu einem schnellen Gespräch zwischen Tür und Angel, schließlich wartete Helga auf ihn, und nach der Sache mit den Hühnern hatte er einiges gutzumachen.

Victoria wirkte gefasst, ließ es sich aber nicht nehmen, Waldinger hineinzubitten und ihm etwas zu trinken anzubieten. Er entschied sich für einen Kräutertee.

»Ich war heute bei Ihrem Vater«, begann Waldinger vorsichtig.

»Ich weiß, sein Anwalt hat mich angerufen. Und fragen Sie mich nicht, wie es ihm geht. Ich war nicht im Krankenhaus. Vor Jahren wäre ich ins Auto gestürmt und mit hundertachtzig über die Autobahn gedüst. Das hat sich geändert. Ich kenne seine Mitleidsmasche. Sie wirkt bei mir nicht mehr.«

Waldinger nahm den Teebeutel aus der Tasse und legte ihn auf die Untertasse. »Er sah wirklich nicht gut aus.«

»Kein Wunder, er hat es oft geübt. Er hätte Schauspieler werden sollen. Wahrscheinlich bezahlt er eine der Schwestern privat, dass sie ihm immer ein Zimmer auf der Privatstation frei hält.«

»Wieso mögen Sie Ihren Vater nicht?«

Victoria rührte ein wenig Honig in ihren Tee.

»Ich mag ihn, aber ich kenne ihn zu gut. Er hat mich nie als eigenständige Person anerkannt. Er hatte mich mein Leben lang spüren lassen, dass ich einzig dazu gut bin, seine Träume zu erfüllen. Sobald ich etwas gemacht hatte, das für ihn und die Firma keinen Nutzen brachte, hat er mich ignoriert.«

»Trotzdem haben Sie am Hirschberg gearbeitet.«

Sie nickte mehrmals. »Ich wollte es ihm recht machen. Ich hatte nur ihn. Doch es war der größte Fehler in meinem Leben. Wir schafften es nicht, das Geschäft vom Privatleben zu trennen. Das hat unsere Beziehung endgültig ruiniert. Da hat es auch nichts mehr genützt, dass ich vorletztes Jahr den Job vor Ort aufgab. Ich arbeite jetzt im Panoramahaus hier in Dornbirn. Wäre ich doch nie in Vaters Geschäft mit eingestiegen.«

»Wie haben Sie Peter kennengelernt?«

»In einer einsamen Silvesternacht. Er kam erst durch mich zum Lift. Jetzt denk ich, dass das auch für ihn das Schlechteste war, das ihm hatte passieren können. Er starb …« Sie schluchzte laut auf und sagte mit holpriger Stimme: »Er starb am Hirschberg. Ich hab ihn dorthin gebracht. Ich bin schuld.« Sie legte den Kopf auf ihre Unterarme auf dem Tisch und heulte.

Waldinger trank seinen Tee. Die Uhr über dem Küchentisch tickte immer lauter. Victoria setzte sich aufrecht hin und putzte sich die Nase.

»Alles nur wegen meinem Vater.«

»Würden Sie ihm zutrauen, etwas mit den Morden zu tun zu haben?«, fragte Waldinger, als er aufstand, um sich zu verabschieden.

»Nein, dazu fehlt ihm der Mut.«

Die Fuchsfalle hatte ihn auf die Idee gebracht. Das war der Vorwand, unter dem er bei Ignaz vorbeischauen und unbefangen über die Alpmesse am Alten Hof reden konnte. Hoffentlich bekam Silvia keinen Schock, wenn sie ihn sah. Er parkte neben dem Haus und hörte Schläge. Sie klangen, als ob jemand beim Holzhacken war. Er ging hinten ums Haus herum und sah Ignaz.

Der ließ seine Hacke auf den Holzklotz sausen und dort stecken, bevor er sich umdrehte. Der Mann strahlte eine enorme Kraft aus und roch penetrant nach Schweiß. Sein nackter Oberkörper war braun gebrannt und glänzte feucht. Selbst der Rücken war großzügig behaart. Für den Jungen war es wahrlich ein Glück, wenn er nicht nach seinem Vater schlug.

»Servus, Reinhold. Was treibt dich zu uns rauf?«

»Servus, Ignaz. Machst noch nicht Feierabend?«

»Heut ist ein gutes Zeichen.«

»Ich hätt auch noch was zum Hacken, aber was ich dich fragen wollte, kann ich bei dir eine Fuchsfalle ausleihen?«

»Willst zum Fuchsen gehen?«

»Bei uns ist einer ums Haus. Vorgestern hat er die Hühner geholt, und jetzt möchte Helga ihn lieber um den Hals haben.«

Ignaz lachte laut. »Da bist du bei mir richtig. Komm mit.«

Sie gingen gemeinsam um den riesigen Haufen mit klein gehacktem Brennholz, und Ignaz öffnete die Tür zu einem windschiefen Holzschopf.

»Ich muss erst suchen. Wart einen Moment.« Er zog die Tür wieder hinter sich zu. Waldinger schaute zum Haus. Im oberen Stockwerk bewegte sich eine weiße Gardine. Waldinger versuchte mit Zeichensprache zu erklären, dass alles in Ordnung war.

Es dauerte nur zwei Minuten, bis Ignaz mit der Falle unterm Arm wieder aus dem Schopf herauskam.

»Eine Lebendfalle«, erklärte er stolz. »Wenn du ihn erwischt hast, kannst ihn mir bringen. Am besten legst du ein paar Eier hinein.«

»Wo stell ich sie am besten hin?«

»Verdeck das Gitter mit Stroh oder Holz, und stell sie direkt an die Stallwand. Probier's einfach aus.«

Sie liefen gemeinsam nach vorne zur Haustür. »Warst du am Freitag auch in Wölflersgunten?«

Ignaz schüttelte den Kopf. »Leider nicht. Ewig schad. Da ist einmal was Dramatisches los im Dorf, und ich bin nicht dabei. Aber du, oder? Du hast ihn doch gefunden?«

»Ich hätt drauf verzichten können. Eine normale Alpmesse hätte mir gereicht. An Maria Himmelfahrt werden auf so vielen Alpen Messen gefeiert. Mir gefällt das immer.«

»Es war zu heiß dieses Mal. War nicht so viel los, wie sie überall gerne gehabt hätten. Ich sollte am Alten Hof aushelfen, aber der Hirt hat mich angerufen und abgesagt.«

»Abgesagt? Warum das?«

»Bei der Hitze läuft fast niemand dort hinauf. Weißt du, wie weit es da rauf ist, und alles in purer Sonne?«

Waldinger geriet ins Schwitzen.

»Dann hattet ihr Zeit für einen Familienausflug?«

Ignaz schüttelte den Kopf, in dem Moment kam Elias aus der Haustür. Seine blonden Haare waren kurz geschoren, und seine

Kopfhaut leuchtete blass neben der gebräunten Haut des restlichen Jungen. Er trug nur eine rote Pyjamahose und fragte unbekümmert: »Für was brauchst du die Fuchsfalle?«

»Da steckt er die Kinder rein, die nicht schlafen wollen«, antwortete Ignaz an Waldingers Stelle, nahm den Jungen auf und wollte ihn reinstecken.

Der Bub lachte nur: »Stimmt ja gar nicht, Papi, du machst wieder nur Quatsch.«

Waldinger und Ignaz stimmten in sein Gelächter ein, und da wagte sich auch Silvia aus der Tür.

»Wie gesagt, bringst sie mir halt wieder, wenn du den Krüppel erwischt hast.«

Waldinger blieb nichts anderes übrig, als die Falle im Kofferraum zu verstauen und sich auf dem Heimweg zu machen.

Er war spät dran. Als er in die Straße zu seinem Haus einbog, sah er schon eine kleine feine Fahne Rauch in seinem Garten aufsteigen. Helga hatte begonnen, den Grill anzuheizen.

Als er das Auto auf dem Vorplatz abstellte und ausstieg, hörte er das Gelächter der Nachbarn. Besonders der hohe Sopran von Agnes war aus allen anderen Stimmen herauszuhören. Er setzte sein Gute-Laune-Gesicht auf und ging um die Garage herum in den Garten. Feurstein stand am Grill und hatte dazu sogar eine von Helgas Schürzen umgebunden. An seinen Fünf-Tage-Bart, den er seit mehreren Wochen trug, hatte Waldinger sich immer noch nicht gewöhnt. Ob er glaubte, dass der ihn jünger aussehen ließ?

Die Stimmung unter den Gästen war gut. Helga bat Waldinger mit hochgezogenen Augenbrauen, in die Küche zu kommen, doch Agnes sagte: »Ich helfe dir. Nolde, hol ein Bier aus dem Brunnen und setz dich. Am Samstag so lange im Dienst, du hast dir den Feierabend verdient.«

Waldinger nickte dankbar und schaute zu Helga. Sie verzog ihren Mund zu einem Lächeln, und er ging zum Brunnen. Feurstein legte die ersten Käsekrainer auf den Grill, und es zischte und brutzelte. Der Duft zog die Nachbarn wie magisch zum Gartentisch, und als Agnes diesen deckte und Helga mit einer riesigen Schüssel voll Schichtsalat aus der Küche kam, waren sich alle einig, wie schön sie es hatten. Selbst die Frösche in Nachbars Teich schienen diese Meinung zu teilen und stimmten zu einem fröhlichen Konzert an.

Nachdem Waldinger seine erste Portion verspeist hatte, ging er zu Feurstein an den Grill, um ihn abzulösen. Der legte gerade marinierte Schweinnackensteaks auf den Rost, unter dem die Kohle glühte.

»Danke dir, ich mach dann mal weiter.«

Da sie gerade außer Hörweite der anderen waren, fragte Feurstein vertraulich: »Trotz Überstunden noch keine Verdächtigen?«

Waldinger schüttelte den Kopf.

»Ein Tipp von meiner Seite«, begann Feurstein erneut. »Gehörnte Ehemänner vergessen sich gerne mal.«

Waldinger nahm ihm die Grillgabel aus der Hand und schaute ihm überrascht ins Gesicht.

»Wer?«

Feurstein zuckte mit den Schultern und öffnete umständlich den Knoten von Helgas Schürze in seinem Rücken.

»Erzähl!« Waldinger war ungeduldig.

»Der Sepp hatte an jedem Finger zwei Weiber zappeln. Und er war nicht wählerisch. Ob ledig, jung, alt, verwitwet oder verheiratet. Hauptsache, willig.«

»Die Gerüchte sind nicht neu. Wenn du nichts Konkretes …«

»In welche Richtung ermittelt ihr denn?«

»Das kann ich nicht sagen.«

»Ja, dann kann ich leider auch nichts sagen.« Feurstein nahm seine Brille ab und rieb sie an der Schürze in seiner Hand sauber. Waldinger wandte sich ihm zu.

»Wenn du was weißt, rück's raus, und sonst wechseln wir bitte das Thema.«

»Ich weiß, dass die ganze Kunstszene in Trauer ist. Nächstes Wochenende wollen sie im ORF kurzfristig eine Reportage über sein Leben und Wirken einschieben. Heute war ein Filmteam den ganzen Tag auf dem Hirschberg unterwegs. Wär doch gut, wenn das Rätsel um seinen Tod bis dahin gelöst wäre. Vielleicht schneiden sie dann ein Interview mit dir dazu rein.«

»Ich dachte, du servierst mir heute zum Bier einen Verdächtigen. Das Fernsehen interessiert mich nicht.«

Helga näherte sich dem Grill, und Waldinger drehte sich um und warf einen Blick auf die Steaks. Kohlschwarz lagen sie wie Leichen nebeneinander, und der aufsteigende Rauch trieb ihm die Tränen in die Augen.

Feurstein drehte sich grinsend um und ging an den Tisch, um noch eine knackige Grillwurst zu ergattern.

Waldinger fuhr mit dem Handrücken über die brennenden Augen. »Es tut mir leid.«

Er nahm die verkohlten Teile vom Grill und warf sie in den Rasen. Helga drehte sich wortlos um und holte die Gemüsespieße aus dem Kühlschrank. Sie nahm ihm das Grillbesteck aus der Hand. »Ich mach das, schau, dass alle etwas zu trinken haben«, sagte sie kurzangebunden.

Er setzte sich zu den anderen in die fröhliche Runde. Mit jedem Schluck Bier fiel ein wenig von der Anspannung der vergangenen Tage von ihm ab. Das Gespräch drehte sich um das Wetter, die nicht anwesenden Nachbarn und diese Spinner, die sich Kübel voll Eiswasser über den Kopf schütten ließen. Keiner erwähnte die verkohlten Steaks, und Feurstein lobte Helga überschwänglich für die »schmackhaftesten Spießlein aller Zeiten«.

Helga und Agnes räumten den Tisch ab, und dann bat Helga ihre Gäste in die gemütliche Stube. Sie wollte ihnen die Bilder zeigen, die sie im Urlaub in den Dolomiten gemacht hatten. Feurstein zeigte ehrliches Interesse und stellte viele Fragen, die Helga ausführlich beantwortete. Waldinger, der müde und satt auf seinem Kanapee saß, dämmerte langsam ein und nahm die Foto-Show wie aus weiter Ferne wahr. Als er damit rechnete, dass Helga jeden Moment fertig sein musste, hörte er auf einmal Agnes' Stimme. »Ja, sag, blühen in den Dolomiten Anfang Mai schon die Alpenrosen?«

Und noch bevor Helga antworten konnte, lachte Feurstein laut auf: »Du stellst unsere Aufmerksamkeit auf die Probe. Das ist auf dem Hirschberg.«

Müde öffnete Waldinger seine Augen und schaute zum Fernsehapparat. Da hatte sich das Bild vom letzten Freitag eingeschlichen, das Helga beim Alpenlehrpfad gemacht hatte.

»Stimmt, da habt ihr aber gut aufgepasst«, lachte sie fröhlich. »Das ist von Maria Himmelfahrt. Das vorher, mit den Drei Zinnen im Hintergrund, war das letzte.«

»Wirklich ein toller Urlaub«, sagte Agnes. »Da müssen wir auch mal hin. Wenn du in Rente bist und mehr Zeit hast«, zwinkerte sie Feurstein zu und tätschelte seinen Oberschenkel. Feurstein nickte und nahm einen Schluck von seinem abgestandenen Bier. »Das dauert aber noch ein paar Jährchen.«

Da stand Waldinger auf und trat vor den Fernseher. Der Fußweg war gut zu erkennen. An dieser Stelle war er mit Holzbohlen ausgelegt, damit die Wanderer keine matschigen Füße bekamen. Und eine der Bohlen war trocken. Die war in der Nacht definitiv nicht nass geregnet worden. An dieser schattigen Stelle war sonst nichts trocken, nur diese einzelne Holzbohle. Da hatte Hannes gelogen. Dieses Holz lag erst seit dem Feiertag da, und er hatte angegeben, den Weg am Abend davor gerichtet zu haben. Dem würde Waldinger nachgehen müssen. Er sagte nichts und schaltete den Fernseher aus.

»Wer mag noch etwas trinken?« Er war wieder munter.

Doch die Gäste verabschiedeten sich, und Waldinger half Helga beim Aufräumen. Als er die Spülmaschine befüllte, setzte Helga sich auf die Eckbank und fragte: »Und du glaubst, jetzt ist alles wieder gut?«

Verdattert blickte er in ihr zorniges Gesicht. Den ganzen Abend über hatte sie fröhlich und ungezwungen mit den Gästen geplaudert, da schien sich einiges angestaut zu haben. Waldinger überlegte kurz, was er sich zuschulden kommen hatte lassen, aber außer den Hühnern fiel ihm nichts ein. Natürlich war es schade um die Tiere, aber ob sie einen Ehestreit wert waren? Schließlich hatte er sich bereits aufrichtig entschuldigt.

»Hmmm«, antwortete er deshalb nur.

»Wo warst du am Donnerstagabend?«

Es ging also wirklich um das Federvieh.

»Hier. Ich hab's einfach vergessen, Helga, und es tut mir leid. Jetzt mach nicht so ein Gesicht, wir hatten heute einen wirklich schönen Abend.«

Er wollte sich neben sie setzen, doch sie rückte nicht zur Seite. Also schnappte er sich einen Stuhl.

»Magst du noch einen Schluck Wein? Warte, ich hol dir ein frisches Glas.«

»Wo warst du am Donnerstag?«

Er setzte sich doch.

»Was ist? Um was geht's?«

»Jetzt spiel hier nicht den Ahnungslosen. Red endlich mit mir. Was ist mit dem Foto von Annika und Lorenz? Wo hast du das her, und wieso lügst du mich an und sagst, du wärst zu Hause gewesen, obwohl es nicht stimmt? Was verheimlichst du mir, wieso kannst du seit Tagen nicht mehr schlafen? Reinhold, ich bin deine Frau, falls du das vor lauter Arbeit nicht vergessen hast. Man kennt dich in Bizau. Die Lügerei nützt dir nichts. In diesem Dorf ist noch alles ans Tageslicht gekommen, und wenn du es nicht mehr nötig hast, mit mir zu reden und ehrlich zu mir zu sein, dann kannst du verschwinden. Ich koch und putz und tu für dich, was ich kann, und du behandelst mich wie eine billige Haushälterin. Ich mag nicht mehr.«

Sie legte ihren Kopf auf die Unterarme auf die Tischplatte, und endlich weinte sie.

Er strich ihr mit der Hand übers Haar, sie schlug sie zur Seite: »Lass mich in Ruh, du falscher Hund, du.«

Er holte eine Packung Papiertaschentücher aus der Küchenschublade und legte sie auf den Tisch.

»Es tut mir leid, Helga. Das wollt ich nicht. Ich weiß, ich hab's übertrieben. Der Ausflug an den Körbersee und dann der Sonntag am Hirschberg und die Hühner und das Zuspätkommen zum Grillen. Ich hatte einfach wenig Zeit diese Woche. Es tut mir leid. Es wird wieder besser, ich versprech's.«

Sie nahm ein Taschentuch und schnäuzte sich. »Was ist mit Annika?«

Waldinger kratzte sich an der Nase. »Wahrscheinlich nichts. Ich wollt dich nur nicht aufregen. Es ist alles gut.«

Sie polterte mit beiden Fäusten auf den Tisch. »Du verstehst mich immer noch nicht. Ich bin kein Kind, ich will wissen was los ist, und Martin hat noch nicht mal die Geldtasche im Sack, wenn er bei uns auf Besuch ist, wozu auch?«

Er nahm ein Papiertuch aus der Packung und faltete es noch kleiner. Ohne Helga anzuschauen, sagte er: »Das Bild war in Sepps Hütte. Ich hab es mitgenommen. Wenn jemand anders es gefunden hätte, würde es Fragen geben.«

»Fragen?«

»Fragen. Weil bekannt ist, dass Sepp immer wieder Damenbesuch gehabt hatte. Weil es Gerüchte gibt, dass uneheliche Kinder von ihm im Dorf leben. Dann wäre es scheiße, wenn da ein Foto von unserem Lorenz in Sepps Privatunterlagen auftaucht.«

Beide schauten sich in die Augen.

Helga flüsterte: »Du denkst, Lorenz ist gar nicht von Martin? Das kann nicht sein. Unmöglich, nein, das glaub ich nicht. Die sind glücklich zusammen, oder?«

Waldinger zuckte mit den Schultern. »Ich wollte dich nicht damit belasten, bevor ich mir nicht sicher bin, aber Annika war heute auf Sepps Beerdigung, obwohl nur die nächsten Freunde eingeladen waren.«

Sie hielt die Luft an. »Du meinst, alle wissen es, Bernhard und Fini und Sepps Freunde? Und das ganze Dorf? Nur wir, nur unsere Familie weiß nichts?« Helga wurde blass, und Waldinger holte ihr ein Glas Wasser.

»Ich war am Donnerstag bei ihr. Ich wollte sie fragen, aber eigentlich, eigentlich will ich es gar nicht wissen.«

»Ich auch nicht, nein, ich auch nicht.«

Jetzt endlich ließ sie es zu, dass er seine Hand auf die ihre legte.

»Wir werden das durchstehen«, sagte Waldinger.

»Dann hatte ich recht. Sie geht uns aus dem Weg und versucht, Lorenz von uns fernzuhalten.«

Waldinger zuckte mit den Schultern. »Er wird immer unser Lorenz bleiben. Sepp lebt nicht mehr, und Martin darf nie etwas davon erfahren.«

Sonntag, 24. August

Es war spät geworden, aber Waldinger hatte nach dem gestrigen Gespräch endlich wieder durchschlafen können. Obwohl Sonntag war, stand er um halb acht auf und frühstückte zusammen mit Helga. Es gab heute die letzten zwei Eier von den eigenen Hühnern.

»Wann holst du neue?«, fragte Helga.

»Neue Eier?«

»Neue Hühner. Du könntest heute nach Bildstein fahren. Dort kann man laut Agnes auch am Sonntag Hühner kaufen, irgendwo gleich neben der Kirche. Aber bring keinen Hahn mit.«

Waldinger biss von seinem Honigbrot ab. »Heute?«, fragte er unmotiviert.

»Während der Woche hast du sicher keine Zeit.«

»Wenn dieser Fall gelöst ist, nehm ich ein paar Tage Urlaub und dann ...«

»Das kann noch dauern. Hol sie lieber heute. Oder hast du schon eine Vorstellung, wer Sepp und Peter umgebracht hat?«

Irgendeine leise Ahnung suchte sich den Weg durch Waldingers verkatertes Gehirn. Hannes. Mit dem musste er noch reden. Am besten gleich heute. Ob der Rheinberger ihm Geld dafür ...?

»Reinhold! Ich hab dich was gefragt.«

»Äh, heute ist ungünstig. Ich glaub, ich sollt nicht fahren, ich hab noch Restalkohol.«

Helga schüttelte den Kopf und schenkte Tee nach. »Ich richte dir ein Wasser mit Basenpulver, und dann bist du am Nachmittag topfit. Du lässt einfach nach der Kirche den Frühschoppen aus, und dann geht das. Kannst ja den Lorenz mitnehmen. Martin kommt mit ihm zum Essen.«

Er zog seine schwarze Sonntagshose und ein frisch gebügeltes Hemd an. Dann spuckte er auf sein Taschentuch und fuhr damit einmal über seine schwarzen Sonntagsschuhe.

Helga wollte Kathrin nicht allein lassen und setzte sich mit dem neuesten Krimi von Christian Mähr in den Garten. Als die Kirchenglocken zu läuten anfingen, machte Waldinger sich zu Fuß auf den Weg. Er erreichte die Kirche gleichzeitig mit Hannes und Petra und flüsterte unter der Eingangstür: »Habt ihr Jahrtag?«

Hannes nickte und entgegnete leise: »Petras Vater ist vor fünf Jahren gestorben.«

Waldinger tauchte einen Finger in den Weihwasserkessel und stellte sich auf die Treppe, die zur Empore hinaufführte. Er nickte dem Metzger und dem Berlinger zu und lehnte sich an die weiße Wand. Die Kirche war voll. Zu den Jahrtagen kamen viele Angehörige von auswärts. Normalerweise setzte sich in Bizau kein Mann auf die linke Frauenseite, doch heute entdeckte Waldinger gleich mehrere.

Als der Pfarrer nach dem Evangelium die Bibel küsste, durchfuhr es Waldinger wie ein Blitz. Das Buch, das fehlende Gipfelbuch, er hatte es völlig vergessen. Er musste dringend auf die Hirschbergalpe, irgendwo musste er mit seinen Fragen beginnen. Am besten heute, im Dienst konnte er das nicht machen. Die Hühner mussten warten. Vielleicht hatte der Mörder sich dort wirklich erst noch verewigt. Verewigt, das passte heute in die Kirche. Er tat sich schwer damit, ruhig stehen zu bleiben. Die Gedanken überrollten seinen Kopf, er kam gar nicht mit Denken hinterher. Hatte er einen schweren Fehler gemacht, indem er nicht intensiv nach dem Buch gesucht hatte? Hielt es des Rätsels Lösung parat? Oder war es längst in einem Grillfeuer aufgegangen?

Wenn wirklich Hannes mit der Sache zu tun hatte, hätte er dann das Buch mitgenommen? Er könnte eigentlich gleich jetzt ihr Haus durchsuchen. Es stand relativ abseits, den Nachbarn würde es nicht auffallen. Doch einfach aus der Kirche verschwinden?

Das war zu auffällig. Er könnte bis zur Kommunion warten, aber dann blieben ihm höchstens zehn Minuten. Das war zu wenig. Er zog sein Taschentuch aus der Hose und hielt es sich vors Gesicht. Er täuschte vor, dass seine Nase blutete, und zwängte sich mit entschuldigenden Gesten an den anderen Kirchenbesuchern vorbei ins Freie. Draußen standen etwa dreißig Männer und Jugendliche, die zu Hause vorgaben, beim Gottesdienst zu sein, und sich nach der Messe auf dem Friedhof zeigten, hier aber in Klatsch und Tratsch vertieft waren. Seff sah zu ihm her und rief leise: »Gnuog beatot?«

Waldinger nickte nur und eilte in Richtung Halde. Er hatte für heute tatsächlich genug gebetet. Mit den Gedanken ganz woanders würde es eh nicht viel nützen. Als er außer Sichtweite der falschen Kirchgänger war, steckte er das Taschentuch wieder ein und nahm den Fußweg den Bizauer Bach entlang. Er kam beim Schießstand des örtlichen Schützenvereins vorbei und sah das Haus von Hannes schon am Fuße des Häldeles stehen. Den Bauplatz hatte Petra von ihrem Vater geerbt, trotzdem war es im Dorf kein Geheimnis, dass die beiden ihre letzten Cents zusammengekratzt hatten, um dieses moderne Holzhaus zu bauen. Die Tilgung der Raten war schwierig, da Petras Gehalt ausfiel und Hannes als Hilfsarbeiter nicht viel verdiente. Von außen sah alles picobello aus. Neben der Eingangstür stand ein altes Spinnrad, und daran kletterte eine gelbe Blume empor, die auch vor Waldingers Haustür blühte. Susanne hieß sie, glaubte er.

Erst suchte er unter dem Fußabstreifer nach dem Schlüssel, dann hob er die kleineren der Blumentöpfe auf und schaute darunter. Nichts. Auch auf dem Sims über der Haustür tastete er ins Leere. Er schaute sich um, die Garagentür war auch verschlossen. Was hatten die zwei denn zu verstecken? Es war in Bizau nicht üblich, überall zuzusperren, wenn man am Sonntagvormittag in die Kirche ging.

Waldinger kontrollierte, dass er unbeobachtet war, und schwang sich über den niedrigen Holzzaun, um vom Garten aus nach einer unverschlossenen Tür zu suchen. Auch auf der Hinterseite des Hauses wurde er nicht fündig. Nur ein Kellerfenster stand offen. Offensichtlich nutzte Hannes es, um das frisch gespaltete Holz direkt in den Heizraum zu werfen. Waldinger schaute hinab und sah unten einen Haufen kleiner Scheite liegen. Er zog seine Sonntagsschuhe aus und kletterte in den Socken vorsichtig durch das Kellerfenster ins Innere. Helga würde sich wundern, was mit seiner schwarzen Hose passiert war, aber darauf konnte er in diesem Moment keine Rücksicht nehmen. Es würde ihm schon was einfallen.

Der Holzhaufen gab unter seinem Gewicht nach, und er landete unsanft auf dem betonierten Boden des Heizungskellers. An einer Hand hatte er sich einen Spieß eingezogen, den er mit zusammengebissenen Zähnen herauszog. Dann entstaubte er sich so gut wie möglich und machte sich auf den Weg durch das Haus.

Der Keller interessierte ihn wenig, und er schlich sich gleich ins Erdgeschoss.

Die Garderobe machte einen sauberen, aufgeräumten Eindruck, im Treppenhaus hingen Kunstdrucke bekannter Meister, und die Fenster waren alle blitzblank geputzt. Zuerst ging er ins Wohnzimmer. Ein brauner Überwurf verdeckte eine alte abgenutzte Couch, auf dem Tisch standen frische Wiesenblumen in einer Kristallvase, und der Röhrenfernseher stand auf einer alten Weinkiste. Trotz mehrerer Orchideen vor den großen Fenstern sah der Raum kaum benutzt und nicht ganz fertig aus.

Die Küche hingegen wirkte gemütlich und einladend. Kissen in allen Farben auf der alten abgebeizten Küchenbank strahlten mit den weißen Vorhängen um die Wette. Fotos, Postkarten, Einladungen und Danksagungskärtchen bedeckten die Wand zwischen Tür und Kühlschrank. Die Spülmaschine grummelte leise vor sich hin.

Das Badezimmer war geräumig und sauber. Es duftete nach Rosenshampoo und Aftershave. Eine Wendeltreppe führte in den oberen Stock. Hier hatte Waldinger das Gefühl, eine Baustelle zu betreten. Im Bad war erst der Estrich verlegt, Pakete mit großen Schieferfliesen warteten auf ihren Einsatz, und die Badewanne war noch in Folie und Styropor verpackt. Im Raum daneben zeugten die Tapetenrollen davon, dass ein Kinderzimmer entstehen sollte. Das Elternschlafzimmer bestand aus zwei Matratzen auf gebrauchten Paletten. Am Fußende stand ein liebevoll bezogener Stubenwagen mit einem Kuschelhasen auf der kleinen Bettdecke. Der Kleiderschrank nahm fast die komplette Breitseite des Raumes ein. Obwohl sie jetzt schon zwei Jahre hier wohnten, war noch einiges zu tun. Aber was suchte er eigentlich?

Waldingers Blick schweifte über die überschaubare Einrichtung. Hier gab es kein Versteck. Der Blick durchs Fenster zeigte ihm einen Mann, der den Bach entlanggerannt kam und beileibe nicht wie ein Jogger aussah. Mehr wie ein Gejagter.

Er trat näher ans Fenster. Als der Renner vor dem Schießstand die Brücke überquerte, erkannte Waldinger ihn. Das konnte nicht wahr sein. Was machte er hier? Wieso war er nicht mehr in der Kirche? Es war Hannes, und er rannte direkt auf das Haus zu. Wie war das möglich? Nicht auszudenken, wenn er ihn hier entdeckte. Immerhin war er unbefugt in das Haus eines Unschuldigen eingebrochen.

Ungläubig warf er einen Blick auf seine Armbanduhr. Die Messe konnte unmöglich bereits zu Ende sein.

Er schaute sich nervös um und suchte nach einem Versteck. Hannes durfte ihn auf keinen Fall entdecken. Wenn der ihn anzeigte, wäre er seinen Job endgültig los. Wo sollte er hin? Gab es einen Giebel? Er hatte keine Treppe gesehen, die noch weiter hinaufführte. Es gab kein Versteck in den fast leeren Räumen, seine einzige Chance war, dass Hannes nicht in den oberen Stock kam. Der Apfelbaum vor dem Fenster war viel zu klein, da konnte er unmöglich herunterklettern, und sowieso, dann würde man ihn bestimmt durch das Fenster sehen.

Er spürte die Hitze in seinem Kopf und das Herzklopfen in der Brust. Er konnte noch nicht mal unter das Bett kriechen. Er wählte das Badezimmer und stellte sich hinter die Tür. Konzentriert achtete er auf seine Atmung. Sie musste ruhiger werden, leiser, in diesem Rohbau hallte jedes Ausatmen durch das gesamte obere Stockwerk.

Er hörte den Schlüssel in der Haustür. Die Tür fiel nicht ins Schloss. Das könnte ein Zeichen sein, dass Hannes nicht lange im Haus bleiben wollte. Die nächsten Geräusche konnte Waldinger nicht identifizieren. Sie mischten sich unter das Gebrumme der Spülmaschine.

Es hörte sich an, als würden Schubladen aufgezogen und Kastentüren zugeknallt. Suchte Hannes etwas? Waldinger schaute sich im Badezimmer um. Nein, hier gab es nichts, was er suchen könnte. Obwohl, wenn man etwas nicht fand, suchte man oft an den unmöglichsten Orten.

Schritte auf der Treppe. Waldinger hielt den Atem an und schickte ein Stoßgebet in den Himmel. Die Schritte kamen schnell näher. Das durfte nicht wahr sein.

Er hörte, wie Hannes vor der Tür zum Kinderzimmer stehen blieb. Er traute sich nicht einzuatmen. Die Stille im Haus war überwältigend. Und dann ging Hannes am Bad vorbei, Waldinger schielte durch den kleinen Spalt zwischen den Scharnieren. Er ging ins Schlafzimmer gegenüber und öffnete die Schiebetür des Kleiderschranks. Waldinger holte einmal tief Luft. Mit einer kleinen Reisetasche in der Hand rannte Hannes die Treppe hinunter und warf die Haustür hinter sich ins Schloss. Waldingers Anspannung ließ nach, und er traute sich hinter der Tür hervor, um mit einem Blick durch das Fenster festzustellen, dass Hannes mit dem Auto über die Brücke raste.

Er schlich die Treppe hinunter und verließ das Haus durch die Vordertür. Als er in seinen Socken auf den Vorplatz trat, überkam ihn Scham. Was hatte er hier gewollt? Hatte er wirklich gehofft, das Gipfelbuch zu finden? Noch während er sich seine Schuhe anzog, fragte er sich: Wohin wollte Hannes?

Martin und Lorenz waren bereits bei Helga und Kathrin im Garten, als Waldinger nach Hause kam. Er zog als Erstes die schwarze Hose aus und vergrub sie im Wäschekorb. Kathrin saß mit Lorenz vor dem Hühnerzaun und erzählte ihm die Geschichte vom Fuchs und den Hühnern. Martin lag auf der Holzbank im Obstgarten und hatte den Arm als Sonnenschutz über die Augen gelegt. Waldinger stellte sich vor die Sonne, sein Schatten fiel auf seinen Sohn.

Der setzte sich auf und meinte schläfrig: »Bist nicht auf dem Frühschoppen?«

»Heute nicht. Wo ist Annika?«

»Ihr geht es im Moment nicht so gut.«

»Warum?« Helga war zu ihnen herangetreten und hatte den letzten Satz gehört.

»Sie konnte die ganze Nacht kein Auge zutun, aber es wird schon wieder werden. Auf jeden Fall war sie heute froh, uns los zu haben.«

»Was nimmt sie denn so mit?«, fragte Helga.

»Ich weiß nicht.«

»Warst du gestern in Feldkirch?« Waldinger setzte sich zu Martin auf die Bank.

»Ich? Nee, ich war mit Lorenz daheim. Den Rasen gemäht und so Sachen halt. Warum?«

»Ich hab dein Auto gesehen.«

»In Feldkirch? Ah ja, gestern war Annika auf der Beerdigung von Sepp. Sie war fix und fertig, als sie nach Hause kam. Ich glaub, die war in Feldkirch.«

Helga nahm neben Waldinger Platz und schaute zu Lorenz hinüber. »Auf Sepps Beerdigung?«

»Ja, der Unfall hat sie mitgenommen. Er war für sie wie ein großer Bruder. Sepp war als Senn auf der Alpe in Steibis, wo Annika mit ihrer Mutter viele Sommer verbracht hatte. Er war als Kind fast ihre einzige männliche Bezugsperson. Sie hat ihn auch jetzt noch jedes Jahr an seinem Geburtstag besucht.«

Waldinger schaute zu Helga und schloss erleichtert für einen Moment die Augen. »Deshalb geht es ihr momentan so schlecht?«

»Nicht nur. Eigentlich wollten wir noch die Geburt von Kathrins Baby abwarten, aber, wenn ihr es noch niemandem sagt, also, Annika ist schwanger. Darum ist ihr immer so schlecht.«

Helga drückte verstohlen Waldingers Hand. »Ach, Martin, das ist schön. Ich freu mich so für euch.«

Ihre Augen glitzerten verdächtig, und Waldinger räusperte sich. »Wieso sagst du das nicht gleich?«

Nach dem Mittagessen packte Waldinger eine leere Schachtel in den Kofferraum, und Martin schnallte ihm Lorenz samt Kindersitz in den Wagen. Beide winkten fröhlich, Waldinger legte eine CD mit Blasmusik ein, und sie brausten davon. Bei der alten Bäckerei blinkte Waldinger allerdings nicht nach links in Richtung Bildstein, wo er Hühner besorgen sollte, sondern er bog rechts ab und fuhr auf die Schnepfegg.

Auf dem höchsten Punkt der Passstraße bog er links in einen Güterweg ein. Er ignorierte die Fahrverbotstafel mit der Androhung einer hohen Geldstrafe. Die holprige Fahrt auf der groben Schotterstraße brachte sie in unzähligen Kurven den Berg hinauf. Der Weg war schmal. Als Waldinger einen Mountainbiker überholte und fast von der Straße drängte, drohte dieser ihm mit der Faust. Er schaltete in den ersten Gang und fuhr vorsichtiger weiter. Dumpfe Schläge gegen den Unterboden des Autos bereiteten ihm leichte Sorgen. Lorenz plapperte munter vor sich hin. Vom Fuchs und von den Hühnern.

Nach einer halben Stunde Bergfahrt stand er vor einer geschlossenen Schranke. Und auch wenn sie sich hätte öffnen lassen, er musste einsehen, dass sein Auto für eine Weiterfahrt nicht geeignet war. Er mühte sich mit dem komplizierten Gurtsystem des Kindersitzes ab und holte Lorenz aus dem Wagen.

»Jetzt werden wir laufen. Du bist doch ein guter Wanderer, oder?«

Der Kleine schaute sich um. »Wo sind die Hühner?«

Er setzte sich den Knirps kurzerhand auf seine Schultern und marschierte los. Bis zur oberen Hirschbergalpe würde er ganz schön schwer werden.

Er brauchte eine knappe Stunde. Vor dem Brunnen setzte er Lorenz auf den Boden und hatte das Gefühl, gleich übers Hüttendach zu fliegen, so leicht fühlte er sich plötzlich. Er kreiste mit seinen Schultern und dehnte seinen verspannten Nacken. Mit beiden Händen langte er in das kalte Brunnenwasser und leerte sich eine Ladung ins Gesicht. Das tat gut. Es war schon wieder schwül und heiß. Vielleicht gab es heute noch ein Gewitter. An dem steilen Hang vor ihm grasten einige Ziegen. Das Gebimmel ihrer kleinen Glocken klang beruhigend.

Waldinger zeigte Lorenz die Geißen, doch der fragte unbeeindruckt: »Wo sind die Hühner?«

Waldinger klopfte an die Hüttentür, öffnete sie einen Spalt und rief: »Holla!«

Eine gebückte Frau schlurfte durch den dunklen Vorraum und öffnete die Tür ganz.

»Kunnt Bsuach?« Sie blinzelte in die helle Sonne. Ihre grauen Haare hatte sie zu zwei langen Zöpfen geflochten und mit einem schwarzen Samtband wie einen Kranz um ihren schmalen Kopf gebunden.

»Servus, Frieda. Ich bin's, Reinhold. Ist Klaus auch da?«

»Grüß Gott, Reinhold. Huck ahne. Mascht an Moscht?«

Waldinger setzte sich auf die grobe Holzbank vor der Hütte. »Ein Most wär gut. Und hast du auch eine Limo für den Buben?«

Sie nickte und schlurfte zurück ins Innere.

Als sie die Getränke vor ihnen abgestellt hatte, setzte sie sich zu ihnen.

»Zum Wohl!«

»Danke, bist du heut allein da?«

Sie nickte.

»Dor Klaus ischt hüt ned dau. A dor Sattelegg fieronds do Seazgar vom Sinn. Üsor sand ou alle umme.«

Das durfte nicht wahr sein. War er den ganzen Weg umsonst gegangen, weil die Familie auf einem Geburtstagsfest auf einer anderen Alpe war? Innerlich fluchte er lautstark.

»Hast du eine Ahnung, wer das Gipfelbuch vom Hirschberg wechselt, wenn es voll ist?«

Sie schüttelte den Kopf und zuckte mit den Schultern. Dann schaute sie den Kleinen an. »Gang mit, i zog der eatz.«

Die Bäuerin erhob sich mühsam und schlurfte langsam in Richtung Stall. Lorenz schaute seinen Opa fragend an, und als Waldinger nickte, ging er der Frau hinterher. Als sie nach ein paar Minuten nicht wieder zurückgekommen waren, machte sich Waldinger auf die Suche nach den beiden. Er fand sie im Heuschopf, lehnte sich leise an den Türrahmen und schaute stolz seinem Enkel zu.

Lorenz' Gesicht leuchtete. Mit seinem Zeigefinger streichelte er behutsam über den Rücken der kleinen Tigerkatze. Waldinger ging in die Hocke, beobachtete die strahlenden Augen und empfand selber ein Glücksgefühl wie seit Langem nicht mehr.

Montag, 25. August

Waldinger suchte die Küchenrolle. Er kramte im Bad unter dem Waschbecken zwischen Putzmitteln herum, wurde aber nicht fündig. In der Nacht war es schwül geblieben, und der Schlaf hatte keine Erholung gebracht. Auch Helga hatte Ränder unter den Augen. Sie wollte in Ruhe duschen und verscheuchte ihn aus dem Badezimmer. Da er kein Küchenpapier fand, nahm er eine Rolle Klopapier mit.

Als er vor wenigen Minuten aufgestanden war, hatte ihn ein seltsamer Geruch in die Küche gelockt. Nun ja, eher ein undefinierbarer Gestank. Als er vor dem Kühlschrank gestanden war, hatte er den Grund dafür gesehen. Ein kleiner dünner Katzenhaufen auf dem Fußboden verströmte diesen Geruch. Er hatte das Fenster aufgemacht, und jetzt stand er mit einer Rolle Klopapier bewaffnet vor dem Scheißhaufen. Er wickelte eine dicke Schicht um seine rechte Hand und begann mit dem Saubermachen. Der Würgereiz ließ ihn diese Arbeit mehrmals unterbrechen. Als er endlich fertig war, war zwar der Boden sauber, aber der Gestank noch schlimmer als zuvor. Er stellte den mit Klopapier gefüllten Abfalleimer in die Garage. Aus dem mittlerweile leeren Badezimmer holte er eines von Helgas Parfüms und zerstäubte es großzügig in der Küche. Dann erst schaltete er den Wasserkocher ein und wusch sich seine Hände gründlich mit einer groben braunen Paste.

Helga schnupperte und nahm die Butterdose aus dem Kühlschrank. Er konnte ihr nichts vormachen.

»Hat die Katze das Klo nicht gefunden?«

Er nickte. Die mit Sägemehl gefüllte Schuhschachtel war sauber.

»Wo ist sie überhaupt?«
Waldinger zuckte mit den Schultern. »Sie wird noch schlafen.« Er bückte sich und schaute unter der Bank nach. Der kleine Tiger war nirgends zu sehen.

»Wann hast du das Fenster aufgemacht?«, wollte Helga wissen. »Erst als du hiergeblieben bist?«

»Ich war nur kurz im Bad.«

»Dann kannst du sie draußen suchen. Du fährst erst weg, wenn du sie gefunden hast. Das ist deine Katze, ist das klar? Und Katzenfutter kannst du grad auch noch besorgen.«

»Die bekommt Brotbrocken in Milch, hat die Frieda gesagt.«

»Dann geh sie suchen und mach ihr welche. Ich wollte nie eine Katze.«

Es war fast neun Uhr, als Waldinger endlich allein an seinem Schreibtisch im gut klimatisierten Landeskriminalamt Platz nahm. Er hatte die kleine Miezi auf dem Zwetschgenbaum gefunden, aber es hatte seine Zeit gedauert. Er langte nach dem Zettel mit seinen Notizen für Montagmorgen, als sein Handy läutete. Das Display zeigte die Nummer von daheim.

»Was ist?«, meldete er sich.

»Reinhold, du musst sofort nach Hause kommen.«

»Unmöglich, das weißt du. Koch hat heute frei.«

»Reinhold!«

»Was ist denn?«

»Mein Vater. Ich muss zu ihm. Ihm geht's nicht gut.«

»Das ist die Hitze. Die macht den alten Leuten noch mehr zu schaffen als uns.«

»Die Pflegerin hat angerufen. Sie weiß nicht, wie lange er noch durchhält.«

»So ernst? Dann fahr besser zu ihm.«

Helga seufzte. »Ich kann erst weg, wenn du da bist. Ich kann Kathrin nicht allein lassen. Sie hat niemanden, der sie ins Krankenhaus fährt. Sie wollte Petra fragen, aber die geht nicht an ihr

Handy. Es kann jeden Moment so weit sein. Du weißt, unsere Kinder kamen auch immer zwei Wochen vor dem Termin.«

»Helga, geh zu deinem Vater. Ich kümmere mich um Kathrin.«

»Versprochen? Mach dich gleich auf den Weg, ich wart so lang.«

Waldinger schüttelte stumm den Kopf. »Fahr los, sei vorsichtig. Wart nicht auf mich. Ich habe alles im Griff.«

»Danke«, sagte sie leise und legte auf.

Waldinger wartete zehn Minuten, bis er davon ausgehen konnte, dass Helga aus dem Haus war, und rief Kathrin auf ihrem Handy an. »Servus, Kleine. Wie geht's?«

»Warum?«

»Bleib heute einfach im Schatten auf dem Kanapee und leg die Füße hoch.«

»Häh?«

»Das Baby wird nicht gerade heute kommen, oder? Ich kann hier unmöglich weg, aber Mama meint, du kannst nicht alleine bleiben. Falls es ernst wird, rufst du mich an. Die ersten brauchen eh immer Stunden oder gar Tage, bis sie dann wirklich zur Welt kommen.«

»Die Hebamme hat am Freitag gemeint, dass es nicht mehr lange dauern wird.«

»Ja, ja, und wenn es in zehn Tagen kommt, sagt sie, siehst du, ich habe gesagt, es dauert nicht mehr lange. Also, ich muss weitermachen. Ruf mich an, wenn was ist.«

Da er heute ohne Kollegin Koch auskommen musste, nahm er sich vor, sich ganz auf Peters Unfall zu konzentrieren. Bisher war er davon ausgegangen, dass die Geschichte irgendwie zusammenhing. Heute wollte er Sepp ausklammern und seinen Fokus auf Peter richten. Vielleicht fiel ihm dann etwas anderes ins Auge, wenn er nicht nach zusammenpassenden Spuren Ausschau hielt.

Er ging noch einmal in Ruhe alle Berichte der Spurensicherung durch und las die Protokolle der Befragungen. Das Bild von Peter blieb weiterhin unscharf. Die Angestellten am Hirschberg bezeichneten ihn einstimmig als nett, umgänglich, ehrlich und verlässlich.

Nur die Sekretärin hatte die Worte *jähzornig* und *aufbrausend* in den Mund genommen.

Die Nachbarn hatten kaum Angaben gemacht. Laut Kochs Telefonprotokollen lebten Victoria und Peter völlig unauffällig und abgeschieden inmitten des kleinen Ortes. Von der Familie hatten sie auch nur wenige Aussagen. Vielleicht sollte Waldinger sich die Mühe machen und die Mitglieder von Tante Ilses Familie befragen. Aber was konnte er sich davon versprechen? Er notierte diesen Punkt allerdings auf seiner Liste.

Das Gutachten der Spurensicherung zu Peters Unfall las er erneut aufmerksam durch. Aufgrund der fehlenden Bremsspuren am Unfallort gab es drei Möglichkeiten:

Sekundenschlaf; den schloss Waldinger aus, da Peter erst zwei Minuten im Wagen gesessen hatte und die Strecke kurvenreich zu fahren war.

Selbstmord; bisher hatten sie allerdings keinen Hinweis, der darauf hindeuten würde.

Defekte Bremsen; das schien Waldinger am wahrscheinlichsten. Allerdings hatten sie einen Werkstattbericht vorliegen, demzufolge der Wagen vor drei Wochen auf Herz und Nieren geprüft worden war. Die Manipulation der Bremsen wäre bei diesem Modell laut Auskunft eines Sachverständigen nicht weiter schwierig. Das schaffte jeder, der sich ein wenig für Autos interessierte, und Anleitung für die Fummeleien fand man anscheinend sogar im Internet. Das Auto war zu ausgebrannt gewesen, daran hatte nichts mehr festgestellt werden können.

Die Durchsuchung von Peters Büro hatte auch keine Hinweise ergeben. Keine Drohbriefe, keine rätselhaften E-Mails, kein Abschiedsbrief, nichts, das irgendeinen Hinweis zu dem Unfall geben könnte.

Die Alibis von Victoria und ihrem Vater waren wasserdicht und überprüft worden. Victoria hatte im Panoramahaus bis elf Uhr Dienst gehabt, und der Alte war daheim gewesen, wie seine Haushälterin geschworen hatte. Andere Erben gab es keine. Victoria war die Einzige, die in der Hinsicht von Peters Tod profitierte. Erst hätte Waldinger ihr einiges zugetraut, doch mittlerweile hatte er das Gefühl, dass sie ehrlich zu ihm war. Täuschte er sich da?

Dann nahm er sich die Fotos vor. Willi hatte vor der Durchsuchung von Peters Büro alles fotografiert und nur wenige Dinge mitgenommen. Es war schwierig, wenn man keinen Anhaltspunkt hatte, wonach man suchen musste. Im Hinterkopf von Waldinger geisterte immer noch das Gipfelbuch herum, deshalb schaute er sich die Bilder von den Aktenschränken ganz genau an. Peter hatte seine Unterlagen im Griff gehabt. Zumindest waren alle Ordner nach Farben sortiert und mit gedruckten Etiketten versehen. Vielleicht war das auch Aufgabe von Victoria oder einer Sekretärin. Auf allen Etiketten stand neben dem Inhalt und der Jahreszahl auch das Logo der Schiliftgesellschaft. Auf fast allen Ordnern, nur auf einem roten nicht. Da stand nur die Jahreszahl, und ein Name. *Vinzenz*.

Waldinger schickte Annette auf die Suche nach dem Karton mit den beschlagnahmten Sachen von Peter. Während sie in den Keller ging, probierte Waldinger erneut, Hannes oder Petra zu erreichen, aber niemand nahm ab. Im Liechtensteiner Spital bekam er zur Antwort, dass Herr Rheinberger sich weiterhin in kritischem Zustand befände und eine Befragung auf keinen Fall möglich sei.

Auch wenn Koch heute frei hatte, sie musste sich als Rheinbergers Tochter ausgeben, dort anrufen und versuchen, mehr Informationen zu bekommen. Das war nicht zu viel verlangt, das dauerte schließlich nur wenige Minuten. Er nahm erneut den Telefonhörer in die Hand und wählte Kochs Nummer. Zu seiner Überraschung meldete sich ein männliche Stimme.

»Hier bei Renate, hallo?«

Waldinger musste erst einmal schlucken. Ein Mann, und noch dazu kam ihm die Stimme bekannt vor.

»Km, km«, räusperte er sich. »Ich hätte gerne kurz mit meiner Kollegin gesprochen.«

»Das ist momentan leider nicht möglich. Und hat sie nicht heute frei?«

»Wer ist am Telefon, bittschön?«

»Entschuldige. Rudi Graf am Apparat, und wer bittschön ist am anderen Ende der Leitung?«

Waldinger blieb die Antwort schuldig und legte auf. Er stand auf und lief in seinem Büro hin und her. »Der Trottel, der Elendige, a so ein Volltrottel. Hätt ich ihn doch nur auf den Mond geschickt. In den Arsch treten sollt ich ihn, so a Depp, der …«

Mit dem Fuß kickte er seinen Mülleimer um und fluchte weiter. »Ausgerechnet der hirnverbrannte Idiot. Das darf nicht wahr sein. Abwatschen sollt ich ihn, aber so richtig …«

Annette kam mit einer Umzugskiste in den Händen zurück und starrte ihn überrascht an. »Chef? Ich hoffe, du meinst nicht mich?«

Er stapfte in den Toilettenraum, nahm ein Papierhandtuch aus dem Spender und kühlte sich sein Gesicht mit dem tropfnassen Tuch. Dann nahm er ein paar kräftige Schluck Wasser direkt aus dem Hahn und öffnete das kleine Fenster. Er steckte seinen Kopf hinaus, doch draußen war es noch heißer als hier drinnen. Verärgert ging er zurück ins Büro und öffnete die Schachtel gewaltsam. Annette hatte sich unsichtbar gemacht.

Noch immer aufgebracht, machte er sich an die Durchsicht des Inhalts. Der von ihm gesuchte Ordner war nicht dabei. Das passte. Dann fuhr er eben des Ordners wegen nach Bizau und schaute bei der Gelegenheit kurz nach Kathrin. So konnte Helga ihm am Abend keinen Vorwurf machen. Hoffentlich hatte die Katze mittlerweile ihr Klo gefunden.

Er war schon auf dem Gang, als Seidl ihm entgegenkam. »Wohin so schnell?«, wollte er wissen.

»Ich bin auf eine heiße Spur gestoßen.« Waldinger wollte an ihm vorbei.

»Se bleiben hier. Man hat sich über Se beschwert. Es ist sonst niemand frei, sonst würden Se vom Fall abzoga. Koch macht ab heute Außendienst, und Se gehen sofort zurück an Ihren Schreibtisch.«

Der kann mich am Arsch lecken, dachte Waldinger und stürmte die Treppe hinab. Seidl starrte ihm baff hinterher.

Die Hitze drückte auf die Laune der Autofahrer und machte sie nervös. Nachdem Waldinger vor dem *Hofer* in Alberschwende beinahe von einer älteren Frau in einem Smart gerammt worden wäre, schaltete er das Radio aus und öffnete alle vier Fenster seines Wagens. Wenn die Klimaanlage noch lange auf Hochtouren lief, hätte er am Abend bestimmt Kopfweh. Er brauchte Fahrtwind, er musste durchatmen können.

In der lang gezogenen Kurve bei der Müllabfuhr war eine Gruppe Rennradfahrer auf der Bundesstraße unterwegs. Er fuhr so nah wie möglich auf und drückte, so fest er konnte, auf die Hupe. Die erschrockenen Blicke über ihre Schultern freuten ihn, aber nur kurz. Denn schon bei der Brücke über die Bregenzerache bremste ein Traktor ihn aus, und er musste mitansehen, wie die Radler auf den Radweg wechselten und grinsend an ihm vorbeizogen. Scheißtag!

Heute machte eine junge Frau Parkplatzdienst am Hirschberg. Sie hatte einen blauen Sonnenschirm mit Eiswerbung in die Erde gesteckt und winkte müde mit der rechten Hand. Waldinger ignorierte sie, fuhr zur Schranke, deutete einem vorbeikommenden Wanderer, sie zu öffnen, und fuhr zum leer stehenden Parkplatz des ehemaligen Betriebsleiters. Er parkte seinen Wagen, sperrte ab und steckte den Schlüssel in den Hosensack. Hier wimmelte es von Touristen, da war es besser, auf Nummer sicher zu gehen.

Bernie gab ihm ohne Weiteres den Schlüssel für Peters Büro, und dankbar nahm er eine Flasche Mineralwasser mit. Er schloss die Tür auf und orientierte sich kurz in dem Raum. Er rief sich das Foto in Erinnerung und ging zu dem offenen Wandregal. Die Ordner standen dicht an dicht. Nur auf Augenhöhe befand sich eine Lücke. Der Ordner *Vinzenz* war nicht mehr da.

Er nahm sein Handy und versuchte es nochmals bei Koch.

»Ja?«, fragte eine weibliche Stimme.

»Hier geht alles drunter und drüber. Ich weiß nicht, was ich zuerst tun soll, ich brauch dich. Und sowieso bist du an den Falschen geraten. Pass nur auf, dass er dir kein Kind anhängt. Es ist gscheiter, du kommst ins Büro. Ich kann nicht alles alleine machen.«

»Bitte?«

»Find raus, wo Hannes ist, und ruf im Spital an. Die sagen mir nichts. Gib dich als Rheinbergers Tochter aus und verlang genaueste Informationen. Und lass um Gottes Willen den Heini sausen. Ich verlass mich auf dich.«

Waldinger legte auf und wollte den Schlüssel zurückbringen. An der Kassa des SB-Restaurants stand eine lange Menschenschlange. Er drängelte sich vor und fragte Bernie: »Wer war in den letzten Tagen alles in Peters Büro? Wem hast du den Schlüssel gegeben?«

Sie schüttelte verwirrt den Kopf und tippte weiter Preise für Wasser und Salate in ihre Kassa.

»Ich habe den Schlüssel niemandem gegeben, nur der Spurensicherung. Und am Freitag war jemand aus Rheinbergers Büro da. Ich hab ihr aufgeschlossen, aber sie hat nur einen Ordner mitgenommen.«

»Einen roten.«

Sie nickte. Unterhalb ihrer langen Gastroschürze war sie barfuß, und die Füße steckten in einer Plastikschüssel mit kaltem Wasser.

»Wer war das? Eine ältere Dame oder eine rassige Brasilianerin?«

»Entschuldige, es ist grad ungünstig.« Sie nahm einen Teller mit Pommes vom Tablett und holte die drei Ketchup-Portionen darunter hervor.

»Das kostet noch einsfünfzig.« Sie verzog keine Miene, und der Familienvater gab ihr beschämt ein Zwei-Euro-Stück. Waldinger sah ein, dass es im Moment keinen Sinn machte.

Er ging zurück zu seinem Wagen und drückte aufs Gas. Er musste nach Liechtenstein. Wo sonst sollte der Ordner sein?

Als er endlich vor der Villa stand, fiel ihm ein, dass er Kathrin vergessen hatte. Doch sie hatte nichts hören lassen, das deutete er als gutes Zeichen. Er überlegte, ob er sie kurz anrufen sollte, doch der Akku war fast leer, und er schloss sein Handy an das Ladegerät an, das im Zigarettenanzünder steckte. Er stieg aus und blieb auf dem fein geharkten Kiesweg, der zur imposanten Eingangstür führte.

Ein Roboter sorgte für einen gepflegten Rasen, und die Buchsbäume sahen aus, als würden sie mit Zirkel und Lupe geschnitten. Hatte der Buchsbaumzüngler Liechtenstein etwa ausgelassen?

Er klingelte. Von außen war nichts zu hören. Doch nach kurzer Zeit sagte eine Stimme aus dem Nichts: »Herr Rheinberger ist nicht zu Hause.«

Waldinger blickte sich um. Über seinem Kopf sah er eine kleine Kamera mit integriertem Lautsprecher. Er grinste, wie er hoffte, freundlich und versicherte, nur kurz stören zu wollen.

Ein Türöffner summte, und er betrat die herrlich kühle Eingangshalle. So würde er auch wohnen, wenn sich die Millionen auf seinem Konto stapeln würden. Groß, kühl, hell, aber nicht elegant, sondern mit viel Gespür für Gemütlichkeit. Die Haushälterin trampelte geräuschvoll die Treppe herab.

»Vielen Dank, dass Sie mir geöffnet haben. Es ist herrlich kühl hier im Haus«, bedankte Waldinger sich und gab der Frau seine Hand. Ihr flotter grauer Kurzhaarschnitt machte sie jünger, aber wahrscheinlich hatte die resolute Dame den Siebziger bereits gefeiert.

»Wenn Sie sich bitte erstmal vorstellen würden.«

»Entschuldigung, meine Manieren haben sich bei dieser Hitze wohl in Luft aufgelöst. Metzler, mein Name. Ich war der Stellvertreter von Peter, Rheinbergers Schwiegersohn. Mein Beileid, der Herr gebe ihm die ewige Ruhe.«

»Und was führt Sie hier in die Privaträume von Herrn Rheinberger?«

»Ich habe mit ihm im Krankenhaus telefoniert. Eigentlich wollte er Ihnen Bescheid geben. Ich brauche für die Endabrechnung des laufenden Monats dringend einen Ordner, der sich in diesem Haus befindet. Darf ich kurz in sein Büro?«

Sie schüttelte energisch den Kopf. »Niemand hat dort Zutritt.«

»Es ist wirklich dringend. Ich bin extra hier heraufgefahren. Könnten Sie vielleicht für mich nachschauen? Der Ordner ist rot, und auf dem Etikett steht einfach nur *Vinzenz*.«

»Ich darf eigentlich auch nicht …«

»Aber Sie putzen dort bestimmt. Sie haben den Haushalt im Griff, das sehe sogar ich. Bei mir zu Hause schaut es etwas anders aus, aber das tut nichts zur Sache, sonst muss ich selber nachschauen, wie gesagt, es ist dringend.«

Sie stapfte die blitzsaubere Treppe nach oben.

»Ich werfe nur schnell einen Blick hinein«, murmelte sie. Sie hatte dort nie geputzt, und mehr als einen flüchtigen Blick hatte sie sich noch nie erlaubt. Wenn das heute kein Grund war, sich einmal in dem Raum umzusehen. Als sie außer Sichtweite war, grinste sie spitzbübisch.

Waldinger setzte sich auf einen mit grünem Cord überzogenen Lehnstuhl und wartete. Die gute Fee suchte anscheinend gründlich. Nach zehn Minuten fing er an, auf die Uhr zu blicken und mit seinem Fuß zu wippen. Geduld war noch nie seine Stärke gewesen. Doch der Ordner musste hier sein.

»Diese Stunde sollte ich Ihnen in Rechnung stellen.« Nicht ohne Stolz schwenkte die Haushälterin den gesuchten Ordner. »Der war aber gut versteckt, das kann ich Ihnen sagen. Muss ja wirklich wichtig sein.«

Waldinger holte einen zerknitterten Zehn-Euro-Schein aus seiner Hosentasche und steckte ihn der Frau zu.

»Dann bin ich den Weg nicht umsonst gefahren. Ich danke Ihnen vielmals.«

Mit dem Ordner vor der Brust verließ er die Villa. Die Haushälterin stand in der Tür und schaute ihm nach.

Er stieg in sein Auto und verbrannte sich fast die Hand an dem schwarzen Lenkrad. Als er den Wagen startete, klingelte sein Handy. Er fuhr erst vom Platz, ließ die Fenster aufgleiten und nahm dann ab.

»Ich hab schon ein paar Mal versucht, dich zu erreichen. Wo bist du denn?«

»Was ist los?«

»Meine Fruchtblase ist geplatzt.«

»Ruhig, nur ruhig.« Trotz des Fahrtwindes brach ihm der Schweiß aus allen Poren.

»Wo bist du denn?«, jammerte Kathrin.

»Schon unterwegs. Bleib ruhig. Leg dich hin. Hast du deine Tasche?«

Kathrin stöhnte wieder.

»Atme tief ein. Ich komme gleich.«

Er legte auf, wählte die Nummer der Rettung und gab ihr seine Adresse in Bizau durch.

Er raste in Richtung Landesgrenze. Auf der Autobahn wechselte er auf die Überholspur und blieb da, bis er die Ausfahrt Dornbirn vor sich hatte.

Im Krankenhaus angekommen, erkundigte er sich nach seiner Tochter, doch die junge Empfangsdame fand in ihrem PC keine *Kathrin Waldinger*. Unruhig lief er von der Wartebank zum Empfang und wieder zurück. Die mussten längst hier sein. Waren sie etwa nach Bregenz gefahren? Er drängte das Fräulein dazu, nach dem Verbleib des Rettungswagens zu fahnden, und biss vor Aufregung auf seinen Fingernägeln herum. Helga wollte er erst Bescheid geben, wenn er sicher war, dass bei Kathrin alles gut war. Wie hätte er ihr auch erklären können, dass er in Liechtenstein unterwegs gewesen war?

Die Empfangsdame legte auf und bedauerte, dass sie den Rettungswagen nicht erreichen könne.

»Das liegt bestimmt an den Funklöchern auf dem Bödele«, versuchte sie, ihn zu beruhigen.

Er ließ sich aber nicht beruhigen, stieg in sein Auto, das sowieso im Halteverbot direkt vor dem Haupteingang stand, und fuhr dem Rettungswagen entgegen. Als er mit halsbrecherischer Geschwindigkeit um die Kurven rauschte, sah er plötzlich im Rückspiegel einen Rettungswagen in der Einfahrt zum *Kurhotel Rickatschwende* stehen. Er bremste scharf, kehrte beim Gasthof auf der Ammenegg um und fuhr direkt hinter den Wagen. Das Blaulicht war eingeschaltet.

Nervös stolperte er aus seinem Auto und blieb wie angewurzelt stehen. Es war nicht zu überhören, dass hier gerade ein Kind zur Welt kam. Es konnte nur Kathrin sein, die da wimmerte und schrie. Seine Knie wurden weich, er setzte sich ins Gras und hielt sich die Ohren zu. Dann wurde ihm beinah schlecht vor Erleichterung. Gott sei Dank hatte er den Rettungswagen gerufen. Nicht auszudenken, wenn Kathrin jetzt in seinem Auto säße und kein Helfer weit und breit. Er schickte ein Dankgebet in den Himmel und legte sich rückwärts auf die Wiese. Sein Bauch krampfte sich bei jedem Geräusch zusammen, und sein Gesicht verzog sich schmerzhaft. Er presste seine Fingernägel in den Handballen und rief alle Schutzengel an. Wenn das nur gut ging. Was sollte er tun? Er stand wieder auf und lief einige Male um den Rettungswagen herum. Es konnte nicht mehr lange dauern. Laut dem Geschrei gab es zwischen den Wehen keine Pausen mehr. Er stieg in sein Auto und schloss die Tür. So hörte er die Geräusche nur noch gedämpft. Doch es war zu heiß in dem geschlossenen Wagen. Er stieg wieder aus und dann trat Stille ein. Nur kurz. Er hielt den Atem an. Und dann hörte er ihn, laut und kräftig, den ersten Schrei von Kathrins Baby, seinem Enkelkind.

Die Tür des Rettungswagens wurde geöffnet, und ein schwer atmender Sanitäter trat heraus.

»Sind beide wohlauf?«, fragte Waldinger.

Der Mann mit den kurz rasierten Haaren zog eine der gepiercten Augenbrauen hoch und sah ihn fragend an.

»Ich bin der Opa. Geht's beiden gut?«, fragte Waldinger stolz.

»Das kann jeder sagen«, murmelte der Helfer und zündete sich eine Zigarette an.

Waldinger ging zur Tür des Rettungsfahrzeuges und schaute hinein. Da lag seine Tochter auf der Pritsche, und in ihrem Arm sah er einen dunklen Haarschopf. Sie bemerkte ihn erst gar nicht und hob verwundert den nassgeschwitzten Kopf, als er flüsterte: »Was ist es denn?«

Ein Lächeln breitete sich über ihr Gesicht: »An Buab.«

Waldinger war in der Seniorenresidenz vorbeigefahren und hatte zusammen mit Helga einen Abstecher zu Kathrin ins Krankenhaus gemacht. Seine Frau war dort geblieben und er auf dem Weg ins Büro.

»Was für ein Tag«, meinte Annette, als er versuchte, die Ereignisse des Tages kurz zusammenzufassen. Für die angebotene Flasche Sekt hatte er aber keinen Nerv. Er versuchte, sich mithilfe der Zettel auf seinem Schreibtisch auf den Fall zu konzentrieren, doch seine Gedanken schweiften ständig zu Kathrin.

Er erschrak, als die Tür zu seinem Büro heftig aufgestoßen wurde und Koch eintrat. Sie kickte die Tür mit dem Fuß unnötig laut ins Schloss und baute sich mit verschränkten Armen vor Waldingers Schreibtisch auf. »Gibt es eine Erklärung für dein Verhalten?«

Er zog den Kopf ein und entschuldigte sich kleinlaut. »Tut mir leid, Renate, es geht mich nichts an, was du in deiner Freizeit machst. Entschuldige, bei mir geht's heute drunter und drüber.«

»Das ist alles? Du ruinierst mir meinen freien Tag, kanzelst mich ab wie eine unmündige Schülerin, wirfst mir Dinge an den Kopf, ohne Ahnung, um was es eigentlich geht, und glaubst, mit einem *Entschuldige* ist alles abgetan? Ich werde dafür sorgen, dass ich von diesem Fall abgezogen werde. Mach den Scheiß doch allein!«

»Aber …«

»Matt braucht sowieso Verstärkung für den SPÖ-Gartenzwerge-Fall.«

Die Tür knallte diesmal noch lauter.

Waldinger kniff die Augen zu und versteckte sein Gesicht in beiden Händen. Heute war definitiv nicht sein Tag. Er massierte seine Schläfen und rief nach Annette. »Nimm bitte meinen Schlüssel, und hol mir den roten Ordner aus dem Auto. Ich kann nicht mehr.«

Als Annette zurückkam, brachte sie nicht nur den gewünschten Ordner, sondern auch die Informationen, die Koch nicht dagelassen hatte.

»Hannes ist seit gestern Vormittag im Krankenhaus, hat Koch rausgefunden. Bei seiner Frau haben während der Messe die Wehen eingesetzt, und weil es noch zu früh ist, haben sie es mit Wehenhemmer und so weiter versucht. Ich kenn mich da nicht aus, jedenfalls sei er bei seiner Frau im Krankenhaus. Genauso wie Rheinberger, aber bei dem war alles halb so schlimm, er sei auf dem Weg der Besserung und werde heute entlassen.« Sie legte den Ordner vor Waldinger auf den Schreibtisch. »Sonst noch was?«

»Eine Flasche Wasser aus dem Kühlschrank, bitte.«

Sie brachte die Flasche zusammen mit einer Schachtel Merci, die sie aus ihrer untersten Schreibtischschublade gekramt hatte.

»Für mich?«, fragte Waldinger erfreut, doch sie schüttelte den Kopf und drückte ihm ein Post-it in die Hand.

»Für Koch. Von dir. Schreib was drauf.«

Seine Mundwinkel zogen sich leicht nach oben.

»Reicht denn: Es tut mir leid?«

»Ich denke schon.«

Er öffnete den Ordner behutsam. Was, wenn jetzt nur Familienfotos oder sonst etwas Banales drinnen enthalten war? Dann machte er sich im ganzen Kriminalamt zum Affen. Sein Bauch grummelte aufgeregt, als er die ersten Papiere durchblätterte. Stundenaufstellungen, Quittungen über ausbezahltes Bargeld. Schwarzgeld, wie Waldinger vermutete. Das Muster wiederholte sich. Manch ein Angestellter hatte mehr Stunden Dienst gemacht, als die Stempeluhr mitbekommen hatte. Peter hatte über diese

Abrechnungen fein säuberlich Buch geführt. Wahrscheinlich, um das Geld von seinem Schwiegervater überhaupt zu bekommen. Er blätterte zurück auf die ersten Seiten. Da! Er hatte es jetzt schwarz auf weiß. Das war ein Beweis! Hannes hatte am Feiertag nicht, wie behauptet, frei gehabt. Der war bereits um sechs Uhr morgens im Einsatz gewesen.

Unter seinem Schreibtisch stand nach wie vor die Schublade mit Sepps Schreibtischinhalt. Er wuchtete den Karton hoch und stellte ihn in die ungenützte Ecke hinter der Tür. Er brauchte wieder mehr Beinfreiheit, und wie es schien, würde er sich das Durchgehen des Inhalts sparen können.

Er streckte sich. In den Schultern spürte er noch den Muskelkater von der Tour auf die Hirschbergalpe mit Lorenz im Gepäck. Die Geschichte mit dem Gipfelbuch war demnach sowieso für die Katz gewesen. Hannes war der Schlüssel. Er kreiste seine Schultern und nahm seine Tasche mit. Er würde jetzt gleich ins Krankenhaus aufbrechen. Der konnte ihm auch dort ein paar Antworten geben.

Auf dem Parkplatz sah er Koch und Annette beieinanderstehen. Koch hielt die Schachtel Merci in der Hand, und Annette gestikulierte und zeigte zu Waldingers Bürofenster hinauf. Er ging auf die beiden zu und tippte vorsichtig an Kochs Schulter. Sie drehte sich um und lächelte. »Gratuliere, Opa.«

»Danke.«

Annette machte sich davon, und Koch machte es ihm einfach. »Danke dir.« Sie hob die Schokolade vor seine Nase. »Ich werde sie sogar mit dir teilen. Ich soll nämlich keine Süßigkeiten mehr essen. Zumindest nicht ganze Schachteln voll.«

»Warum auf einmal?«

Sie zeigte auf eine Bank im Schatten.

»Ich hab die letzten Wochen hart trainiert. Ich war mit Mitgliedern des Vereins *Im Wald läuft's* auf Teneriffa. Rudi Graf ist einer der Trainer. Er ist der Meinung, dass ich beim Karrenlauf Anfang

September gut abschneiden könnte. Er hat mir für heute ein Einzeltraining angeboten. Diese Trainings sind begehrt. Er ist der beste Coach im Ländle, sein Kalender ist ausgebucht. Ich musste mein Coaching abbrechen.«

Waldinger legte eine Hand auf ihre.

»Entschuldige. Ich bin so blöd.«

Als Koch und Waldinger das Krankenhaus betraten, sagte er: »Frag du bitte nach, auf welchen Zimmern Kathrin und Petra liegen. Das Empfangsfräulein nimmt mich wahrscheinlich nicht mehr ernst.«

Er ging schon vor und drückte auf den Liftknopf.

Koch kam grinsend nach. »Wir haben Glück. Sie liegen sogar im selben Zimmer.«

Waldinger klopfte leise an die Tür und öffnete sie vorsichtig. Die zwei jungen Mütter saßen an einem kleinen Tisch am Fenster und unterhielten sich aufgeregt. Beide schauten auf. Waldinger wich erschrocken zurück. Er hätte Petra fast nicht erkannt. Fix und fertig sah sie aus, völlig verheult und aufgelöst. Kathrin winkte ihn näher. Waldinger zögerte kurz und flüsterte zu Koch: »Er ist nicht im Zimmer. Wartest du im Flur auf ihn?«

Sie nickte, und nun endlich ging Waldinger strahlend hinein. Vor dem Fenster parkten zwei kleine Betten auf Rädern. Von beiden Babys war fast nichts zu sehen. An den Betten hingen blaue Schilder.

Auf dem einen stand »Josef Albrecht«,

auf dem anderen: »Finn Reinhold Waldinger«.

Dienstag, 26. August

Der Schädel brummte. Als Waldinger sich im Bett aufrichtete, wurde ihm schwindlig, und er ließ den Kopf vorsichtig wieder zurück auf das Kissen sinken. Helga lächelte mitfühlend. »Guten Morgen, Opa.«

Er grummelte etwas Unbestimmtes und schloss die Augen wieder. Erst spät am Abend war er heimgekommen, und sein Haus war voll gewesen, mit Nachbarn, Freunden und Bekannten von Kathrin. Er konnte sich gar nicht an jeden Einzelnen erinnern. Kathrin hatte nie jemandem einen Vater für ihr Kind vorgestellt. Und so hatte die Party nicht beim Vater, sondern beim Opa des kleinen Finn stattgefunden. Freundinnen hatten spontan per Telefon und Facebook zu einem Umtrunk bei Waldingers geladen. Die jungen Leute hatten allerhand Limonaden dabeigehabt, und Waldinger hatte gut mitgefeiert. Er vertrug diesen Teeny-Kram wohl nicht. Sein Kopf pochte und schmerzte.

»Es wird am besten sein, wenn du dich heute krankmeldest«, meinte Helga.

Er schüttelte vorsichtig den Kopf. »Unmöglich.«

Er quälte sich unter die Dusche und ließ wechselweise warmes und kaltes Wasser über seinen lädierten Kopf prasseln. Irgendwann rief Helga: »Lass mir auch noch warmes Wasser übrig.«

Er zog sich an und machte sich eine Tasse Tee. Die Küche sah wie ein Schlachtfeld aus. Pappbecher, leere und halb volle Flaschen allerlei fragwürdigen Inhalts, Sektkorken auf dem Boden und leere Chipstüten auf seinem Kanapee. Sektgläser standen im Spülbecken, und auf einem Stuhl mittendrin schlief die kleine Katze. Sie schnurrte, als er sie streichelte, und schmiegte ihren kleinen Kopf in seine Hand. Helga würde sich schon noch an sie gewöhnen.

Er kippte ein wenig Milch in ein Schälchen und stellte es vor der Katze auf den Boden. Sie sprang hinunter und leckte gierig. Der Geruch in der Luft war gewöhnungsbedürftig. Waldinger räumte Blumensträuße und Sektflaschen vom Fensterbrett und öffnete das Fenster weit, um frische Luft hereinzulassen. Es sah aus, als ob es in der Nacht ordentlich geregnet hatte. Die Holzdielen im Garten waren noch feucht, und er sah, dass Helga sich bereits mit dem kleinen Kübel und einem Holzstab auf Schneckensuche machte. Da war sie konsequent. Nach einer regnerischen Nacht war das in der Früh das Erste, was sie tat. Noch bevor sie unter die Dusche stand und frühstückte. Selbst heute.

Aus dem Kasten über dem Kühlschrank kramte Waldinger die Schachtel mit den frei verkäuflichen Medikamenten hervor und nahm gleich zwei Kopfschmerztabletten auf einmal. Die angefangene Packung steckte er in seine Hosentasche und spülte mit einem großen Schluck Wasser nach. Sei es, wie es wolle, er konnte heute nicht blaumachen. Was würde Koch sagen? Etwas peinlich war es ihm schon, wie er gestern mit ihr umgesprungen war. Und dann hatte sie laut einer SMS noch bis halb zehn im Krankenhaus auf Hannes gewartet, der allerdings nicht mehr gekommen war.

Trotz ordentlichem Restalkohol im Blut stieg Waldinger in seinen Wagen, hupte einmal und wartete, bis Helga über den Gartenzaun schaute.

»Ich pack's. Lass ruhig alles liegen, ich helf dir am Abend beim Aufräumen.«

Sie lachten beide, wussten sie doch, dass Helga das Chaos in Angriff nehmen würde, noch bevor sie die Zeitung aufschlug. Auf dem Küchentisch fehlte im Moment auch der Platz dazu. Er winkte und fuhr langsam davon. Er bog nicht wie üblich in der Sonnenstraße in Richtung Unterdorf ab, sondern fuhr Richtung Halde. Möglicherweise war Hannes ja daheim, und sie konnten die offenen Fragen endlich klären. Ob der seinen Sohn auch so heftig gefeiert hatte wie sie selbst ihren Enkel?

Waldinger parkte direkt vor der Haustür und klingelte. Im Haus rührte sich nichts. Er versuchte es noch einmal.

Eine Joggerin, die an Waldingers Wagen vorbeirannte, schaute ihn an und blieb stehen: »Reinhold?«

Überrascht drehte Waldinger sich um. »Ah, Morgen Monika.« Auf ihrer Brust prangte das Logo von *Im Wald läuft's*. »Trainierst du auch für den Karrenlauf?«

Sie lachte. »Da bin ich drüber hinweg. Ich lauf mittlerweile Marathons, aber ich glaub, du klingelst hier umsonst. Petra ist im Krankenhaus. Sie hat gestern ihr Baby gekriegt. Zwar ein bisschen zu früh, aber alle beide wohlauf.«

»Und Hannes?«

»Der liegt vermutlich halb tot im Bett. Anscheinend hat er sich gestern im Hirschen ins Koma gesoffen. Ein paar Feuerwehrkameraden haben ihn heute Morgen ins Bett gelegt.«

Waldinger bedankte sich, und die Frau joggte weiter. Ob die gestrige Feier in seinem Haus auch schon die Runde durchs Dorf gemacht hatte? Eigentlich könnte er im Büro melden, dass er einen Verdächtigen überwache, und hier vor dem Haus im Auto ein Nickerchen machen. Aber das machte auch kein Bild, wenn noch mehr sportbegeisterte Bizauerinnen vorbeilaufen würden.

Er stieg wieder ein. Den Vormittag würde er Rheinberger widmen müssen, und dann konnte er am Mittag immer noch schauen, ob der frischgebackene Papa aus dem Koma aufgewacht war.

Während der Fahrt schluckte er eine trockene Tablette, und Punkt halb zehn stand er wieder vor der Villa in Liechtenstein. Die Haushälterin erkannte ihn und schlug erschrocken eine Hand vor den Mund. »Um Gottes Willen, raus mit Ihnen. Sie haben mich angelogen. Sie Schurke, Sie!«

Waldinger hatte das Gefühl, dass sie nicht böse auf ihn war, sondern durchaus ihre Freude hatte an den turbulenten Dingen, die hier momentan vor sich gingen.

Er deutete eine Verbeugung an.

»Ich bitte die verehrte Dame vielmals um Entschuldigung. Darf ich mich vorstellen? Kriminalkommissar Waldinger, Kripo Bregenz.«

Sie kicherte leise und wiederholte: »Jetzt aber schnell raus, bevor …«

»Wer ist da?«, schallte eine Stimme von oben.

»Nur der Gärtner«, rief sie gleichzeitig mit Waldinger, der sagte: »Polizei, kommen Sie runter.«

Auf eine Krücke gestützt, erschien der alte Mann auf dem obersten Treppenabsatz. Seine weißen Haare waren ungekämmt, und die bequeme schwarze Jogginghose ließ ihn wie einen Clown aussehen.

»Was fällt Ihnen ein?«, rief die Haushälterin und eilte die Treppe hinauf.

»Maria! Wo ist Maria? Sie haben strengste Bettruhe!« Sie packte ihn an einem Ellbogen und versuchte, ihn in sein Bett zurückzugeleiten. Der Herr sträubte sich und blieb stehen.

»Maria!«, rief die Haushälterin diesmal noch eine Spur lauter.

»Sie hört Sie nicht. Ich hab sie zum Bahnhof geschickt. Ich brauch aktuellen Lesestoff.«

Waldinger kam nun ebenfalls die Treppe herauf.

»Hausfriedensbruch. Ich verklage Sie endgültig.« Rheinbergers Stimme klang kläglicher, als er es gerne gehabt hätte, und Waldinger ging nicht darauf ein.

»Wie viel haben Sie ihm gezahlt?«, fragte er, als er fast auf gleicher Höhe stand.

»Was unterstellen Sie mir? Raus aus meinem Haus, und zwar sofort.« Zur Haushälterin gewandt, sagte er: »Ich brauch mein Telefon.«

Sie schüttelte den Kopf. »Nein, nein, meine Herren. So nicht. Sie können doch nicht wie zwei alte Gockel aufeinander losgehen. Wo sind denn Ihre Manieren? Sie, Waldinger, gehen raus und klingeln in fünf Minuten noch einmal. Und Sie, Herr Rheinberger, ziehen sich was Vernünftiges an, wenn Sie schon nicht im Bett bleiben. Ich koche Kaffee, und dann sehe ich Sie beide in meiner Küche.«

Waldinger blieb der Mund offen, als er beobachtete, wie der Alte nickte und den Rückzug antrat.

Er selber ging auch, wie befohlen, die Treppe runter, die Haushälterin hinter ihm her.

»Kommen Sie gleich mit in die Küche«, sagte sie und bot ihm einen Platz auf der gepolsterten Bank an.

»Das ist immer so, wenn Menschen im Beruf den ganzen Tag in der Chefrolle sind, brauchen Sie jemanden, der ihnen zumindest daheim sagt, wo es langgeht. Glauben Sie mir, er ist mir dankbar, wenn er in seinen Privaträumen nicht auch noch wie der große Manager auftreten muss.«

Waldinger nickte ungläubig und genoss den Duft, der aus der Kaffeemühle in seine Nase stieg.

»Und Sie benehmen sich dem alten Herrn gegenüber mit Anstand und Respekt, sonst kriegen Sie Hausverbot, verstanden? Ich lasse keine Beschuldigungen und persönlichen Angriffe zu. Er ist krank und nicht belastbar, schlimmer, als Sie denken.«

Waldinger nickte noch einmal. Seine Kopfschmerzen meldeten sich wieder. Im Grunde hatte die Dame recht. Er stand in den letzten Tagen ein wenig neben der Spur. Er würde sich zusammenreißen.

Während der Kaffee durch den Filter tropfte, stellte die Haushälterin ihm einen Teller mit selbst gebackenen Keksen auf den Tisch. Sie ging nach oben, um Rheinberger behilflich zu sein. Waldinger probierte einen Keks und kaute wenig begeistert. Kannte man diese Hildegard-Kekse denn selbst in Liechtenstein?

Es dauerte nicht lange, und die beiden alten Herrschaften kamen in die Küche und nahmen an dem runden Eichenholztisch Platz. Anscheinend hatte die gute Frau auch auf ihren Chef ordentlich eingeredet, denn das Gespräch entwickelte sich erstaunlich fair und interessant.

Rheinberger begann zu erzählen und stellte Waldinger seine Sicht der Dinge dar.

»1970 haben wir mit dem Bau der Schilifte in Bizau begonnen. Damals waren die Winter noch schneereich und die Talabfahrten vom Hirschberg die begehrtesten weit und breit. Der große Aufschwung kam durch den Bau der Sommerrodelbahn in den Achtzigern. Es war ein riskantes Projekt gewesen. Es gab damals nichts Vergleichbares. *Die Längste der Welt* war unser Motto, und sie zog die Gäste in Scharen an.«

»Ich kenn die Geschichte des Hirschbergs, ich bin ein Bizauer«, sagte Waldinger, als die Haushälterin den Kaffee in goldumrandeten Porzellantassen servierte.

»Erzählen Sie mir von Ihrer Tochter.«

»Victoria. Mein einziges Kind. Ihre Mutter hat mich verlassen, da war Victoria vierzehn. Sie ging mit einem Gigolo nach Paris. Dort ist sie auch gestorben. Victoria besuchte die Tourismusfachschule. Sie machte Praktika in verschiedenen Ländern. Auch in Paris. Sie spricht wunderschön französisch. Als ihre Mutter starb, kam sie zurück in die Heimat. Sie übernahm die Geschäftsleitung des *Auerhahns*. Ich war stolz auf sie.«

»Hat sie Peter dort kennengelernt?«

Er schüttelte den Kopf. »Nein, sie traf ihn auf einer Silvesterparty bei gemeinsamen Freunden. Sie hat ihn mir nicht gleich vorgestellt. Unsere Beziehung hatte sich durch ihr Engagement im Geschäft verändert, sie war abgekühlt. Wir haben es nicht geschafft, Firma und Privatleben zu trennen. Es dauerte nicht lange, und die Firma war unser einziges Gesprächsthema. Natürlich hatte sie andere Ansichten als ich.«

Rheinberger trank einen Schluck von dem starken Kaffee. Waldinger rührte etwas Sahne in seine Tasse.

»Sie zog mit Peter zusammen. Ich war froh, sie aus dem Haus zu haben. Ich dachte, dass es unserer Beziehung guttut.«

»Waren Sie mit Victorias Wahl zufrieden?«

»Mit Peter? Er war ein anständiger, fleißiger Bursche und intelligent genug, dass ich ihn am Hirschberg einsetzen konnte. Victoria schien glücklich. Mehr brauchte ich nicht. Sie bauten mit meiner Unterstützung ein Haus und heirateten auf der Sonnenkönig. Es war ein traumhafter Tag im September. Das Fest auf dem See war das Ereignis in der Klatschpresse.«

»Da waren Sie dabei? Wieso sind Sie der Beerdigung ferngeblieben?«

»Mir ging's nicht gut.«

Stille senkte sich über den Küchentisch. Die Haushälterin stand nervös auf und schenkte Kaffee nach. Die Kekse rührte niemand an.

»Ja, mir ging's nicht gut, und Victoria hätte mich eh nicht sehen wollen. Wir reden nicht mehr miteinander.«

Rheinberger wischte sich mit einem Taschentuch über die runzlige Stirn.

»Ich wollte, dass sie sich einen anderen Mann sucht, als ich kurz nach der Hochzeit in Erfahrung brachte, wie er mit seiner Verwandtschaft, wie er zur Welt, ja, vergessen Sie's. Ich verstand auf einmal, warum Victoria keine Kinder wollte, und habe mich eingemischt. Wofür denn das alles, wenn es nicht weitergeht? Es gibt keinen Nachfolger. Alles war umsonst.«

Eine Träne hing an seinen blassen Wimpern. »Sie suchte sich einen neuen Job und verschwand aus meinem Leben.«

Der Firmenchef wirkte auf Waldinger plötzlich ganz anders. Ihn überkam eine Art Mitleid mit dem Alten, als dieser einen Schluck aus seiner Kaffeetasse nahm und die Hand dabei so sehr zitterte, dass ein Teil des Kaffees über die dünnen Finger schwappte.

»Der Anruf von Naggi kam zu richtigen Zeit.« Energisch wischte er die Träne fort.

»Wer ist Naggi?«

»Tja, wer ist Naggi?«, sinnierte der Alte.

»Ein Mann mit viel Geld auf der Suche nach einem neuen Spielzeug. Von der Verbindung zum Diedamskopf träumten wir insgeheim schon lange. Dafür muss viel Geld aufgebracht werden. Endlich war es in Reichweite gerückt, und die Bauern unterschrieben einer nach dem anderen. Natürlich wurde ihnen versprochen, dass ein Teil von Naggis Reichtum auf sie abfallen würde.«

»Nur Sepp weigerte sich standhaft«, warf Waldinger ein.

»Zugegeben, es hat mich frustriert, dass einer so gar nicht auf Geld ansprach. Ich hab versucht, ihn zu überzeugen, aber wenn ich ehrlich bin, und das nur unter uns gesagt, konnte ich ihn ein Stück weit sogar verstehen. Vielleicht hätte ich an seiner Stelle genau gleich gehandelt. Jedenfalls hab ich mich mittlerweile damit abgefunden, dass ich nicht derjenige sein werde, der diese Verbindung bauen wird. Und das Komische daran: Es juckt mich nicht.«

Er zog seine schmalen Schultern hoch. »Ich habe jahrzehntelang für das Schigebiet und den Hirschberg gelebt und immer das Beste dafür gewollt, aber jetzt ist die Luft raus. Ich bin fast achtzig, meine Tochter will nichts mehr mit mir zu tun haben, Enkel erwarte ich keine mehr, und mein Schwiegersohn ist tot. Wozu soll ich weiterkämpfen?«

Er leerte seine Tasse und drehte sie in seiner Hand. »Ich habe das Projekt abgehakt. Mit Sepps und Peters Tod hab ich nichts zu tun, aber ich hoffe, ich erlebe es, dass Sie den Mörder finden.«

Er stand auf und hielt sich an der Tischplatte fest.

»Schuld muss gesühnt werden!«

Die veränderte Perspektive machte Waldinger auf der Fahrt nach Bregenz ordentlich Kopfzerbrechen. War das Gespräch Theater gewesen? Er traute seinem Gefühl nicht. Das Mittagessen ließ er aufgrund mangelnden Appetits sausen und fuhr direkt nach Bizau. Hannes würde mittlerweile auch wieder aufrecht sein. Doch wenn es nicht um Geld ging, wenn Rheinberger seine Finger nicht im Spiel hatte, was blieb dann übrig von seinem Verdacht?

Warum sollte Hannes Sepp umbringen? Er hatte Schwierigkeiten, einen klaren Gedanken zu fassen. Warum hatte er gelogen? Er konnte bezeugen, dass er am Feiertag auf dem Hirschberg war.

Wieso hatte er das abgestritten? Er versuchte, sich nicht weiter den Kopf zu zerbrechen, schließlich würde Hannes ihm gleich Rede und Antwort stehen müssen.

Er sah schlecht aus. Waldinger befürchtete, dass er ihm auf die Tischplatte kotzen würde, und sagte: »Leg dich aufs Kanapee. Die paar Fragen können wir auch klären, wenn du liegst.«

Aus seiner Hosentasche zog er die mittlerweile zerknitterte Packung Tabletten und bot Hannes welche an. Der schüttelte nur vorsichtig den Kopf. »Gegen meinen Schmerz nützen die nichts.«

Er legte sich behutsam hin und streckte die nackten Zehen in Waldingers Richtung.

»Da hast du deinen Sohn aber ausgiebig gefeiert, oder?«

Es klang wie ein Lachen und Stöhnen gleichzeitig. »Welchen Sohn?«

»Ja, der kleine Josef. Ich hab ihn gestern schon kurz gesehen. Petra liegt ja zusammen mit Kathrin in einem Zimmer. Ich gratuliere dir.«

Er schnaubte durch die Nase. »Weißt du, warum er ausgerechnet Josef heißt?«

Waldinger zuckte mit den Schultern. »Diese alten Namen sind heute wieder Mode.«

»Ja. Heute sagt man Josef. Früher hätte man ihn Sepp genannt. Nach seinem Vater.«

Auch Waldingers Gehirn war heute etwas benommen, und es dauerte seine Zeit, bis diese Information bei ihm durchsickerte. Er sagte erst mal nichts und ließ die Puzzleteile in seinem Kopf an den richtigen Platz fallen. Hannes hatte Sepp nicht für Rheinberger und des Geldes wegen umgebracht. Der Sepp hatte seine Frau geschwängert. Auf den Gedanken war er bis dato noch nicht gekommen. Das war ein Motiv, und zwar ein lupenreines, und ein Alibi hatte Hannes auch keines, und ja, endlich passte alles zusammen.

»Das tut mir leid.«

»Das muss dir nicht leidtun. Wie bin ich jemals auf die Idee gekommen, ich wäre gut genug für Petra? Ich war schon immer ein Verlierer …«

Bevor das Selbstmitleid Hannes überschwemmen konnte, stand Waldinger auf. »Ich muss dich bitten, mich nach Bregenz zu begleiten. Vielleicht kann ein Anwalt die Geschichte als Unfall oder Tat im Effekt hinbiegen. Sag um Himmels willen kein Wort, dass der Mord geplant war.«

»Mord?«

»Wie willst du es sonst nennen? Der Sepp hat in seinem Leben so manchen Fehltritt begangen, aber auf dem Grat ist er nicht zufällig danebengetreten. Dusch dich, und dann fahren wir.«

Hannes blieb liegen und wackelte mit den Zehen. »Du unterstellst mir, dass ich den Sepp umgebracht habe?«

»Herrschaftszeiten, Hannes. Jetzt sag endlich die Wahrheit. Lügen nützt dir nichts mehr.«

»Ich sag die Wahrheit. Ich hab Sepp nicht umgebracht.«

Waldinger fuhr vorausschauend. Sein Kopf reagierte empfindlich auf jedes Schlagloch, und noch immer befürchtete er, dass der Mageninhalt von Hannes nicht allzu gut hielt. Das Radio blieb aus, auf Unterhaltung legten sie beide keinen großen Wert. Als sie das Schwarzachtobel hinunterfuhren, war es so weit.

»Halt an!« Hannes hielt sich eine Hand vor den Mund.

Waldinger stieg auf die Bremse, und Hannes öffnete noch im Fahren die Beifahrertür und stolperte hinaus. Er übergab sich in den Straßengraben. Da an dieser unübersichtlichen Stelle nicht überholt werden konnte, bildete sich in kürzester Zeit eine Autoschlange hinter ihnen.

Waldinger stieg aus und drückte ihm eine Packung Papiertaschentücher in die Hand. Er wendete sich schnell wieder ab, der Geruch allein war grausam genug. Er musste sich die Bescherung nicht auch noch ansehen.

Die erste Hupe ertönte, und Waldinger war froh, dass Hannes endlich wieder einstieg. Ohne weitere Zwischenfälle fuhren sie nach Bregenz, wo er seinen Beifahrer fürs Erste in eine Ausnüchterungszelle schaffte.

»Ich lass dir Tee und eine Haferschleimsuppe bringen. Das bringt's heute nicht mehr. Wir sehen uns morgen.«

Gemeinsam mit Koch stellte er noch die Fragen für das morgige Verhör zusammen. Koch hatte im Frühjahr an einem Seminar teilgenommen und war gespannt darauf, wie sie Hannes Körpersprache würde deuten können. Sie wollte sich hinter das Spiegelglas setzen und versuchen, mögliche Lügen aufzudecken. Sie war voll motiviert, und im Grunde stellte sie allein den Fragenkatalog zusammen. Waldinger massierte sich seine Schläfen und dachte an den kleinen Finn Reinhold.

Kurz nach achtzehn Uhr parkte Waldinger seinen Wagen vorschriftsmäßig in der Tiefgarage des Dornbirner Krankenhauses. Als er auf der Säuglingsstation aus dem Lift trat, stand er direkt vor Kathrin. Sie trug ihr Baby in den Armen und summte leise vor sich hin.

»Was machst du hier? Darfst du schon laufen?«, fragte er verunsichert.

»Natürlich, mir geht's bestens. Petras Mama ist schon den ganzen Nachmittag da. Die sitzen in unserem Zimmer und flennen. Ich konnt es nicht länger mitanhören.«

Mit kleinen Schritten schlurfte sie in ihren Flipflops den breiten Gang entlang. Waldinger lief neben ihr her.

»Warum ist Petra so fertig? Ist etwas mit dem Baby?«

»Josef ist putzmunter und pumperlgsund. Halt noch ein bisschen klein. Sie flennt, weil sie während der stundenlangen Wehen so fertig war, dass sie zum Hannes gesagt hat, er soll verschwinden, er sei nicht der Vater ihres Babys.«

Waldinger blieb stehen.

»Dann weiß er es erst seit gestern?«

Kathrin schaute ihn überrascht an. »Sag jetzt nur, dass du das schon länger weißt? Wunderst du dich nicht, wer denn der Vater ist?«

»Der Sepp.«

»Was, wieso weißt du? Häh? Ich komm nicht mehr mit.«

Der Kleine fing leise an zu jammern, und Kathrin ging wiegend und summend weiter. Sie hatten das Ende des langen Ganges erreicht und kehrten um. Das Wimmern des Babys wurde lauter.

»Vielleicht hat er Hunger?«, fragte Waldinger.

Kathrin nickte. »Immer hungrig. Ganz der Opi.«

Mittwoch, 27. August

Die Küche war wieder in bewohnbarem Zustand. Waldinger frühstückte ausgiebig mit seiner Frau. Die angespannte Stimmung der letzten Tage war vergessen und Kathrin mit ihrem Baby das einzige Gesprächsthema. Verziehen das abgekürzte Wochenende, die Hühner, die Geheimniskrämerei um Annika, die schwarzen Steaks, der Liechtensteinausflug und die Katze sowieso. Sie saß schnurrend auf Helgas Schoß und ließ sich kraulen.

Im Landeskriminalamt war die Atmosphäre weniger entspannt. Schon um acht erschien Seidl in Waldingers Büro und drängte darauf, endlich mit dem Verhör zu beginnen.

»Für elf hab ich zu einer Presseversammlung geladen. Sie waren ja schneller wie erwartet, das müssen wir der Bevölkerung mitteilen!«

Koch präparierte das Vernehmungszimmer nach ihren Vorstellungen. »Ich muss nicht nur das Gesicht und die Hände sehen können, auch die Füße sind enorm wichtig.«

Annette stellte den Rekorder und Getränke bereit, sorgte für Stifte und Papier.

»Wie ist Hannes beieinander?«, fragte Waldinger am Telefon den Beamten aus dem Kellergeschoss.

»Er frühstückt gerade. Zumindest trinkt er einen Kaffee. Also, nur keine Hemmungen, der hält schon was aus.«

»Dann bring ihn bitte in einer Viertelstunde nach oben.«

Er sah aus, als hätte er in seinen Kleidern geschlafen. Wahrscheinlich hatte er das. Trotzdem schaute Annette ihm hinterher, als er ins Verhörzimmer geführt wurde.

Waldinger krempelte die Hemdärmel hoch und nahm neben Hannes Platz. Der hatte seine Arme und Beine verschränkt und wartete mit halb geschlossenen Augen. In Waldingers Bauch rumorte es ordentlich. Es fiel ihm schwer, einen Bizauer zu vernehmen. Auf der einen Seite wollte er den Fall Sepp so schnell wie möglich klären, auf der anderen Seite hatte er Mitleid mit dem Verdächtigen. Dass das keine gute Konstellation war, war ihm bewusst. Und darüber hinaus saßen Argusaugen hinter der getönten Scheibe. Er durfte sich keinen Fehler erlauben und mit Hannes nicht anders umspringen, als wenn er einen x-beliebigen Verbrecher vor sich hatte. Aber immerhin: noch galt die Unschuldsvermutung.

»Guten Morgen, Herr Albrecht. Wie geht es Ihnen?«

»Morgen, Reinhold. Bleib beim Du, und sag Hannes zu mir. Ich komm mir sonst so alt vor.«

»Sie wissen, um was es geht. Ein Geständnis würde Ihnen vor Gericht zugutekommen. Es könnte die zu erwartende Haftstrafe wesentlich verkürzen. Erzählen Sie mir von Maria Himmelfahrt.«

Hannes stellte beide Füße auf den Boden und reckte seinen Rücken durch. »Ich hab Rückenweh. Das Bett war ungemütlich.«

»Wo waren Sie am Freitag, den 15. August, morgens zwischen sieben und neun?«

»Ich hab dir schon gesagt, dass ich Sepp nicht umgebracht hab.«

»Wie soll ich Ihnen glauben? Sie haben mich bisher nur belogen.«

»Weil du mir nie beweisen kannst, dass ich etwas mit Sepps Tod zu tun habe. Darum.« Er lehnte sich zurück und strich seine Jeans mit beiden Händen glatt. »Verdammt, Hannes. Sei nicht so blauäugig. Glaubst du, ich hätte dich über Nacht dabehalten können, wenn ich keine Beweise in der Schublade hätte?«

Waldinger war zum Duzen übergegangen. Das förmliche Sie war ihm zu umständlich, und er hatte das Gefühl, dass der Verdächtige ihn nicht ernst nahm.

Hannes Augenbrauen bildeten ein Fragezeichen. »Du kannst keine Beweise haben.«

Waldinger verließ wortlos den Raum. Annette holte ihm den Ordner mit den Schwarzgeldbescheinigungen und das Beweisfoto, welches Waldinger von seiner Kamera ausgedruckt hatte. Koch raunte ihm leise zu: »Wenn er kein guter Schauspieler ist, hat er bisher die Wahrheit gesagt, auch wenn er sich äußerst unwohl fühlt. Bei einer direkten Lüge hab ich ihn noch nicht ertappt.«

»Bist du sicher?«

Sie schob ihr Kinn von rechts nach links und wieder zurück. »Jein.«

Mit zwei Klarsichtfolien in der Hand ging Waldinger wieder in den nüchternen Raum.

»Auf die Beweise bin ich gespannt. Ich dachte, du hast zumindest einen Gipsabdruck von meinem Fuß«, versuchte Hannes es mit Spott, doch die Schweißflecken unter seinen Achseln zeigten ein anderes Bild.

Waldinger legte den Ausdruck und die Stundenliste verdeckt auf den Tisch.

»Ich geb dir eine letzte Chance, selber zu erzählen, was passiert ist. Wenn du diese zwei Dokumente gesehen hast, ist Leugnen zwecklos.«

»Es kann keine Beweise geben. Ich war's nicht«, entgegnete er stur.

»Willst du, dass ich dir einen Anwalt besorge?«

Jetzt stand er auf und stütze sich mit beiden Händen auf die wacklige Tischplatte. »Herrgott nochmal. Ich brauch keinen Anwalt. Ich hab den Sepp nicht umgebracht!«

»Setz dich«, sagte Waldinger und drehte den Ausdruck des Fotos vom Alpenlehrpfad um.

Hannes setzte sich und musterte das Bild. »Alpenrosen als Beweis? Sag mal, willst du mich verarschen?«

»Du bist der Wegwart. Du hast den Weg ausgebessert, hast du mir gegenüber behauptet. Am Donnerstagabend. Und wieso ist diese Holzbohle nicht nass wie alle anderen? Du erinnerst dich an das Gewitter in der Nacht?«

»Deswegen willst du mich einlochen? Dann hat halt jemand anders ein Brett ausgetauscht. Das ist doch kein Beweis. Ich war's jedenfalls nicht.«

Er kratzte sich im Nacken und legte den Ausdruck auf den Tisch.

Waldinger nahm eine Flasche Apfelsaft und schenkte zwei Gläser voll. Das eine schob er Hannes zu. Der atmete tief ein und packte das Glas. Die Hand zitterte bedenklich, als er einen Schluck trank. Waldinger lehnte sich zurück und spielte am Verschluss seiner Armbanduhr. Das Schweigen zog sich hin. Hannes sprang erneut auf.

»Ja hargott zack namaul, du kinnscht mi doch. Wieso hätt i dinn do Sepp umbringo söllo? I han escht im Spitaul arfahn, dass der Trottel dor Vattor ischt.«

Diese Frage stellte sich Waldinger auch. Wenn er erst im Krankenhaus von Petras Fehltritt erfahren hatte, warum hatte er Sepp dann umgebracht?

Hannes setzte sich wieder und trank das Glas leer.

»Wo warst du am Freitagmorgen?«

»Jedenfalls nicht auf dem Hirschberg. Ich hatte frei. Ich war mit Petra eine Runde laufen, aber die blöde Kuh wird mir kein Alibi mehr bestätigen. Verdammte Nutte, die. Wollte mir ein Kuckuckskind unterjubeln. Wahrscheinlich hätt ich nie erfahren, dass es nicht mein Balg ist, wenn die Wehen sie nicht so fertiggemacht hätten. Wurscht! Ich war nicht auf dem Hirschberg. Punkt.«

Er schaute Waldinger dabei fest in die Augen, aber das rechte Bein wippte nervös auf und ab.

»Du machst die Sache mit deinen Lügengeschichten nicht besser. Ich weiß, dass du gearbeitet hast.«

Nun blieb er still und kaute auf dem rechten Daumennagel herum.

Waldinger drehte das zweite Blatt Papier um.

Freitag, 15. August: Arbeitsbeginn: 6.15 Uhr

Fassungslos betrachtete Hannes die Liste und sank zusammen. Er schlug die Hände vors Gesicht und fing an, wie ein Baby zu wimmern.

»So gemein, so gemein, immer auf die Kleinen. Niemand wird mir glauben. Das ist alles so eingefädelt, jemand will mich brennen sehen. So gemein.«

»Ich komm gleich wieder. Überleg dir die Sache mit dem Anwalt.« Waldinger verließ den Raum. Nach der kurzen Toilettenpause sagte Koch: »Wenn er behauptet, dass er Sepp nicht umgebracht hat, wirkt er ehrlich, aber er weiß bestimmt viel mehr, als er zugibt. Vielleicht deckt er jemanden?«

Hannes straffte seine Schultern, schnäuzte sich und setzte sich aufrecht hin, als Waldinger ihm gegenüber wieder Platz nahm. Als das Stuhlrücken beendet war, flutete eine unangenehme Stille den Raum. Waldinger verschränkte seine Arme. Hannes begann, leise zu erzählen.

»Ich hab den Alpenlehrpfad ausgebessert. Mit Peter. Früh am Morgen. Die Luft war so klar. Wir sind auf den Grat. Peter war noch nie oben gewesen. Wir wollten fünf Minuten Pause machen und einen Schluck trinken. Habt ihr die Trinkflasche nicht gefunden?«

Waldinger hatte vor Aufregung vergessen zu atmen. Jetzt ließ er die verbrauchte Luft entweichen. »Trinkflasche?«

Hannes strich die Haare aus der Stirn.

»Sepp ist plötzlich vor uns aufgetaucht und hat uns verflucht. Ihr stört! Kann man nicht mal frühmorgens hier oben seine Ruhe haben? Peter hat zurückgelästert. Sie haben sich angeschrien. Sepp ging ein paar Schritte weiter, hat sich nochmal umgedreht und gerufen: Du inzestuöser Wicht!«

Hannes brach ab und rieb sich die Stirn.

»Und dann?« Waldingers Stimme klang heiser.

»Dann hat Peter seine Trinkflasche genommen und sie nach Sepp geworfen. Sie traf ihn am Kopf. Sepp ist abgestürzt. Wir sind über die Leiter runter, aber er war schon tot. Wir sind auf den Vierrädler gestiegen und mit Vollgas ins Tal gefahren. Wir konnten nichts mehr tun.«

Waldinger musste sich anstrengen, um mit Kochs Tempo mitzuhalten. Etwa zweihundert Meter unterhalb des Hirschberg-Gipfels gab er klein bei.

»Mach langsam. Wir warten auf die anderen und teilen uns auf.«

Neben Willi und Dür von der Spurensicherung folgten ihnen etwa fünfundzwanzig Bergretter. Waldinger hatte mit dem Obmann telefoniert und eine improvisierte Suchmannschaft zusammengestellt. Da im August mehrere örtliche Betriebe geschlossen waren, hatten sich genügend Freiwillige gemeldet.

Sie schnallten ihre Rucksäcke ab und warteten auf Willi, der als Letzter unterwegs war.

»Wir teilen uns in Dreiergruppen auf«, sagte Waldinger. »In jeder Gruppe brauchen wir ein Funkgerät. Die Rucksäcke bleiben hier. Das ist unser Treffpunkt. Wer Klettergeschirr dabeihat, kommt mit über den Grat. Ich zeig euch die Absturzstelle. Alle anderen bleiben auf dieser Seite. Teilt euch auf.«

Koch zog aus ihrem Rucksack eine Hunderterpackung mit Einweghandschuhen und teilte sie aus. Willi gab jedem einen Plastikbeutel dazu.

»Ich verlange äußerste Vorsicht. Ein Fingerabdruck von euch auf der Flasche kann euch für Jahre ins Gefängnis bringen.«

Die jungen Kerle lachten und zerstreuten sich in dem steilen Gelände. Waldinger ging mit fünf Helfern zur vermutlichen Absturzstelle. Meter für Meter arbeiteten sie sich, gesichert durch Seile, talwärts. Er war in etwa an der ehemals blutigen Stelle angelangt, als sein Funkgerät zu rauschen begann.

»Herbert an alle. Herbert an alle. Wir haben den Beweis. Ende.«

Waldinger fühlte sich etliche Kilos leichter. Wie peinlich wäre es gewesen, wenn diese ganze Aktion umsonst gewesen wäre. Beinahe übermütig kletterte er zurück auf den Grat und schaute zu, wie die Helfer aus allen Richtungen zu den Rucksäcken strömten.

Er konnte Herbert erkennen, der, umringt von vier Freunden, vorsichtig und mit spitzen Fingern eine gefüllte Plastiktüte vor seinem Bauch hielt. Er hätte ihn umarmen können vor Erleichterung. Er rannte fast auf der weniger steilen Seite zu den anderen hinunter und kam an, als Herbert die Tüte feierlich an Willi übergab. Langsam wanderte das Grinsen bis hinter Willis Ohren, und er nickte stolz.

»Super gemacht, Burschen. Das ist der Beweis.«

Jemand begann zu klatschen, und die anderen stimmten ein.

»Das nenn ich aber einen Erfolg«, sagte Waldinger. »Ich geb auf der Alpe eine Runde Bier aus.«

Sie applaudierten noch einmal und suchten ihre Rucksäcke.

Der Hirte hatte noch eine Biertischgarnitur aus dem Stadel geholt, und jetzt zwängten sie sich alle an drei Tische und stießen mit ihren Bierflaschen an. Waldinger wartete die erste Aufregung ab und ging dann in die Hütte, um die Kiste Bier zu bezahlen. Im halbdunklen Vorzimmer mussten sich seine Augen erst umgewöhnen. Auf dem Boden verstreut lagen schmutzige Holzschuhe in allerlei Größen. Es roch nach Kuhstall und selbst gemachten Kuchen. An Nägeln in der Holzwand hingen Hüte und Regenkleidung. Dann fiel sein Blick auf die Kommode. Neben Arbeitshandschuhen und leeren Flaschen lag da ein Buch. Er ging näher und nahm es in die Hand. Beinahe schüchtern schlug er die erste Seite auf:

»Ehre sei Gott in der Höhe«
Hirschberg im Bregenzerwald
Höhe: 1.834 Meter

Ein Blick auf die letzte Seite zeigte ihm, dass das Gipfelbuch vollbeschrieben war. Der letzte Eintrag stammte vom 13. August.

»Reinhold, magst noch was?«, riss die Stimme des Hirten ihn aus seinen Gedanken.

»Ich zahl die Kiste Bier.« Waldinger legte das Buch zurück und zog seine Geldtasche aus dem Hosensack.

»Ich hab schon ein neues Buch auf den Gipfel gebracht. Ist ja eine schöne Tradition«, nickte der Mann und gab Waldinger das Wechselgeld retour.

Auf dem Rückweg zum Lift besprach Waldinger sich mit Willi und Koch. Die Bizauer waren auf der Alpe geblieben und hatten noch eine Runde bestellt.

»Bis wann hast du die Ergebnisse?«, fragte Waldinger.

»Stress mich nicht«, sagte Willi. »Ich mach mich heute noch an die Arbeit. Noch einmal wird die Pressekonferenz nämlich sicher nicht verschoben.«

»Haben wir Vergleichsabdrücke?«, wollte Koch wissen.

Sie blieben stehen und schauten sich an.

»Ich glaub nicht, dass wir Fingerabdrücke von Peter haben«, sagte Willi langsam.

Waldinger seufzte: »Immerhin können wir überprüfen, ob Hannes die Wahrheit gesagt hat. Aber das reicht nicht. Wir brauchen etwas von Peter.«

»Leicht gesagt. Er ist schon eine Woche tot«, sagte Koch. »Das wirst du richten müssen. Die Witwe wird wohl etwas zu Hause rumstehen haben.«

Waldinger runzelte die Stirn.

Als er in seinen Wagen stieg, rief er Victoria an und sagte, dass er in einer guten halben Stunde vorbeikommen würde. Er wusste noch nicht, wie er sein Anliegen am besten vortrug. Er wollte Victorias Andenken an ihren Mann nicht mit möglicherweise falschen Beschuldigungen beschmutzen.

Sie sah trotz Voranmeldung erbärmlich aus. Waldinger nahm auf der Bank neben der Eingangstür Platz und blickte über das Rheintal. Sie setzte sich neben ihn.

»Die Aussicht ist wirklich schön.« Ihm fiel nichts Besseres ein.

»Sind Sie gekommen, um die Aussicht zu bewundern?«

Er schüttelte den Kopf. »Wir waren heute am Hirschberg, an der Stelle, an der Sepp vermutlich abgestürzt ist.«

»Ja?« Sie schaute ihn mit großen Augen an.

»Wir haben etwas gefunden.«

»Etwas gefunden?«

»Eine Trinkflasche. Ein kleiner schwarzer Adler und der Schriftzug *Salewa* ist drauf.«

»So eine hatte Peter. Eine grüne. Hatte er sie verloren?«

»Sind Sie sicher, dass Peter so eine hatte?«

»Natürlich. Ich hatte Sie ihm einmal bei Amazon bestellt.«

Waldinger stand auf. Sie schien keine Ahnung zu haben, was auf sie zukommen würde. Er lief ein paar Schritte und kam wieder zurück.

»Victoria. Ich hätte Sie gerne verschont, aber vermutlich hatte jemand diese Flasche nach Sepp geworfen. Sie traf ihn an der Schläfe.«

Sie wurde blass und schluckte hörbar. Waldinger lief ein paar Schritte im Kreis, die Hände auf dem Rücken gekreuzt. Victoria stand ebenfalls auf und ging nach vorne zum Maschendrahtzaun. Sie klammerte sich am Zaun fest und fragte tonlos: »Peter hat Sepp umgebracht?«

Donnerstag, 28. August

Victoria hatte ihm Peters Rasierapparat mitgegeben. Dieser lag jetzt im Labor, und Waldinger und Koch schichteten Papierstapel um und ließen die Eindrücke der letzten Tage Revue passieren. Staatsanwalt Seidl steckte den Kopf durch die Tür und fragte: »Schon Ergebnisse vorliegen?«

Beide schüttelten stumm den Kopf.

»I will sofort Bscheid wissa!«, verlangte er und schloss die Tür wieder hinter sich. Die Warterei machte Waldinger nervös. Hatten sie den Mord an Sepp aufgeklärt? Hatte Hannes die Wahrheit gesagt? Er füllte frisches Wasser in die Kaffeemaschine und richtete zwei Tassen. Da wurde die Tür in seinem Rücken stürmisch aufgerissen, und Annette wedelte mit einem Stapel Papier. Waldinger riss ihr die Ergebnisse förmlich aus der Hand und überflog die Zeilen.

»Bingo!« Er reichte das erste Blatt an Koch weiter.

»Auf der Flasche sind nur Abdrücke von Peter, dieselben wie auf dem Rasierapparat. Und die Splitter aus Sepps Schläfe sind ebenfalls identisch mit der sichergestellten Trinkflasche.«

Koch nickte, und Waldinger schenkte Kaffee ein.

»Es sieht so aus, als hätte Hannes uns die Wahrheit gesagt. Wir werden ihn heimschicken können.«

»Sagst du Seidl Bescheid?«, wollte Waldinger wissen. »Dann schau ich nach Hannes.«

Koch nickte. Er nahm einen Schluck von dem frischen Kaffee und machte sich auf den Weg ins Kellergeschoss.

Seine Schritte hallten in dem kühlen gefliesten Gang. Der diensthabende Wachmann führte ihn zu Hannes in die Zelle. Der döste auf der Pritsche vor sich hin und fuhr auf, als die Zimmertür quietschend geöffnet wurde.

»Mein Gott, Reinhold, endlich. Wie lange bin ich schon hier? Ich dachte schon, ihr habt mich vergessen. Hast du die Trinkflasche gefunden?«

Der Wachmann ließ die Tür offen und entfernte sich mit zügigen Schritten.

»Du bist selbst schuld, Hannes. Du wärst nicht hier unten gelandet, wenn du gleich die Wahrheit erzählt hättest.«

»Die Wahrheit?« Er strahlte und zog sich seine Schuhe an. »Ich bin wieder frei?«

Waldinger nickte. »Komm mit.«

Gemeinsam traten sie ins Freie. Die Sonne brannte auf den Parkplatz vor dem Landeskriminalamt.

»Ich fahr noch einen Sprung zu Kathrin ins Krankenhaus. Kommst du mit?«

Hannes starrte ihn an und tippte sich mit dem Finger gegen die Stirn.

»Danke. Ich nehm den Bus.«

7 Monate später

Der Morgen war kalt, auf dem Gipfel der Kanisfluh leuchtete der frisch gefallene Schnee im Sonnenschein. Waldinger trat vor die Haustür und überlegte, wo er nächste Woche die Osternester für seine Enkel im Garten verstecken könnte. Das für Lorenz vielleicht hinter dem blühenden Goldregen. Der war alt genug, es wirklich zu suchen. Das für Finn würde er in den alten Sandkasten legen. Und das von der kleinen Heidi, die vor drei Wochen zur Welt gekommen war, konnte er noch auf den Tisch stellen. Er freute sich auf Ostern mit seiner Familie. Für die Woche danach hatte Waldinger Urlaub angemeldet. Er hatte Martin und Annika versprochen, ihnen beim Ausbau des Kinderzimmers in ihrem neuen Haus zu helfen.

Hannes und Petra hatten ihr Haus gleich nach der Scheidung zum Verkauf ausgeschrieben, und Martin hatte die Gelegenheit beim Schopf gepackt. Es war schön zu wissen, dass seine Enkelkinder in seiner Nähe aufwachsen würden. Helgas Vater war kurz vor Weihnachten gestorben. Seither kümmerte sie sich einmal in der Woche um Lorenz. Annika war es während der gesamten Schwangerschaft nicht gut gegangen. Aber jetzt freute sie sich auf den baldigen Umzug und ließ sich gerne von Helga helfen.

Kathrin war mit dem kleinen Finn ausgezogen. Gemeinsam mit Petra lebte sie in einer Mietwohnung in der Nähe der Kirche. Zu Hause war es auf Dauer für alle Beteiligten anstrengend geworden. Kathrin wollte ihr Kind nach ihren eigenen Vorstellungen großziehen. Wenn das Wetter es zuließ, spazierte sie fast täglich mit den zwei Zwergen zu ihrem Elternhaus.

Petra hatte schon bald nach der Geburt von Josef wieder ihre Arbeit als Tierärztin aufgenommen. Bei Kathrin wusste sie ihren Kleinen in liebevollen Händen. Dafür zahlte sie gerne den größeren Betrag für die Miete. Kathrin konnte nicht allzu viel beisteuern, Rudi hatte sich nach Amerika abgesetzt, um für den Ironman zu trainieren. Die Alimente trafen nur sehr unregelmäßig und bescheiden ein. Trotzdem fühlte sie sich frei und glücklich.

Petra hatte nach langem Überlegen für ihren Sohn das Erbe von Sepp angenommen. Nach etlichen durchwachten Nächten hatte sie entschieden, auf das ihr angebotene Geld zu verzichten und in Sepps Willen die Weigerung zur Unterschrift aufrechtzuerhalten. Durch die Geburt war sie zur Einsicht gelangt, dass im Leben andere Werte zählten.

Victoria bemerkte nicht, dass es in den Bergen noch einmal geschneit hatte. Dass draußen die Sonne schien, war ihr gleichgültig. Sie lebte, von allem abgeschirmt, in ihrem Haus auf der Watzenegg. Die Zeit hatte ihre Wunden noch nicht geheilt, und die Trauer um Peter bestimmte ihren Alltag. Die Todesumstände blieben unklar. Es gab keine Zeugen und keine Beweise. Sie glaubte nach wie vor nicht daran, dass er freiwillig in den Tod gefahren war. Sie arbeitete nicht mehr. Sie konnte sich nicht mehr dazu aufraffen, aus dem Haus zu gehen. Abgesehen von Johnny und seiner Katze fand niemand den Weg zu ihr in den Garten.

Fini hatte vor drei Wochen im Bizauer Gemeindesaal ihr Projekt für den Hof ihres Vaters vorgestellt. Aus reiner Neugierde hatte Waldinger an dieser Veranstaltung teilgenommen. Es war für ihn unfassbar gewesen, wie viele Menschen sich für Finis Pläne interessiert hatten und welche Begeisterung sie bei ihrem Referat versprüht hatte. Selbst einige der einheimischen Bauern waren über ihren Schatten gesprungen und hatten an der Veranstaltung teilgenommen. Zum großen Teil deshalb, um beim nächsten Frühschoppen mitreden zu können. Nach Waldingers Ansicht hatte jedoch durchaus der eine oder andere eingesehen, dass die Zukunft in der Landwirtschaft nicht weiter darin lag, die Milch an den Straßenrand zu stellen und auf das Eintreffen der Gelder aus Brüssel zu warten. Es gab auch für die Bizauer andere Möglichkeiten, wenn man erst einmal die jahrhundertealten Konventionen über Bord warf. Er gönnte Fini ihren Erfolg von ganzem Herzen und wartete gespannt auf ihre Umsetzung. Vielleicht beteiligte er sich ja auch an einer glücklichen Sau?

Tja, und Hannes?

Er war bei seinen Eltern in Mellau untergekrochen. Wenn ihn am Straßenrand jemand mitnahm, kam er tagsüber ab und zu in den *Hirschen* nach Bizau. In den meisten Mellauer Gastbetrieben hatte er Hausverbot. Ohne Frau, ohne Kind, ohne Job und ohne Zukunft versoff er seine Tage. Abends trieb es ihn in die *Bärenhöhle*. Dort bekam er ab und zu vom Wirt ein Pfiff spendiert. Und der Heimweg war nicht weit. Den Führerschein hatte er noch vor der Scheidung abgeben müssen.

Oft wusste er am Morgen nicht mehr, wie er ins Bett gekommen war. Doch die Sauferei war für ihn die einzige Möglichkeit, überhaupt Schlaf zu finden. Sobald er nüchtern wurde, kamen sie wieder, die Geister und Stimmen. Hinter geschlossenen Augenlidern spielte sich das Drama wieder und wieder ab, und er konnte den Film nicht stoppen.

»Ich muss deine Aussagen überprüfen. Fürs Protokoll bekommst du einen Termin auf dem Posten.« Er hatte Angst bekommen. Waldinger schien die Sache ernst zu nehmen. Er hatte im *Hirschen* zwei, drei Bier und ein paar Schnäpse getrunken, doch die Angst blieb. Er war noch einmal zur Talstation gefahren. Peters Oldtimer stand mutterseelenallein auf dem Parkplatz. Das Licht leuchtete aus seinem Bürofenster.

Peter saß am Schreibtisch und zerkaute einen Bleistift. Der Aschenbecher quoll über. Auch Peter hatte Schiss.

»Der hängt uns den Mord an. Wieso befragt der heute gerade uns? Der weiß was«, sagte Hannes.

»Ich muss die Flasche finden.« Peter stand auf. »Gleich morgen. Dann können wir alles abstreiten.«

Er setzte sich wieder. »Was haben wir bloß getan?«

»Was heißt da wir? Ich hab überhaupt nichts getan. Ich werde Waldinger die Wahrheit erzählen, sonst hängt er mir noch was an.« Hannes stützte seine Hände auf den Schreibtisch und fixierte Peter. Der schaute zurück und sagte: »Das wirst du nicht.«

»Das Schweigen kostet dich aber was. Ich brauch zweihunderttausend. Bar.«

»Spinnst du?«

»Bis Freitag hast du Zeit, sonst mach ich eine Aussage. Ihr sitzt auf eurem Geld, und mir fehlt es an allen Ecken und Enden. Ich will meiner Familie endlich was bieten können.«

Peter verschränkte die Arme vor seiner Brust und höhnte: »Wenn mich jemand festnimmt, erzähl ich die Geschichte, aber ich werde sagen, dass du die Flasche geworfen hast. Was glaubst du, wem die Leute glauben werden? Einem Hilfsarbeiter, der es auf keiner Baustelle länger als ein paar Monate aushält und daheim unter der Fuchtel seiner Frau steht? Du bist doch ein Versager, ein Nichtsnutz, und das weißt du selber.«

Er wusste, dass Peter recht hatte. Gegen ihn kam er nicht an. Er stürmte aus dem Büro. So ließ er nicht mit sich umspringen. Und was hieß hier Versager und Hilfsarbeiter? Er hatte eine abgeschlossene Ausbildung zum Automechaniker.

Auf dem Hirschberg wehte ein frischer Wind. Eine einsame Spur zog sich durch den glitzernden Schnee. Die Wanderin ging vorsichtig in ihren klobigen Stiefeln den Grat entlang. An der Absturzstelle angelangt, legte sie drei Schneeglöckchen neben das kleine Kreuz und wischte die Messingtafel sauber: »Ruhe in Frieden, Sepp!«

Krimi. Spannung. Österreich.

Daniela Alge

Kathrinatag

Waldingers erster Fall

Einem alten Brauch zufolge wird in einigen Dörfern im Bregenzerwald Ende November der Kathrinatag gefeiert. Die 17-jährige Schülerin Judith genießt das bunte Treiben mit Freunden. Am folgenden Morgen liegt sie lebensgefährlich verletzt am kalten Straßenrand.

Krimi. Spannung. Österreich.

Nora Berger
Tödliches Dîner in Paris

Es wäre ein schöner Abend in Paris gewesen: Sandra ist zu einem Dîner mit ihren alten Freunden eingeladen. Doch in der Wohnung ihrer Freundin entdeckt sie die Leiche des Modejournalisten Luca.

Tödliches Dîner in Paris
Kriminalroman von Nora Berger
216 Seiten, ISBN 978-3-902784-32-2

www.federfrei.at